NOTRE PETIT SECRET

Titre original : *Our little secret*

Publié avec l'accord de Westwood Creative Artists Ltd.

Pour la présente édition :

34-36, rue La Pérouse
75116 Paris
www.hugoetcie.fr

Collection Hugo Poche dirigée par Franck Spengler
Ouvrage dirigé par Bertrand Pirel

Conception graphique : Emmanuel Pinchon
Photo de couverture : © Aleah Ford/Arcangel Images
Photo de l'auteur : © Lisa Seyfried

ISBN : 9782755644456
Dépôt légal : octobre 2019
Imprimé en Espagne

ROZ NAY

NOTRE PETIT SECRET

Traduit de l'anglais
par Vincent Guilluy

Hugo Poche

SUSPENSE®

À Clint,
pour les mensonges qu'il ne dit pas.

VENDREDI

CHAPITRE 1

Je suis au commissariat depuis le début de la matinée, et ils me posent des questions sur Saskia. Toutes les heures, un nouveau flic arrive, avec un nouveau bloc-notes et une tasse de café. Ils doivent se refiler le même cerveau sur le seuil, quand l'un remplace l'autre, se le transmettre comme un bâton de relais olympique, parce qu'ils s'en tiennent tous strictement au script prévu. *Est-ce que vous connaissiez bien cette femme ? Avez-vous une idée d'où elle a pu aller ? Vous êtes inquiète ? En colère ? Quels sont vos sentiments pour M. Parker ? Diriez-vous que vous êtes particulièrement... proche de lui ?* Avec toujours une pause avant l'adjectif.

C'est ça, le truc. Ils disent qu'ils m'interrogent à propos de Saskia, mais tout ramène à M. Parker et moi. Les policiers veulent savoir si je suis amoureuse de lui, et ils me posent la question comme si c'était une explication des plus simples, alors que c'est la plus compliquée. Mais ma définition de l'amour n'a rien à voir avec la leur. Le langage ne nous relie plus : quelque part en chemin, les mots importants ont été vidés de leur sens, émoussés, ballottés de part et d'autre jusqu'à perdre tout leur potentiel électrique. Sérieusement, je crois qu'ils ne savent pas de quoi ils parlent.

M. Parker. Ça fait drôle d'entendre son nom comme ça ; pour moi, il s'appelle HP, et restera toujours HP. Durant toutes ces heures passées dans cette pièce, avec des interrogateurs froids qui ne me connaissent pas, c'est lui qui me manque le plus. Je n'ai rien fait de mal et jusqu'à ce que je sache ce qui s'est passé, je ne dirai rien. *Croix de bois, croix de fer, si je mens je vais en enfer...* Je veux bien dire toute la vérité, rien que la vérité, mais on dirait qu'ils essayent de faire un puzzle en ne s'occupant que d'un seul morceau ; comme si en le manipulant pendant assez longtemps de leurs mains simiesques, ils pouvaient lui donner la forme qu'ils désirent. Ils s'assoient, tête baissée, devancent mes réponses, les notent avant même que je ne les formule. Je me demande si ce que je leur dis a de l'importance.

À la jonction entre les murs de la pièce et le sol, les reflets du produit d'entretien sont si brillants qu'on ne voit plus où commence l'un, où finit l'autre. Comme si aucun être vivant ne venait jamais ici. Il y a un unique signe d'humanité sur le mur, à ma gauche : un petit graffiti noir écrit en majuscules énergiques : DÉTRUIRE C'EST CRÉER. Je l'ai contemplé toute la matinée, et il me fait m'interroger sur ceux qui se sont assis ici à ma place, sur ce qu'ils ont bien pu faire.

La pièce compte pour tout mobilier une table chromée et quatre chaises, avec des embouts de caoutchouc aux pieds pour ne pas rayer le sol. Au-dessus de la porte, une horloge au cadran beige dont la plus grande aiguille égrène les secondes en vibrant. Dans le coin, en haut à gauche, une caméra de surveillance. Sa lumière rouge clignotante me lance des clins d'œil. Il y a une fenêtre, en haut sur ma droite, mais elle ne s'ouvre pas. La vitre, longue et mince, luit comme un reptile d'animalerie dans son vivarium. Le parking du commissariat doit être derrière, j'entends souvent des portières de voiture claquer.

D'autres pièces où on interroge des gens doivent donner dans ce couloir, j'en suis sûre, parce qu'un courant d'air, comme un halètement, se produit chaque fois qu'un agent de police ouvre une porte. Qui interroge-t-on dans ces pièces ? Je ne suis sûrement pas la seule à avoir été amenée ici.

À midi, ils envoient une nouvelle recrue. Celui-là porte un badge épinglé à sa poche droite.

« Bonjour, Angela. » J. Novak examine le bloc-notes posé sur ses genoux.

Il note l'heure à la manière militaire, inscrit son nom sur les pointillés. J comme James ? John ? Jekyll ? La manière dont il se rase les pattes dessine une ligne étrange au-dessus de ses oreilles.

« Comment allez-vous, ce matin ? » Il s'éclaircit la gorge, sa pomme d'Adam fait du yo-yo. « Je suis l'inspecteur Novak. On m'a demandé de mener l'enquête parce que je m'occupe surtout d'homicides. » Il soupire, comme pour s'excuser de sa spécialité. « Tenez, je vous ai apporté de l'eau et de quoi grignoter. » Il me tend une bouteille d'eau sans marque et deux barres de céréales. Comme je ne bouge pas, il les dépose doucement sur la table. « Écoutez, il faut vraiment que vous parliez, que vous nous aidiez à retrouver Saskia. Si vous nous aidez simplement à remplir les blancs, nous pourrons clore votre dossier. » De son stylo, l'inspecteur Novak bat un rythme régulier sur son bloc-notes. Le capuchon, mâchonné, ressemble à une montagne déchiquetée.

« J'ai une question. » Ma voix rebondit sur les murs de papier vinyle. Novak lève un sourcil noir.

« Allez-y, dit-il comme si nous conversions tranquillement devant un café latte.

– Vous voulez *vraiment* savoir ce qui s'est passé ? » Ma voix est aussi frêle que de la balle d'avoine. C'est la seule question qu'il faudrait réellement poser.

Novak sourit, une mince ligne sur les lèvres, et tire sur les manches de sa veste pour couvrir les poignets de sa chemise. Il pose les mains à plat de chaque côté de son bloc-notes, le stylo à l'horizontale au-dessus, comme une cuillère à dessert quand le couvert est mis. Il attend qu'on lui serve à manger.

CHAPITRE 2

Ma mère m'a toujours appris à ne pas poser de question si on ne veut pas en connaître la réponse. *Tiens-toi bien, Angela. Tu es trop curieuse, trop envahissante. Tu recherches toujours l'attention. Je ne t'ai donc pas appris à te comporter en vraie dame ?* J'ai vécu vingt ans avec mes parents et nous n'avons jamais vraiment parlé de rien. Nous n'avons été que des taupes qui tâtonnaient dans le même tunnel sombre.

Ces derniers temps, quand nous nous croisions, nous clignions des yeux, aveuglés, surpris par mon passage à l'âge adulte, et nous pataugions à la recherche d'un point de référence. Mais en y repensant aujourd'hui, ma mère avait peut-être raison. Derrière la rivalité chargée de désapprobation qu'elle entretient avec moi se cache une étincelle de vérité : ne demande pas ce que tu ne veux pas savoir.

Inspecteur Novak, je me méfie de votre curiosité.

J'avance mon index sur le chrome de la table, en y laissant une empreinte brouillée. « Je vous dirai tout, à deux conditions. »

Il attend.

« Je connais Saskia. Je sais comment elle est. Est-ce vrai qu'elle a disparu depuis hier soir ? »

Il hoche la tête.

« Je veux savoir pourquoi vous pensez qu'il s'agit d'un homicide. Elle est peut-être simplement partie. Elle a peut-être pris l'avion pour rentrer dans son pays. »

Il marque un temps d'arrêt, plisse le front. « À ce stade, nous étudions toutes les possibilités.

– Bon, parce que vous ne devriez rien écarter. Vous ne savez pas de quoi les gens sont capables. »

C'est une phrase qu'il note. J'attends qu'il finisse, qu'il y appose soigneusement le point final. Il relève la tête : « Quelle est votre seconde condition ?

– Ma quoi ?

– Vous m'avez dit qu'il y avait deux conditions.

– Ah. C'est que je ne veux pas parler que de Saskia. »

Novak a les dents du devant bien alignées, une rangée de quatre. « C'est quand même le sujet principal. »

Un fil noir dépasse de l'ourlet de ma chemise. Je l'enroule serré autour de mon index, jusqu'à ce que la peau à l'extrémité devienne violette. « Je suis désolée de vous l'apprendre, inspecteur, mais mon histoire ne la concerne pas vraiment. Il faut savoir commencer une histoire par son commencement, le vrai, et croyez-moi, il s'est passé des choses bien avant que Saskia n'arrive. » Je tire sur le fil pour le casser, j'en fais une petite boulette que je jette au sol.

« Commencez où vous voulez, Angela, vous avez toute mon attention. »

Nous nous détaillons l'un l'autre.

« Suis-je soupçonnée, inspecteur Novak ? »

Il décroise, recroise ses longues jambes. « Comme je le disais, l'enquête est en cours. À ce stade, nous cherchons seulement à remplir les blancs. Nous ne savons pas vraiment de quoi il s'agit. Et vous nous aidez à nous faire une… » Il arrondit les mains comme s'il modelait une boule de glaise. « … image plus précise.

– Je doute de pouvoir vous être utile. Je connais HP mieux que Saskia, et presque tout ce que je peux vous dire remonte à une dizaine d'années. »

Le sourire qui s'affiche sur ses lèvres n'atteint même pas ses yeux. « Dites-moi simplement ce que vous savez. »

Je hausse les épaules. « OK, alors voilà. »

Dites, inspecteur Novak, et si nous parlions de moi, pour changer ? De ce que je sais, ce n'est pas un sujet dont on débat souvent, et j'ai beaucoup à dire. Ça pourrait même s'avérer cathartique. Merci – je déduis de votre légère inclinaison de la tête que vous allez me laisser me défouler un moment, que vous le vouliez ou non.

Remontons loin en arrière, commençons avec la manie qu'avaient mes parents de déménager constamment. Mes parents étaient liés par une même agitation, et se sont mariés à la hâte, toujours dans la frénésie. Acteurs amateurs, ils s'étaient rencontrés dans une pièce de théâtre. Après ma naissance, nous n'avons fait que déménager tous les trois ans, comme s'ils pensaient que la vie était un spectacle qu'ils emmenaient en tournée. Dans un de mes plus anciens souvenirs, j'ai quatre ans peut-être, et je suis en train de découper l'image d'une dinde trouvée dans les bons de réduction offerts au magasin d'alimentation. Mes petits doigts potelés sont enfoncés dans les anneaux des ciseaux, je découpe un arrondi, quand ma mère se met à faire tinter ses clés juste à côté de mon oreille et me dit qu'il faut y aller, chérie, tout de suite, on y va, on s'en va. Maintenant ! Laisse donc ça, mais *laisse ça* ! Elle m'arrache les ciseaux des mains, me dominant de toute sa taille, pendant que je tâtonne à la recherche de mes chaussures.

J'ai passé toute mon enfance comme ça. Prête à devoir partir subitement.

Ces déménagements étaient liés à la carrière de mon père. Il a toujours voulu grimper à l'échelle sociale, même si, à mon avis, il devait plutôt escalader les barreaux avec des chaussettes ultra-glissantes aux pieds. *Ad astra per espera, Angela. Par des sentiers ardus jusqu'aux étoiles*. Le regarder suffisait à vous fatiguer. Mais ma mère demeurait heureuse de l'accompagner tant que chaque étape lui apparaissait comme une ascension sociale. Leurs décisions, ces premières années, étaient empreintes d'un vertige, d'une excitation étrange. *Imagine un peu, chérie… !* À chaque fois qu'ils quittaient un endroit, mes parents devaient croire que c'était pour aller là où ils seraient vraiment heureux.

C'est terrifiant de déménager, quand on a quinze ans. Ça n'a rien de drôle, rien d'une aventure, rien d'une épopée-pleine-de-merveilles-ma-chérie… En fin de collège, j'ai dit adieu à mes amis et je les ai vus disparaître peu à peu dans le rétroviseur. On dit qu'en vieillissant, on supporte mieux la séparation, mais je ne sais pas si c'est vrai. Est-ce qu'on est vraiment censé croire que ceux qui comptent vont rester auprès de vous, où que vous alliez ?

À l'automne, juste au début de ma première année de lycée, nous avons roulé trois heures vers le nord-ouest jusqu'à Cove, Vermont. Vous adorez sûrement cette ville, inspecteur Novak, vous avez sûrement grandi ici, en Nouvelle-Angleterre. Mais je dois bien dire que la première fois qu'on a emprunté Main Street et Oak Street, on a eu l'impression d'arriver dans la banlieue satellite d'une vraie ville où il se passe des choses, dans un lieu où on s'installe parce que les logements sont moins chers. Bien sûr, le Vermont est plein de ponts couverts et de confiseries, la vie y ressemble à une carte de Noël, mais en arrivant en voiture dans le centre-ville de Cove, il n'y avait qu'une quincaillerie, quelques bars avec des banderoles HAPPY HOUR fanées au-dessus de la porte, et un Tastee Delite avec un panneau écrit à la main dans la vitrine annonçant COMMANDER VOS DÉLISIEUSE GLACE À L'EAU EN JUILLET. J'ai juré de ne jamais y manger. La patinoire ressemblait à un abri antiaérien datant de la Guerre froide, et quand nous sommes passés devant, vitres baissées, la pluie cliquetait sur son toit de métal riveté.

La maison que nous avions achetée était triste, grise, et semblait se recroqueviller, comme si elle toussait. On avait oublié une chaussure dans l'allée. Au milieu de la pelouse, sur le devant, une chaîne rouillait, accrochée à un pieu de fer enfoncé profondément dans le sol.

En frissonnant, ma mère a dit à mon père : « Des propriétaires de chien. David, il va falloir faire venir une entreprise de nettoyage. »

Ça vous plaît d'habiter une ville de seulement quatre mille habitants, inspecteur Novak ? N'est-ce pas une jolie petite communauté ? Mon père connaissait le proviseur du lycée et pensait que d'une certaine manière, déménager dans une plus petite ville augmentait mes chances d'aller dans une bonne université. *C'est une question de taille de classe, ma chère. De nombre d'élèves par professeur. Il faut viser les plus grandes universités*. Il s'est fait embaucher à la bibliothèque municipale de Cove et a renoncé à son poste de chercheur au musée des Beaux-Arts de Boston, parce que mes études commençaient à l'obséder. Soit il avait perdu la piste de sa propre réussite et il commençait à renifler la mienne, soit il cherchait à revivre sa période glorieuse à Yale, quand il avait les meilleures notes de son cours de civilisation classique et passait des après-midi grisants à lire l'*Iliade* à l'ombre des érables. Je n'ai jamais voulu quitter Boston. Les petites villes, c'est comme les séries TV ringardes : vous êtes soit acteur, soit spectateur.

J'ai été au lycée à Lakeside High, mais je suis sûre que vous le savez déjà. C'était un bâtiment de brique, au toit plat, avec accrochés à la façade des anneaux de basket qui avaient depuis longtemps perdu leurs filets. Ce premier jour de lycée, mes paumes avaient une odeur métallique et acide tellement j'avais serré la rampe de fer de l'escalier qui menait à l'entrée principale. Sur le casier qu'on m'avait attribué, les autocollants laissés par l'élève précédent étaient restés, des arcs-en-ciel de plastique épais et mou, qui se ridaient quand on appuyait dessus. Je les ai arrachés à coups d'ongle.

Dans toutes les écoles que j'avais fréquentées, les profs de gym poussaient des soupirs en me voyant arriver, et Lakeside High n'a pas fait exception. À la fin du cours de gym, ce premier lundi, quand je suis retournée me changer, on avait fait des nœuds avec les jambes de mon pantalon, des nœuds tellement serrés qu'on avait bien dû s'y mettre à deux personnes pour les faire. Je n'arrivais pas à les défaire. Le temps que je renonce, abattue, le vestiaire s'était vidé.

« Angela, c'est bien ça ? » La prof est entrée, serrant contre sa poitrine dure la liste de ses élèves. « Angela Petitjean ? » Elle le prononçait à l'anglaise, *petite-djinn*. Pas une grande linguiste. « Que se passe-t-il ? » Elle portait un polo boutonné jusqu'en haut, une frange laquée peignée sur le côté. « Qui a fait ça ? Bigre, ils y ont mis du leur. » Tout en parlant, elle grognait, enfonçait les doigts dans les nœuds et a fini par les desserrer. « Bon. Voilà. Allez, dépêche-toi, tu vas être en retard pour ton prochain cours. »

Mon pantalon a gardé des bords chiffonnés toute la journée, comme dans le look disco des années quatre-vingt. Je savais qui avait fait ça. Je l'ai su tout de suite parce que deux filles m'ont suivie dans le couloir en riant dès que je suis sortie de la salle de sport. Et elles m'ont suivie partout : elles m'attendaient à la sortie des toilettes, elles étaient derrière moi dans la queue de la cantine, et m'attendaient à trois casiers du mien, adossées au mur pendant que j'essayais de trier les livres dont j'avais besoin pour le cours d'anglais. La plus grande portait du vernis à ongle violet foncé, et un T-shirt qui laissait voir son nombril. Percé. L'autre était habillée à l'identique, jusqu'aux cœurs brodés sur les baskets. Qu'est-ce qui fait que toutes les adolescentes se ressemblent à ce point ? Je croyais que c'était une question de style, de maquillage, de goût identique pour les mêmes boys bands clonés et les mêmes films. Mais je sais maintenant ce qui les relie et les rend semblables : la peur.

Vous n'avez pas remarqué, inspecteur Novak ? Les filles de quatorze ans se déplacent en bandes, cruelles, toujours à la recherche de quelqu'un à terroriser, pourvu qu'elles ne se retrouvent pas en première ligne. Elles chassent toujours au moins par deux parce que quand vous êtes du côté du tireur, il y a peu de chances que vous soyez dans son viseur.

« T'es nouvelle, hein ? a dit la plus grande. Hé ben ça nous plaît pas vraiment. » Elles ont gloussé. « On aime bien qu'on nous demande notre avis avant qu'il arrive quelque chose de nouveau. »

Je n'ai rien répondu, mais je me rappelle avoir plongé le bras au fond du casier, le plus loin possible – je n'aurais pas pu l'enfoncer plus à moins d'y entrer et de refermer la porte sur moi.

« Qu'est-ce que t'as à ton pantalon ? »

C'est là qu'une voix les a stoppées.

« Ho, on arrête, les filles ! »

J'ai jeté un œil de derrière mon casier et vu un garçon, grand, quelques casiers plus loin. Il devait avoir quinze ans, la peau mate, blond, avec un T-shirt sans manches Metallica qui laissait voir la bosse naissante de ses deltoïdes. Il portait un collier de perles de bois délavées, une casquette de base-ball bleu marine ornée d'un D sur le devant.

« Oh, salut HP. » La fille numéro un a repoussé sa frange en arrière.

« Oh, salut, a fait en écho la fille numéro deux. D'où tu sors ? » Elle a étiré son chewing-gum, enroulé la boucle luisante sur son index.

« Entraînement de natation. » Il a refermé la porte de son casier d'un coup sec, s'est avancé vers moi.

Je crois qu'à cet instant, j'ai essayé de rentrer la tête comme une tortue dans sa carapace, raide dans mon pantalon froissé, l'œil écarquillé, mon livre d'anglais à la main.

« Viens, je t'accompagne jusqu'à ta classe », a-t-il dit.

C'est là que l'histoire commence. Première année de lycée, il y a onze ans. Notez ça sur votre bloc, inspecteur Novak. Je le dis comme si c'était le début d'une histoire d'amour ; je satisfais vos besoins d'auditeur. Mais nous savons tous les deux que l'histoire ne va pas dans ce sens, n'est-ce pas ? Elle va devenir beaucoup plus noire – sinon pourquoi la raconterais-je dans une salle de commissariat destinée aux interrogatoires ? J'apprécie le fait que vous me fassiez plaisir et que vous me laissiez un instant tenir le gouvernail. Bien sûr, à la façon dont vous tapez du pied sur le linoléum, vous trouvez peut-être que je n'en viens pas assez vite aux faits. Mais pour être honnête, si ces faits sont un meurtre, alors pourquoi suis-je ici ? Vous voulez que je poursuive ? D'accord. C'est comme vous voulez.

HP et moi avons emprunté des couloirs déserts. Tous les cinq pas, il shootait dans un paquet de raisins vides abandonné au sol. Je n'avais pas accompagné beaucoup de garçons auparavant ; j'étais tout juste capable de regarder furtivement, de biais, son visage lisse. Une petite mèche bouclée dépassait de sous sa casquette.

« Ne laisse pas Christie Burbank t'emmerder. Elle n'a que de la gueule. Appelle-la Burbank du Sperme, ça la calmera un peu. » Il s'est arrêté pour relacer ses baskets montantes. « L'autre, c'est Danielle Moyzen. Je l'ai rebaptisée Moisie. » Il a levé la tête vers moi : « Et toi, comment tu t'appelles ?

– J'ai peur de te le dire. »

Ça l'a fait rire. Quand il s'est relevé, il a tiré sur le livre d'anglais que je serrais contre moi.

« Angela Petitjean. » Il l'a prononcé parfaitement en lisant l'étiquette de mon livre. « Anglais première année. OK. Ta classe est là. » Il m'a ouvert la porte, et ajouté alors que je la franchissais : « À plus tard, Petit Jean. »

C'est le seul cours de la journée où je suis entrée en souriant.

Il m'a aussi raccompagnée chez moi. Il se trouvait qu'il habitait une rue plus loin que moi, une maison avec un immense bouleau sur le devant. J'étais devant lui, je traînais des pieds dans mes Converse grises quand j'ai entendu des pas me rattraper. Je me suis retournée pour découvrir HP qui courait, les pouces passés dans les sangles de son sac à dos orné de têtes de mort.

« Hé…

– Hé. »

Nous avons continué en silence, tandis que je me creusais la tête à la recherche d'un sujet de conversation. Il devait savoir ce qui se passait sous mon crâne, parce qu'au bout d'une minute, il a baissé les yeux sur moi.

« Alors, rien ?

– Ça veut dire quoi, HP ? » ai-je lâché. D'une voix trop forte. Nous étions déjà arrivés devant chez moi. Je me suis arrêtée et j'ai marmonné : « J'habite ici.

– L'ancienne maison du vieux Sneider ? C'est vous qui avez acheté la maison hantée ? Waah ! Quand on était petits, on venait se cacher derrière le mur, juste là, à attendre que des fantômes apparaissent à la fenêtre.

– Qui ça, "on" ?

– Moi. Des gamins du coin. C'était la seule maison qui n'était jamais décorée pour Halloween. Il n'y en a jamais eu besoin. » HP a soupiré de nostalgie. « Et il y avait un chien qui foutait les jetons, ici. J'ai passé une année entière à aller au collège, une pierre à la main. » Il a ôté sa casquette de base-ball, s'est passé la main dans les cheveux. La casquette qu'il avait enfilée après son entraînement de natation avait laissé une marque tout autour de sa tête.

« Tu as un chien ?

– On en avait un à Boston, mais on l'a donné.

– Qui l'a donné ? » Il a dit ça comme s'il s'apprêtait à réunir une petite troupe pour se mettre en chasse du coupable.

« Ma mère, à une famille à l'autre bout de la ville. Une question de poils, je crois. »

HP a hoché la tête comme s'il en comprenait la logique. On s'est observés. Il s'est étiré. « Je passerai devant chez toi demain matin à huit heures. Si tu es là, tu es là… »

Je me suis adossée au pilier de brique du portillon, j'ai levé les yeux vers lui. « Ça veut dire quoi, HP ?

– Mon nom de famille, c'est Parker, mais je ne t'en dirai pas plus. » Il a rajusté sa casquette de base-ball. « Il y a des secrets qui se méritent. À plus tard, Petit Jean. »

Il est reparti avec raideur, ses jambes de quinze ans maigres dans son jean étroit. Je l'ai regardé shooter dans un caillou sur le trottoir, le contrôler et le reprendre de volée. Il a continué comme ça jusque chez lui.

De ce moment-là, les seules fois où je n'ai pas été au lycée avec HP sont celles où l'un de nous restait à la maison, malade. Et il s'est avéré que HP était le meilleur allié qu'on pouvait se faire dans tout le lycée. Je n'ai plus jamais eu d'ennuis avec personne, pas même avec Burbank et Moyzen.

L'âge avançant – en deuxième année de lycée –, des filles ont commencé à l'attendre à la sortie. Il s'écartait, me saluait d'une main tout en donnant l'autre à sa dernière conquête. Le flot de ses admiratrices était constant. Je me suis souvent retrouvée aux toilettes tandis qu'un groupe de deuxièmes années consolait sa dernière victime, en train de s'essuyer les yeux. *Shhhh, c'est elle, c'est Petit Jean. Attendons qu'elle parte.*

Les filles se jetaient à ses pieds, et il ne savait toujours pas comment bien les choisir. Je crois qu'il s'en foutait. À dix-sept ans, il est passé capitaine de l'équipe de natation. Il avait les yeux bleu clair et des bras comme ceux de Poséidon. Même M. Cameron, le proviseur du lycée, le trouvait sympa et lui tapait dans la main à la cantine. HP appelait M. Cameron « Jerry », parfois même « Jer », certains jours. Mais en matière de filles, j'aurais préféré que HP soit plus difficile, peut-être même qu'il leur tienne moins la main. Comme ma mère me l'a toujours dit, ne pas choisir, c'est manquer d'élégance.

Je n'ai jamais compris pourquoi HP m'avait choisie comme amie, ni comment j'avais obtenu un droit d'accès permanent auprès de lui. C'est comme si on m'avait donné les clés de la Maison-Blanche. Il me disait tout ce qu'il pensait, tout ce qu'il ressentait, tout ce qu'il souhaitait, et je crois qu'il ne le disait à personne d'autre, pas même à Ezra, son meilleur ami. Ezra était un drôle de numéro, plutôt du genre sportif ; si on lui disait qu'on avait le moindre sentiment, à propos de n'importe quoi, il faisait la grimace et vous traitait de tapette. Parfois, HP peignait sur du papier épais, fibreux, et m'écrivait par-dessus des lettres à propos des belles choses de la vie : la sensation sur la peau après une journée au bord de l'océan, l'odeur de l'asphalte juste avant la pluie, la façon qu'ont les personnes âgées d'entourer de leurs mains leur tasse de café au restaurant. Si Ezra avait découvert ces lettres, il aurait mis un coup de poing à HP. Je gardais toutes ces lettres. Je les ai encore.

Pendant l'été qui a suivi ma deuxième année de lycée, HP et moi étions assis, adossés au vieux bouleau du jardin, devant chez lui. Nous nous y retrouvions souvent, après le dîner. Je marchais pieds nus jusqu'à chez lui et l'appelais du dehors, face à sa porte ouverte. Ses parents la fermaient rarement, ne la verrouillaient jamais. « Si quelque chose doit nous arriver, avait coutume de dire son père, ça nous arrivera tout autant en passant par la fenêtre. »

La soirée était chaude – un soir d'août, je pense – et les cigales stridulaient. Mme Parker est sortie avec une tarte, mais je n'en voulais pas.

« C'est une tarte aux pêches. » HP a pris une assiette, une fourchette et s'en est servi une grosse part.

« Tu es sûre que tu n'en veux pas, Angela ? » La mère de HP était comme une petite hirondelle, avec une peau parcheminée, douce. Elle parlait par courtes phrases, et caressait de la main l'épaule ou la tête de HP en passant, chaque fois qu'elle le pouvait.

« Non merci, madame Parker. Je viens de dîner. »

– N'attrapez pas froid. » Elle est repartie vers la maison. « Vous deux… Je ne sais pas. »

HP a levé les yeux au ciel. « Elle croit qu'on est faits l'un pour l'autre. Des âmes sœurs. Elle m'a dit ça au dîner. Elle dit qu'elle n'a jamais vu deux gamins aussi bien ensemble. » En deux grosses bouchées, il a avalé sa part de tarte. « Je lui ai dit d'arrêter d'être sentimentale.

– Ça me plaît, moi. » J'ai ramassé une feuille de bouleau, caressé mon genou nu de son bord souple. « Je crois aux âmes sœurs, mais ma mère dit que ça n'existe pas. Elle dit qu'on peut être avec des tonnes de gens, pas seulement avec une seule personne. Que croire à l'âme sœur, c'est croire au Père Noël. Selon elle ce n'est qu'une question de circonstances : qui on rencontre, et si on est prêt ou non. Qu'il n'y a rien de plus.

– Déprimant.

– Ouais. » J'ai bougé le pied pour l'aligner sur le sien. « C'est ce que je lui ai dit. »

HP s'est redressé contre l'écorce du bouleau, comme un ours qui se gratte le dos à un arbre. « En fait, tu sais quoi ? Je pense comme ta mère. Il y a des tonnes de gens avec qui on peut être. » Il a levé les sourcils, balayé les miettes de tarte de son sweater.

« En tout cas, tu mets bien cette théorie en pratique.

– Mais jusqu'ici, je n'ai pas trouvé beaucoup d'âmes sœurs. Plus de cinglées que d'âmes sœurs, si je fais le compte. »

J'ai jeté la feuille de bouleau à ses pieds. « C'est parce que tu ne fréquentes que des filles qui sortent de nulle part.

– Qu'est-ce que tu veux dire ?

– Qu'en fait, tu ne les connais pas ! »

Il m'a donné un petit coup sur le genou. « Et je fais comment pour deviner qu'elles sont dingues au moment où je commence à sortir avec elles ? C'est comme être ami avec quelqu'un sur Facebook et découvrir qu'il est cintré au moment où tu regardes sa page. Le contrat est déjà signé.

– Tu les supprimes ! C'est facile.

– Bon, d'accord. On va faire ça. Je sors avec les dingues, et toi tu seras mon âme sœur.

– Ça, c'est un bon programme. »

Appuyée contre lui, je sentais sa minceur d'adolescent à travers le tissu de son sweater. J'aurais pu me redresser, mais je n'en ai rien fait.

Il a soupiré. « Encore un an. » J'aimais la façon dont son cerveau fonctionnait : on voyait presque comment il passait d'une chose à l'autre. « J'ai hâte que ça soit fini.

– Tu vas voyager, après ? »

Nous avions déjà parlé des aventures qui nous attendaient après le lycée : plonger avec les requins en Afrique du Sud, escalader le Matterhorn… Mais maintenant que la terminale s'étalait devant nous, que nous étions libres de choisir notre direction, le monde semblait moins facile à conquérir. Voyager vraiment était plus terrifiant que d'en parler.

« Je ne sais pas. Mon père me tanne pour que j'apprenne un métier. Il propose de me prendre avec lui comme apprenti charpentier. » HP a haussé les épaules. « Ça a l'air pas trop mal.

– Mais qu'est-ce qu'ils ont tous, ces parents d'enfants uniques ? Les miens me tannent avec telle université ceci, tel cursus cela… Merde, on dirait qu'ils n'ont eu un enfant que pour faire une fixette, pour me surveiller – et peut-être pour avoir une deuxième chance de briller. Tu vois ce que je veux dire. »

J'ai senti HP tressaillir et tirer sur le col de son sweater à capuche. « Mes parents ne sont pas comme ça. Ils font ça pour moi. Et pour te dire la vérité, je ne suis pas fils unique. » Une pause. « J'ai eu un frère. »

Le chant des cigales s'est fait plus fort tout à coup, ou alors c'est le bourdonnement dans ma tête. Je me suis redressée pour pouvoir le regarder.

« Tu as quoi ?

– Il est mort quand j'avais quatre ans. »

J'ai pensé à sa mère, si douce, à l'indifférence de son père à fermer leur porte. Ils savaient déjà qu'on ne peut pas se protéger du monde.

– Oh, HP, pourquoi tu ne me l'as pas dit avant ? C'est horrible.

– Je n'en parle pas souvent. » Il s'est frotté les yeux. « Et je ne veux pas que tu le répètes, non plus.

– Non, bien sûr…

– Je n'avais que quatre ans. Mon frère s'est étouffé pendant le repas, juste là. » Il a indiqué du menton la fenêtre de la cuisine ouverte, dans une lumière ambrée. « J'étais assis à côté de lui. Il avait un an de moins que moi. »

J'ai dû émettre un son parce qu'il a hésité et passé le bras sur mes épaules. Je sentais ses côtes contre les miennes. « Je ne me souviens pas de grand-chose, seulement de la trouille. De la panique. Mon père n'était pas à la maison, il n'y avait que ma mère.

– Mon Dieu. »

HP a inspiré, soufflé, m'a aidée à me relever et je me suis adossée au bouleau. « Tu sais, la vie est imprévisible. On fait de son mieux avec les chances qu'on a. Et on avance.

– Comment ont fait tes parents pour s'en remettre ?

– Ils ne s'en sont pas remis. Ça les a détruits. Mais ils ont continué. Moi aussi, j'imagine. »

Il se connaissait très bien. Il avait des kilomètres d'avance sur moi.

« Pourquoi vous n'avez pas déménagé ailleurs ?

– Parce que la souffrance n'est pas localisée. » Il a dégluti. « Et que quand il arrive quelque chose comme ça, ça vous lie à la maison. C'est comme une cicatrice à laquelle on s'habituerait. Je n'arrive pas à l'expliquer. » Il a ramassé une brindille, fait rouler du pouce l'écorce qui pelait. « Donc je vais probablement choisir l'apprentissage avec mon père. Et le lycée laisse entendre que je pourrais entraîner l'équipe de natation. Ça me va aussi. Alors voyager, je ne sais pas…

– Mon Dieu. » J'étais encore sonnée. « Si j'étais à ta place, je voudrais changer d'air. Viens, allons ailleurs. On pourrait y aller ensemble.

– Pour faire quoi ? Nous "trouver nous-mêmes" ? Comme je te l'ai dit, Petit Jean, je serai le même partout où j'irai. »

Nous sommes restés assis en silence quelques minutes, à regarder la lumière provenant de sa maison. J'entendais sa mère remuer des casseroles dans la cuisine.

« Moi non plus, je n'ai pas besoin d'aller ailleurs, ai-je fini par dire. Ici, ça ira bien pour l'instant. »

Il m'a serrée dans ses bras et a remonté sa capuche, si bien que je ne pouvais plus voir que quelques mèches délavées qui dépassaient et son menton fermement dessiné.

Au printemps de l'année de terminale – il y a huit ans, donc –, ma classe a prévu d'aller camper fin juin au bord d'Elbow Lake, pour fêter la fin de l'année. Ma mère rechignait à l'idée que j'y aille, ce qui était idiot, vu qu'elle m'avait baladée dans tout l'État quand j'étais plus petite. Visiblement, son nouveau truc, c'était que je devais rester plus longtemps à la maison.

« Est-ce qu'il y aura des adultes responsables, au moins ? » Elle faisait tourner la perle de sa boucle d'oreille. Elle avait émincé des carottes et des petits bouts d'épluchures parsemaient ses avant-bras. Derrière nous, sur le comptoir où elle faisait la cuisine, un lecteur CD beuglait *Les Misérables*. Elle avait monté le son avant que je n'entre dans la cuisine, et il fallait crier pour se faire entendre.

« Et tu as terminé ton essai sur *Faust* ? Il faut que tu gardes des notes correctes, chérie. Que tu sois meilleure que les autres et que tu finisses en beauté.

– Quoi ? » ai-je dit, la tête dans le réfrigérateur. Il n'y avait jamais rien de bon à manger, là-dedans, que du caviar d'aubergines et de la tapenade. J'ai trouvé un yaourt à boire à la fraise, que HP avait dû laisser là.

« Chérie, on ne dit pas "quoi", on dit "je te demande pardon". Et boire du yaourt, ça fait garçon manqué. Prends une cuillère. » Les cheveux de ma mère ont coulé sur ses épaules tandis qu'elle parlait. Elle les a rejetés en arrière d'un coup de poignet couvert de bijoux.

« Il est liquide, m'man. Le yaourt est *liquide* ! » Je me suis avancée, j'ai baissé le son puis, appuyée au meuble de cuisine, j'ai bu mon yaourt directement à la bouteille. Ma mère a fait la grimace. « Alors, je peux aller faire du camping, ou quoi ? Ou plutôt *je te demande pardon* ?

– Ne fais pas la maligne, Angela, personne n'aime les prétentieux. »

Mon père est entré dans la cuisine, fredonnant une mélodie de basse de Tchaïkovski. Je le voyais rarement. Quand il ne travaillait pas à la bibliothèque, il passait tout son temps à la maison dans son bureau, absorbé par la Grèce antique. Il connaissait tout d'Orphée, et rien de moi. Quand il a tendu la main pour prendre une rondelle de carotte, ma mère lui a donné une tape.

« Qui d'autre y sera ? » Elle s'est emparée du couteau, s'est remise à émincer les carottes. Il fallait que je donne la bonne réponse.

« HP ». J'ai attendu.

À la seule mention de son nom, le visage de ma mère s'est éclairé. Est-ce que toutes les femmes l'adoraient, quel que soit leur âge ? J'ai levé les yeux au ciel, sans qu'elle s'en rende compte. Ma mère avait décidé depuis longtemps que j'épouserais HP. J'aurais pu lui poser quatre fois la même question à propos de n'importe quoi, elle ne m'aurait pas écoutée. Mais dès que je prononçais le nom de HP, elle tournait la tête comme une chouette.

Nous étions déjà amis depuis près d'un an quand je l'ai présenté à ma mère. Je ne parlais pas beaucoup, à cette période, et quand mes parents me demandaient comment ça se passait à l'école, je ne répondais que par monosyllabes. Mais un jour, ma mère nous avait interceptés alors que nous rentrions chez nous.

« Oh, bonjour, avait-elle dit sans me regarder. Comment s'appelle ton camarade ? »

HP avait réajusté les lanières de son sac à dos, s'était redressé.

« Je m'appelle Shelley Petitjean. » Ma mère m'avait ignorée. « C'est un plaisir. Angela a oublié de dire qu'elle avait un si beau chaperon pour l'emmener à l'école.

– C'est HP, m'man. Il habite une rue plus loin.

– Je n'en doute pas. »

HP avait salué ma mère par-dessus le portillon, mi poignée de mains, mi salut fraternel. « Enchanté de vous rencontrer, madame Petitjean.

– Appelez-moi donc Shelley, je vous en prie. » Elle avait pointé l'index vers sa poitrine, et HP avait baissé les yeux comme s'il y avait laissé une tache. « Vous êtes quarterback de l'équipe de football ! » Elle s'était tapoté la lèvre. « Non, vous jouez au hockey sur glace, en juniors. Vous faites du beach volley ? » Elle avait secoué la tête. « Je n'arrive pas à me faire un avis.

– Il fait de la natation, ai-je marmonné. À demain, HP.

– HP ? Qu'est-ce que ça signifie ? »

Il avait rajusté sa casquette de base-ball.

« C'est un secret, ai-je dit.

– Ah bon ? Tu me raconteras ça plus tard, avait chuchoté ma mère.

– Bon. Enchanté de vous avoir rencontrée, madame Petitjean. À bientôt, PJ. »

Ma mère m'avait lancé un regard interrogateur, avant de revenir à HP : « Y a-t-il un bal de fin d'année, bientôt ? Vous devriez y inviter Angela.

– M'man, arrête ! » J'étais repartie vers la maison. « C'est dans, genre, un an et en plus de ça, c'est vulgaire. »

Ma mère m'avait suivie, saluant de la main HP qui repartait. « Angela, les grands moments de la vie se préparent longtemps à l'avance. » En trottinant derrière moi, elle avait enjambé mon sac que j'avais laissé tomber dans l'entrée. « Je te le dis – Angela, arrête-toi et écoute-moi – le bal de fin d'année est un des grands moments de la vie, et ce garçon sera ton cavalier. Un des grands moments de la vie ! »

Et là, au comptoir de la cuisine, ma mère s'est arrêtée d'émincer les carottes. « Oh, ma chérie, tu ne m'avais pas dit que HP allait aussi camper. C'est super. Maintenant, je sais que tout ira bien. Il s'occupera de toi.

– Hmm, attends une minute, Shelley. » Mon père a rajusté son pantalon de survêtement, qu'il portait avec une chemise de ville. Il a ôté ses lunettes, les a tendues à la lumière, soufflant de la buée sur chaque verre. « Vous allez dormir sur place ?

– Oui, papa. On part camper, dormir sous la tente.

– Et tu es sûre que HP fera bien attention à toi, c'est ça ?

– Mais oui, elle est sûre, David. Il l'adore. N'est-ce pas, Angela ? »

J'ai haussé les épaules.

« Il l'adore. Tu devrais voir la façon dont il la couve des yeux. » Ma mère a soupiré, replié les mains sur sa poitrine osseuse ; le bord de la lame du couteau scintillait sous son menton. « Mais honnêtement, chérie, tu devrais faire un petit effort. C'est un sweater de garçon, que tu portes là ? Et pourquoi persistes-tu à laisser ta belle frange brune cacher la jolie forme de ton visage ? Si je prenais une photo de toi maintenant et que je te la montrais dans dix ans, tu serais horrifiée.

– Tu n'iras que si tu as rendu tous tes devoirs », a dit mon père.

– L'année sera terminée, j'aurai déjà mon diplôme !

– Et si tout est en ordre pour t'inscrire à l'université. Je t'ai dit que j'avais eu des nouvelles de Reggie McIntosh ? Il dirige le département d'études classiques à Oxford. » Mon père a abandonné sa recherche de petits biscuits et s'est frotté les mains, tandis que je me mettais à bâiller. « Tu peux avoir une chance d'y entrer cet automne si tu bûches beaucoup. Reggie s'emploie à t'y faire entrer en première année. Il me doit un service, tu as un bon piston presque assuré. »

J'ai terminé mon yaourt.

« L'université d'Oxford ! L'Angleterre ! Secoue-toi un peu, il n'y a pas de plus grande université au monde ! Tu as un tel potentiel, ma chérie… » Il n'acheva pas.

S'il attendait que je le remercie, il a été déçu. Je me fichais complètement des grandes universités. Si je cédais à leur insistance pour que je fasse des études, c'était seulement pour qu'ils me laissent tranquille.

« Nous en reparlerons plus sérieusement une autre fois… Angela ? Regarde-moi. Voilà ce que je dis de cette histoire de camping : *si* tu as rendu tous tes devoirs… » Il a levé un index blême. « … et que tu fais très attention, ce devrait être possible. Mais sois prudente, je sais comment sont les garçons de cet âge. J'ai été comme eux, tu sais.

– Non David, tu n'étais pas comme eux. » Ma mère a reposé son couteau, s'est essuyé les mains sur les hanches, et s'est tournée vers moi. « Tu peux y aller, chérie. »

J'ai remonté le son des *Misérables*. Ç'avait été plus facile que je ne le pensais.

Mais si toutes les filles, y compris ma mère, étaient dingues de HP, quels étaient mes sentiments pour lui ? Je sais que c'est ce que vous vous demandez, inspecteur.

Étais-je amoureuse de lui ? Ma mère aurait dit que oui mais d'un autre côté, elle écoutait la chanson du film *Titanic* dans la voiture en nous conduisant au bal de promo, donc il ne faut pas croire tout ce qu'elle dit. Pourquoi est-ce si important de définir le sentiment que j'avais pour lui ? Si vous me demandez : est-ce qu'il a compté énormément pendant mon adolescence ? la réponse est facile.

Mais honnêtement, je ne pense pas que j'étais comme les autres filles. Je connais trop bien HP. Il était beau, j'aimais bien le voir torse nu. Mais quand je me surprenais à l'observer, ça me paraissait un peu… indécent. On était amis. On était bien ensemble et on se connaissait par cœur. En tout cas au moins jusqu'au retour de ce camp.

CHAPITRE 3

On est partis à Elbow Lake dans le vieux pick-up Chevrolet d'Ezra, avec Korn à fond sur la stéréo. On s'était entassés à quatre sur la banquette avant : Ezra au volant, HP à côté de lui, Lacy, la petite amie du moment de HP, et moi.

La cuisse de Lacy collée à la mienne, la sueur peu ragoûtante entre nous deux. De temps en temps, l'une de nous s'essuyait la jambe, en regardant de l'autre côté. Je ne voulais rien absorber de ses sécrétions. Ses épaules ressemblaient à des andouillers d'élan mais, selon Ezra, elle « dansait comme une tarée ». Je n'étais pas vraiment sûre de ce qu'il voulait dire, mais ça avait l'air d'être une raison suffisante pour donner envie à un garçon de dix-huit ans de sortir avec vous.

En juin, le ciel d'un azur éclatant nous promettait un été magnifique. En y repensant, je me rends compte que j'étais bouleversée par les possibilités infinies qui s'ouvraient à nous tous. Nous avions fini le lycée, nous étions libres de choisir n'importe quelle direction, et nous avions tout l'été pour ne nous occuper que de nous. Cet inconnu qui nous attendait créait un lien de camaraderie, d'unité, et c'était la première fois que je me sentais vraiment appartenir à un groupe. L'automne venu, notre classe de terminale allait se disperser dans cinquante directions différentes comme un sac de billes qui tombent à terre – mais pour l'instant, nous n'avions pas encore heurté le sol. Il n'existe que peu de moments semblables dans la vie, où rien n'est balisé, limité par un sentiment de perte, où les possibilités semblent infinies et porteuses d'espoir. J'aurais voulu hurler à la face de l'infinité du monde, mais avec toutes les fenêtres du van ouvertes, les longs cheveux noirs de Lacy me fouettaient la bouche.

Ezra, sourcils relevés par-dessus la monture de ses lunettes de soleil d'aviateur, a beuglé : « T'as apporté ton bikini, Petit Jean ? J'espère que c'est un maillot à pois. J'adorerais te voir l'enlever. »

HP a hoché la tête et passé le bras sur l'épaule de Lacy, en effleurant aussi la mienne. « Elle a sûrement apporté ses T-shirts de mec, trop grands pour elle. »

Il a répondu à mon regard noir par un clin d'œil.

Ezra a donné un coup de coude à HP, lui a passé une cannette de bière. « Les trésors cachés. J'aime les défis. »

Ils ont trinqué. Même Lacy a ri.

« Mais il va vous falloir une autre carte que celle-là pour arriver au trésor, les mecs. » J'ai tendu le bras pour m'emparer de la bière de HP, obligeant Lacy à se renfoncer sur le siège. Un petit croissant ambré dansait sur le rebord de la cannette, que la bouche de HP avait tiédi. En la sirotant, un coude passé par la fenêtre ouverte, j'ai remarqué que Lacy ne souriait plus.

On s'est arrêtés au magasin d'alcools à la sortie de la ville. On pourrait croire qu'acheter de la bière quand on est mineur, c'est compliqué, mais avec HP, ça a pris environ trente secondes. Quand un homme d'une cinquantaine d'années en pantalon beige est sorti du magasin avec une bouteille de vermouth, j'ai poussé un juron et je me suis rencognée le plus possible sur le siège, un œil sur HP.

« Merde PJ, c'est pas ton vieux ? » Ezra s'est penché sur le volant.

« Je suis grillée », ai-je soufflé. Par la fenêtre ouverte, on a entendu HP s'arrêter de siffloter. Il nous a laissés tous les trois bouche bée, malgré la distance. Même Lacy, qui ne savait pas qui était mon père.

« Vous allez bien, monsieur Petitjean ? » La voix de HP ne tremblait pas.

Mon père a sursauté, s'est retourné, accroché à sa bouteille de verre bleu.

« Oh, HP. Comment ça va ? Vous rôdez, à la recherche d'un mauvais coup ? » Sa propre question l'a fait rire, agitant ses épaules pointues.

« On fête le diplôme, monsieur. On part faire du camping.

– Ah, oui, le camping. J'en ai entendu parler. Quelle bonne idée. Vous allez dormir face à Andromède, sous les yeux pétillants de Cassiopée ? »

HP ne devait pas savoir de quoi mon père parlait, mais il n'en a rien montré.

« En fait, mon jeune ami, j'allais vous demander, d'homme à homme, de faire bien attention à Angela. Elle est intelligente, promise à un brillant avenir. Je suis sûr que vous l'avez remarqué. »

HP a hoché la tête.

« Et elle vous a parlé de ses projets pour l'univer-sité ? »

Je ne lui en avais pas parlé, parce que je n'avais pas de projets.

Mon père a incliné la tête : « Mais vous vouliez me demander quelque chose ?

– Oh, juste un petit service, si ça ne vous ennuie pas ? »

Non ! HP n'allait quand même pas demander à mon père de nous acheter de la bière ?

J'ai entendu HP dire : « Après tout, on fête notre diplôme… », et puis mon père s'est mis entre lui et nous et leur conversation s'est assourdie.

J'ai vu mon père se gratter la tête, cheveux en pagaïe, saisir l'épaule de HP et se pencher vers lui. Puis il est entré à nouveau dans le magasin. HP a levé les bras au ciel en nous souriant, les rabaissant à la hâte quand mon père est ressorti et lui a tendu une caisse de Budweiser. « Une chacun, d'accord ?

Et pas pour ma fille. » Il s'est dirigé vers sa voiture avec son vermouth.

« Génial ! a crié Ezra quand HP est remonté dans le van. C'est ton plus beau coup, jusqu'ici. »

HP s'est faufilé jusqu'à sa place à côté de sa petite amie, en frôlant mes genoux au passage. Il a bouclé sa ceinture de sécurité avec un cri de joie. « Wouhou ! Je ne vois pas pourquoi tu te plains tellement de tes parents, Petit Jean. Il est super, ton père !

– Qu'est-ce que tu lui as dit à la fin ?

– Juste la vérité. Quoi ? Ça ne t'est jamais venu à l'esprit avant ?

– Pourquoi c'est toujours facile… » ai-je commencé, mais avec les secousses du van au moment où Ezra a quitté le trottoir du parking pour emprunter la grand-route, je n'ai jamais achevé ma question.

« Et si les flics nous contrôlent ? a demandé Lacy tandis qu'on fonçait sur la route.

– Ça n'arrivera pas. » HP a remonté le son, s'est tourné vers moi. « Tout va bien, Jean ? T'es fâchée que j'aie demandé à ton père ? »

J'ai haussé les épaules. « Mes parents te comprennent mieux que moi. Ou ils t'aiment mieux que moi, tout simplement.

– Et pourquoi ils ne m'aimeraient pas ? » Il m'a passé une cannette, m'a donné une tape sur la clavicule. « Et puis ce n'est pas un concours. Bois ça et arrête de gamberger. »

« On va fêter ce bon Dieu de diplôme ! », a braillé Ezra en klaxonnant. Nous avons foncé sur la route qui quittait la ville. J'ai siroté une Budweiser en me demandant comment j'allais faire pour quitter cet endroit sans HP, puisque le monde semblait ne s'ouvrir qu'à lui.

Nous étions moins de cinquante élèves en terminale dans notre petite ville, mais il y avait près de cent personnes à Elbow Lake. Deux pontons s'avançaient sur le lac, planches branlantes et clous rouillés. Un bois s'étendait sur la gauche de la plage, et les lycéens des années précédentes y avaient construit plusieurs plateformes dans les arbres, auxquelles on accédait par des échelles de corde. Des centaines de lumignons pendaient aux branches – vides, pleins de toiles d'araignée, rouillés – et les initiales des anciens élèves couvraient les troncs comme des cicatrices. Nous avons avancé jusqu'aux tentes éparpillées, en quittant la piste et en passant par la prairie, nous cognant aux épaules à chaque nid-de-poule.

« Où est-ce qu'on dort ? a demandé Lacy en nous dévisageant, chacun notre tour.

– On dormira quand on sera morts, Lace », a répondu Ezra. Il a garé le van, coupé le moteur et est allé grimper sur le capot.

« L'équipe est arrivée ! » Il s'est étiré au soleil, avec ses cheveux coupés court sur les côtés en une fausse iroquoise, les dents toutes blanches dans son visage bronzé. L'équipe de natation lui a répondu par des youyous, en remontant vers lui comme une marée.

« Tu as apporté une tente ? » Lacy a repoussé ses cheveux derrière l'oreille, serré les genoux.

« C'est trop tard, maintenant, a répondu HP. Mais ça va aller. J'ai de quoi me réchauffer.

– Il veut dire qu'il a une couverture », ai-je ajouté à l'intention de Lacy.

J'ai ouvert ma portière et je suis descendue du van. Ezra s'est penché, m'a saisie par le bras pour me hisser auprès de lui. Il m'a fait danser sur le capot du camion, comme dans une danse de cow-boy, l'arrondi de son biceps serré contre mon épaule. Il sentait la lessive. Au deuxième tour, j'ai vu Lacy et HP lever les yeux vers nous – son front à elle laiteux, celui de HP déjà bronzé.

Je suis restée assise sur le ponton une bonne partie de l'après-midi, effleurant l'eau de mes orteils. Des insectes voletaient près de la surface, frêles dans la chaleur. Dans mon dos, mes camarades couraient bruyamment pour se jeter dans la fraîcheur du lac. De temps à autre, HP venait s'asseoir à côté de moi pour faire des ricochets dans l'eau.

« Je te pousserais bien à l'eau, a-t-il dit, mais j'ai peur que tu te noies sous le poids de ton T-shirt. Pourquoi tu n'as pas pris de maillot de bain ?

– Je ne suis pas comme Lacy.

– Et tu te douches les yeux fermés ? » Il s'est relevé, dos à l'eau, les orteils en appui sur le rebord du ponton. Pectoraux contractés, il battait des bras comme un moulin pour garder l'équilibre. « Tu es beaucoup plus jolie que tu ne crois, Petit Jean. Tu as un putain de style bien à toi, et tu ne t'en rends même pas compte. Sinon, pourquoi Ez te draguerait comme ça ? »

J'ai dû lever les sourcils de surprise en le regardant parce qu'il a ajouté : « Bon Dieu, et en plus tu ne vois jamais rien, Petit Jean. » Il a vacillé, et s'est jeté à l'eau d'une pirouette.

À cinq heures, tout le monde avait faim ; HP a préparé un feu et sorti des saucisses, la seule chose qu'on avait pensé à emporter en plus des chips. HP avait des taches de rousseur sur les épaules, à cause du soleil, et l'extrémité de ses cheveux paraissait passée à la sableuse. Lacy s'est enroulée à son cou pendant qu'il essayait de faire démarrer le feu ; son maquillage était impeccable, et elle s'était fait un chignon pour ne pas se mouiller les cheveux dans le lac. Ma mère l'aurait applaudie.

Une fille à ma gauche m'a passé avec un coup de coude un joint dont l'extrémité, mouillée par la salive d'au moins dix personnes, se transformait en bouillie. J'ai fait non de la tête, elle a haussé les épaules – ce qui voulait dire *c'est comme tu veux*. Elle devait penser que je me croyais supérieure, ou un truc comme ça. HP a pigé tout de suite.

« Hé, Julia. Tu devrais tremper ce truc dégueu dans le lac avant de le faire circuler. »

Certains se sont mis à rire, et j'ai accroché le regard de HP de l'autre côté du feu. Il me protégeait. Je n'avais fumé qu'une seule fois de l'herbe, et ç'avait été avec lui, dans sa chambre, la fenêtre ouverte. Je n'avais plus bougé pendant quatre heures, au cas où ses parents m'auraient posé une question pendant que je traversais leur salon. Julia a jeté le joint ramolli dans le feu.

Un type appelé Billy avait apporté une guitare, et il s'est mis à gratouiller des chansons de Pink Floyd tandis que le soleil descendait derrière les arbres. Les filles ondulaient à l'unisson, comme des blés.

« Bon Dieu de merde ! a fait Ezra en débouchant de la forêt. C'est quoi ça, un camp de scouts ? » Il a fait démarrer son camion et Korn s'est remis à brailler. Billy a reposé sa guitare, Ezra a lancé un jeu de la bouteille, et tout le monde s'est bientôt mis à crier plus fort que la musique. Les filles évitaient les questions, se glissaient prestement sur les genoux des garçons pour coller les lèvres aux leurs.

C'est alors que je me suis éloignée. Je n'avais encore jamais embrassé de garçon. Ne vous méprenez pas, ça ne me faisait pas peur, et ça m'intéressait vraiment : je me demandais ce que ça faisait d'aspirer le souffle d'un autre, d'avoir quelqu'un qui me regarde vraiment dans les yeux. Enfant, ma mère ne me lisait pour m'endormir que des histoires de prince charmant, et aussi ridicules qu'elles me paraissent aujourd'hui, je suis d'accord avec une chose : il ne faut pas gâcher des baisers avec ceux qui n'en valent pas la peine. Je n'étais pas comme la plupart des adolescents ; les vrais sentiments avaient de l'importance. Un baiser devait avoir du sens.

Ezra avait dû préparer le lieu pour la fête, parce que les arbres scintillaient de petites lanternes, et les échelles de corde avaient été descendues. Je me suis avancée à pas de loup sur le sentier, en m'arrêtant parfois pour caresser l'écorce des plus vieux arbres. J'ai toujours aimé la forêt – la manière dont la lumière y filtre, le silence, les choses auxquelles les arbres assistent sans jamais rien en révéler. J'ai entendu des pas lourds derrière moi. Je me suis retournée sur Ezra qui remontait à grandes enjambées le sentier sous les pins, sa chemise écossaise sans manches ouverte, claquant sur sa poitrine nue.

« Ah, t'es là. »

La fossette sur sa joue bronzée faisait des heures supplémentaires. Il s'est pendu des deux mains au barreau d'une échelle de corde. Je me suis adossée inconfortablement à un arbre.

« Tu veux grimper là-haut avec moi ? » Il a désigné du menton la plateforme au-dessus de nous.

« Pas spécialement. » Qu'est-ce qu'il voulait ?

« Tu veux danser ? » Il se balançait à l'échelle de corde, de plus en plus près.

« Il n'y a pas de musique. » Je n'arrivais pas à savoir si mon cœur tambourinait parce qu'il me faisait peur ou parce qu'il me plaisait. Il avait le torse musclé.

« Détends-toi, PJ. » Il s'est détaché de l'échelle, a posé les mains de chaque côté de mon visage. « On n'a pas besoin de musique, si ? »

Son haleine était sucrée mais plus âcre que de la bière. Les yeux fixés à ma bouche, il a hésité, piétiné pour se rapprocher. Il a plié les bras pour presser son torse contre moi. S'est penché sur mes lèvres.

« Attends.

– Attends quoi ? »

Je dois bien le reconnaître, Ezra était sexy. Patrimoine génétique italien, des yeux chocolat et une bouche comme s'il venait tout juste de manger des fraises. Les filles raffolaient d'Ezra – c'était l'autre garçon sur qui elles pleuraient dans les toilettes.

« Allez viens… » Il a embrassé le bord de ma joue. « … On verra bien ce qui se passe. » Il a avancé la bouche vers la mienne mais j'ai dû avoir un mouvement de recul, parce qu'il s'est arrêté. « Ou pas. » Il s'est écarté de l'arbre, s'est étiré, bras au-dessus de la tête, en bâillant pour digérer mon refus. « Wohoo ! Le râteau. Je l'avais pas vu venir.

– C'est juste que…

– Pas de problème, Petit Jean. Vraiment. Je voulais seulement essayer un truc… »

J'ai mordu à l'hameçon.

« Essayer quoi ?

– Je crois qu'il est temps que tu joues cartes sur table.

– Quelle table ?

– Allez, PJ. T'es méga sexy mais personne ne peut t'approcher et nous, tous les mecs, on se demande pourquoi. T'es comme une île vierge et, il faut le dire, on a tous envie de faire le voyage... »

J'ai fait une grimace : « Qui ça, "nous, tous les mecs" ?

– Ben, tu sais... les mecs. Kaden, Jared, Calen, Caleb, Jayden... »

Il m'a cité tous les prénoms étrangement semblables des garçons de l'équipe de water-polo, en comptant sur ses doigts.

« J'ai peut-être seulement du goût. Ou des exigences. Ou... ou du goût. »

Ezra s'est accroupi pour s'asseoir sur le sentier couvert d'aiguilles de pin.

« Et un peu plus que deux neurones reliés entre eux. » J'ai relevé un talon contre le tronc de l'arbre.

« C'est bon, c'est bon. Ne te prends pas la tête, petit génie. Allez, viens voir la vue que j'ai d'ici. »

Il a tapé du plat de la main sur le sol, pour m'inviter à côté de lui. J'ai fini par céder et je me suis assise. Ezra était impossible à détester, même quand il se comportait comme un idiot. On s'est allongés sur le sol, côte à côte, comme des gamins dans la neige, et on a regardé le ciel à travers les branches.

Il a repris : « Alors, tu dis que tu es difficile, parce que tu as des exigences. Mais je me demande… si… c'est… vraiment… ça. » Il se caressait le menton, faisant semblant de méditer. « Ou si tu attends plutôt qu'une certaine personne te regarde d'une certaine façon…

– Qui ? » J'ai presque crié. Je me sentais rougir.

« Qui ? a répété Ezra.

– C'est qui, les kikis ? » a fait une voix grave. Tendant le cou, Ezra et moi avons découvert HP, debout près de nous.

« D'où tu sors ? » Ma voix était un couinement.

« J'étais devant le feu.

– On fait des personnages en pommes de pin, ai-je marmonné.

– Je vois ça.

– J'ai essayé de draguer ta copine, là, mais je me suis pris un râteau. Quelle malpolie. » Ezra s'est relevé, a brossé les aiguilles de pin de son pantalon. « J'allais enfin savoir pourquoi elle m'avait fait ça, vu que si je n'étais pas moi, je me draguerais moi-même… Pas vrai ?

– Tu me demandes si moi, je te draguerais ? » HP a ramassé une pomme de pin, l'a étudiée un moment avant de la lancer au loin dans les arbres.

Ezra s'est arrêté. Puis il a repris, d'un ton circonspect : « Où est ta petite amie ?

– Elle se baigne à poil, je crois. Un défi.

– Wow, mec. Tiens, prends ça. » Ezra a sorti un petit sachet de plastique roulé de sa poche, le lui a lancé. « On se retrouve près du feu. Ou alors demain, de l'autre côté. L'un ou l'autre. » Il a redescendu le sentier en direction du feu et du lac, me laissant seule avec HP.

« Elle se baigne à poil, hmmm ?

– Ouais. »

On s'est assis, genou contre genou, dos à l'arbre. HP portait son habituel sweater à capuche bleu clair, sa crinière blonde toute ébouriffée après un après-midi à nager dans le lac. Sous les arbres, il faisait sombre, mais pas encore noir, des ombres voletaient sur le sol de la forêt.

« T'as pas voulu la rejoindre, hein ?

– Et toi, t'as pas voulu t'envoyer en l'air avec lui, hein ? » HP a fait claquer ses genoux, cognant le mien.

« Je suis difficile.

– Je t'avais dit qu'il te kiffait.

– Il me kiffe pas, il est soûl et il a dix-huit ans.

– Merde, Petit Jean, tu peux accepter un compliment, pour changer ! » Il a ouvert le petit sachet donné par Ezra, l'a reniflé. « Oh, non. Ça craint. »

J'ai attrapé le sachet, l'ai examiné dans la pénombre. « C'est quoi ? Ça sent… le moisi.

– Des champignons magiques. Tu veux essayer ? »

HP n'était pas branché drogues – la fois où on avait fumé ensemble était une exception. HP était trop sportif, trop compétiteur, trop dix-kilomètres-de-footing-le-matin-avant-le-lycée. Il a sorti un champignon séché, ridé, en a mordu un bout, mâchouillant comme un chameau.

« Pas si mauvais. Tiens, prends-en un. C'est quoi, le pire qui puisse nous arriver ? »

On s'est regardés dans les yeux en mâchant.

« Ça ressemble au truc qu'on vous fourre sur la langue à l'église, ai-je dit.

– Ça a le goût de vieux pâté à la viande.

– T'as souvent mangé des vieux pâtés à la viande ?

– Et toi, tu vas souvent à l'église ? »

On a pouffé de rire, et HP m'a pris la main.

« Serre-moi fort », a-t-il dit. De ce moment, nous avons oublié tout le monde à la fête, il n'y a plus eu que lui, moi et la nuit qui s'annonçait.

Je suis désolée de devoir parler de drogues récréatives dans un commissariat de police, inspecteur Novak ; je sais que c'est déplacé. Mais il s'agit de moi et de HP. C'est *notre* histoire, même si elle a connu assez de détours pour que j'en sois à la raconter ici. Quand deux amis prennent de la drogue comme ça ensemble, il se crée une proximité unique, et je me fiche bien que ce soit illégal. HP et moi étions déjà proches – depuis toujours – mais, nos esprits à l'unisson, nous nous sommes accrochés l'un à l'autre comme si nous étions venus d'une autre planète en visite sur celle-ci, et qu'elle nous surprenait tous les deux.

Ezra avait dit une fois que prendre des champignons, c'était comme plonger l'éponge de son cerveau dans un peu plus d'eau – une métaphore que je trouvais stupide jusqu'à ce que je comprenne ce qu'il voulait dire. Le monde danse chaque jour sous vos yeux comme un sémaphore qui envoie des signaux, il vous offre sa beauté, attend qu'on le remarque, mais votre cerveau, non déformé, ne parvient pas à ouvrir tous ses cadeaux et les lui renvoie sans les déballer. On nous offre une nouvelle dimension à chaque instant ; quand vous prenez de la drogue, votre point de vue change et vous permet de voir cette nouvelle dimension. C'est la seule fois où j'ai pris des champignons, et je n'en reprendrai probablement jamais. J'ai eu ma nuit. À quoi bon faire quelque chose deux fois, si la première occasion s'est déroulée à la perfection ? C'est aussi pour ça que je ne tomberai plus amoureuse, maintenant.

Nous avons passé presque toute la nuit sur une plateforme dans les arbres, à observer en contrebas les autres aller et venir sur le sentier, pendant que la basse de la musique pulsait depuis les haut-parleurs directement jusque sous ma peau. Le visage de HP semblait moucheté d'algues bleu-vert et j'étais persuadée que la plateforme était un radeau qui dérivait sur un océan calme. Pour ne rien arranger, nous avions perdu la notion du temps, et aucun de nous ne portait de montre. Au fur et à mesure que la nuit s'avançait vers le matin, les petites lanternes vacillaient, s'éteignaient comme des myriades d'yeux qui se ferment.

Je me suis tournée vers HP. « Je crois que je suis en état de descendre l'échelle de corde, maintenant. » J'ai repoussé mes cheveux en arrière, je les ai sentis me chatouiller les lobes.

« Essayons. Wow, t'as des yeux magnifiques. Ils sont gris ardoise. Et on est, genre, le matin et je n'ai même pas faim. Comment ça se fait ? »

HP s'est penché en avant, a attrapé le haut de l'échelle de corde. Avec précaution, il est descendu, assurant sa prise à chaque barreau. Puis il m'a attendue, guidant mes pieds jusqu'à ce que je sois en bas. Les aiguilles de pin étaient spongieuses sous nos pas quand nous sommes sortis du bois. Nous avons croisé des groupes d'élèves qui fumaient des joints, jambes enlacées, la tête des filles appuyée sur les épaules des garçons.

Le feu fumait, abandonné, le sol alentour était jonché de cannettes de bière. Nous l'avons laissé derrière nous en nous tenant la main. Arrivés en haut de la petite colline qui dominait le feu de camp, nous nous sommes jetés à genoux sur un carré d'herbe.

« Dis-moi quelque chose », ai-je demandé.

HP s'est frotté le menton, où un léger duvet formait des reflets d'or. « Tu veux connaître mon prénom ? » Une pause. « Le H veut dire Hamish. Mon grand-père est écossais. »

– Hamish Parker. » J'ai souri. « Incroyable, le temps qu'il t'a fallu pour me le dire.

– Ben, tu l'as mérité. » Il s'est tourné vers moi en plissant les yeux. « Mais tu aurais pu demander à la secrétaire du lycée. Je suis sûr qu'il est dans tous mes dossiers. »

On a ri et après une pause, j'ai repris :

« Comment s'appelait ton frère ? »

HP a fermé les yeux. « Thomson. Il était plus blond que moi – et plus drôle. »

Il n'a pas voulu en dire plus.

Nous étions allongés sur la pente, comme un couple dans une épreuve de luge, raides, les bras tendus, dévalant vers l'inconnu. Il s'est endormi presque immédiatement, ronflant doucement, les mains croisées sur la poitrine. Dans ses rêves, ses longs cils papillonnaient. Seule, éveillée, j'ai contemplé le ciel pailleté. Le ciel m'a toujours été un compagnon agréable – j'aime son infinitude, l'idée que partout où on va, il est avec nous. Mon esprit fléchissait, ondulait. Dans un pêle-mêle de pommettes et de lèvres, les nuages se sont mués en un visage de vieil homme, ratatiné et souriant, bienveillant et chaleureux. Puis chaque nuage qui passait est devenu un exercice, chacun se transformant en personnage : moine, magicien… et monstre. J'ai appris, là, dans l'herbe, que ce qu'on voit tous les jours est entièrement le fruit de notre imagination. J'ai découvert cette nuit-là que je pouvais modifier ce que j'avais sous les yeux. Que je pouvais, littéralement, écrire le ciel.

Le soleil était déjà chaud quand je me suis réveillée. HP était assis, torse nu, le sweater noué autour de la taille. Les muscles de son dos jouaient sous sa peau tandis qu'il arrachait des brins d'herbe.

J'ai croassé un : « Salut ». Il s'est retourné, a esquissé un sourire.

« Comment tu te sens ? Un peu moins bien que d'habitude ? » Il s'est allongé sur le flanc, la tête sur la main, en suçotant un brin d'herbe. Ses pectoraux étaient forts, très dessinés.

« J'ai trop chaud. » J'ai eu un haut-le-cœur et je me suis assise pour ôter mon T-shirt blanc. J'avais un petit haut sans manches en dessous. L'air du matin sur mes épaules m'a fait du bien. « Ils sont où, les autres ? » En me retournant, j'ai vu que HP me fixait du regard.

Il s'est raclé la gorge, a montré du doigt le feu autour duquel les autres commençaient à se rassembler. Quelqu'un l'avait rallumé ; on l'entendait craquer, tandis que les flammes dansaient.

« Tiens, je t'ai apporté ça. »

Il m'a tendu une bouteille d'eau froide. Je l'ai décapsulée et j'ai bu cette fraîcheur pure comme si je venais de réchapper d'un naufrage.

« Où t'as trouvé ça ?

– Le camion d'Ez. La glacière y est restée toute la nuit. Ça fait une heure que je suis debout. »

De son brin d'herbe, il s'est mis à chatouiller mon épaule nue. Je me trémoussais, me défendais d'une main molle.

« Devine où ma petite amie a passé la nuit. Tu as droit à trois réponses. » Il a jeté son brin d'herbe au loin. Je l'ai observé avec attention.

« Ça a de l'importance ? »

Son rire m'a paru être un aboiement. « Non. Mais je pourrais casser la gueule à Ezra, pour le principe. »

La main en visière, j'ai scruté le bas de la colline. Lacy avait sur les épaules la veste de remise de diplôme d'Ezra et était assise sur ses genoux. Elle avait les cheveux en pétard.

« Il cherche à avoir ce que tu as, peut-être. Ou alors c'est elle qui veut avoir ce que tu as. »

Un petit V s'est formé entre ses sourcils, signe chez lui d'une intense réflexion. « Au moins, tu as eu le flair de ne pas baiser avec lui.

– Je te l'ai déjà dit, ça ne sert à rien d'embrasser celui qu'il ne faut pas. »

Je suis certaine qu'il y a eu un bref instant où nous nous sommes regardés dans les yeux, en nous demandant si nous pensions la même chose. Une seconde. Une demi-seconde. Est-ce sa main ou la mienne qui a bougé la première ? Tout ce dont je me souviens, c'est que le monde s'est tout à coup liquéfié. En un mouvement continu, sa main a agrippé ma nuque et je me suis roulée contre sa poitrine. Nos bouches, comme thermoguidées, étaient tièdes au dedans, nos langues coulissaient, soyeuses. Mon corps vibrait d'une manière inconnue jusque là. Plus je l'embrassais, plus j'en avais envie. J'ai goûté à son cou. Inhalé son odeur – il sentait la plage et le feu de bois. Les boutons de nos jeans se sont accrochés, tant nous nous pressions l'un contre l'autre.

Hors d'haleine, il m'a dit : « Viens, on va quelque part. »

J'étais assommée par le besoin de retrouver sa bouche.

« Le van d'Ezra », ai-je suggéré. Il était garé à dix mètres à peine, hayon ouvert, face à la pente, si bien que l'arrière était totalement invisible. Nous y avons couru, à demi accroupis comme sous un tir ennemi. HP m'a aidée à grimper sur le plateau du van, a déroulé sa couverture pour qu'on s'y allonge. Il s'est mis sur moi, mais il devait retenir une partie de son poids parce que je sentais ses triceps contractés à chaque fois que mes doigts s'y posaient. Nous nous sommes arrêtés.

« Tu ne te sens pas bizarre ? » Il était si proche que je sentais chaque mot de sa question sur mon visage.

« Non. J'ai l'air bizarre ? »

Sérieux, il a secoué la tête, les cheveux en tous sens. Je me suis tendue vers lui, l'ai attiré à moi. Le monde autour de nous se brouillait, irréel, j'avais du mal à croire ce que nous faisions. J'irradiais de confiance : je sais que c'est moi qui ai déboutonné le premier pantalon, qui ai glissé les doigts sous sa taille. Je le caressais comme si j'avais déjà vécu la scène, comme si je savais déjà ce qui adviendrait.

Il a grogné, s'est tortillé, a murmuré : « Tu es sûre que tu n'as jamais fait ça ? »

Nous nous sommes embrassés, souriants, libres, le ciel pour seul témoin, surpris de la pureté que nous découvrions.

Cette matinée avec HP a été comme l'interrupteur d'une lampe que je pensais ne jamais allumer. Une fois actionné, la lumière qui nous éclairait n'a plus jamais été la même. Je n'avais jamais été nue auparavant – pas de cette façon. Disons seulement que je me suis découvert avec lui des instincts que j'ignorais jusque là.

CHAPITRE 4

Pendant que je parle, tous ces souvenirs m'envahissent et je retourne dans le passé ; j'y suis vivante, et la lumière n'a pas changé. Je me tais durant de longs moments, je suis jusqu'à leur terme les sentiers de pensées anciennes, je savoure des inflexions de voix que je reconnais. J'ai en stock dans la tête tant de jours parfaits. Novak me ramène à la réalité quand je prends trop de temps, et j'essaye de lui faire partager le moment que je viens de revivre. Mais je ne sais pas si c'est possible, pas avec autant d'intensité. C'est peut-être une des grandes tristesses de la vie, cette incapacité à transmettre correctement. Mais j'essaye.

Je me suis réveillée dans le camion d'Ezra. J'ai jeté un œil par-dessus le rebord du plateau en enroulant la couverture de laine sur ma poitrine. Mes camarades de classe levaient le camp, piétinaient le feu pour l'éteindre, ramassaient les paquets de chips vides. Je ne sais pas combien de temps nous avions dormi mais le soleil était haut dans le ciel et Ezra remontait la colline dans notre direction.

« HP ! » Je lui ai secoué l'épaule, l'arrachant aux profondeurs du sommeil. « Il faut qu'on s'habille ! » J'ai tendu la main vers mes vêtements, jetés en tas à côté de lui.

« Salut. » Il m'a attirée à lui, s'est blotti dans mon cou.

« Ils remontent la colline tout droit… »

Il s'est étiré, a bâillé, bouche grande ouverte.

« Mets tes fringues, ai-je couiné en lui écartant les mains pour agrafer mon soutien-gorge.

– Tu es belle quand tu paniques, tes yeux sont encore plus grands. » Il a enfilé son jean avant de s'asseoir. « Hé. Arrête deux secondes, je veux juste te dire un truc. » Je l'ai laissé m'attirer à lui et quand il m'a embrassée, le désir pressant a resurgi, nos mains partout sur le visage de l'autre…

C'est Ezra qui nous a séparés. Il a balancé dans le camion la glacière que HP avait pillée, puis s'est assis d'un bond à l'arrière, en nous tournant le dos.

« Hé ben, hé ben, hé ben ! » Ezra a allumé une cigarette, s'est tourné vers nous. « Regardez-moi qui vient de décrocher son diplôme ! » Il a ramassé mon haut sans manches, l'a fait tourner du bout de l'index. Je l'ai attrapé. « Tu ferais mieux d'enfiler tes godasses, mec. Ta petite amie est à moins de dix pas. »

Sans répondre, HP a sauté du camion et a foncé vers le lac, au moment où Lacy arrivait à hauteur de l'arrière du camion, la veste d'Ezra toujours sur les épaules.

« Il est parti où ? » a-t-elle demandé en me voyant blottie dans la couverture de HP.

« HP, HP, HP… » Ezra faisait des ronds de fumée et a ôté un brin de tabac coincé entre ses dents en regardant Lacy redescendre la colline. « Tout le monde veut HP. »

Il a paru surpris que je lui prenne sa cigarette pour tirer une bouffée.

« Depuis quand tu fumes ?

– Tu ne me connais pas aussi bien que tu crois, Ez. » J'ai inhalé à fond, toussant tout en faisant semblant d'avoir déjà fumé. « Et je te préviens, HP va te défoncer la gueule.

– Oh, tu déconnes. Comme s'il était amoureux de Lacy. » Il a repris sa cigarette. « C'est plutôt Lacy qui va t'exploser la tronche ! »

En jetant un œil en contrebas, nous avons vu que Lacy avait rattrapé HP, à proximité du feu. Il avait les mains sur les hanches et l'écoutait. Elle a essayé de lui toucher l'épaule, mais bien sûr, il s'est écarté. Puis je l'ai vu remonter pour elle la fermeture-Éclair de la veste d'Ezra, avant de revenir vers nous.

« C'est comme un quadrille où on change de partenaire, a dit Ezra. Tout le monde a fait son demi-tour. »

En revenant en ville, nous avons repris les mêmes places sur la banquette : j'étais toujours coincée contre Lacy, et je sentais sa haine brûler sur ma joue. Je ne l'ai pas regardée. Les garçons avaient dû régler leur différend en quelques phrases floues pendant qu'ils chargeaient le camion : ils braillaient des chansons quand nous avons traversé la ville.

Quand Ezra s'est garé devant chez moi, je suis descendue pour attraper mon sac, à l'arrière. Par la fenêtre du bureau, j'ai pu voir mon père tourner en rond, lentement, les yeux sur une feuille de papier qu'il avait à la main.

« À plus tard les gars. Merci d'avoir fait le taxi, Ez.

– À plus. » HP m'a fait un clin d'œil.

Pendant que je montais les marches de l'entrée, mon père est sorti avec une lettre, qu'il agitait avec tant d'enthousiasme qu'il en ébouriffait sa coiffure. Je suis passée droit devant lui et je suis entrée. Ma mère faisait des sudokus sur le divan, effaçant un chiffre qu'elle avait mal placé. Quand je suis entrée dans le salon, elle a levé la tête avec le regard de quelqu'un qui attend qu'on lui annonce un mariage.

« Alors ? Comment ça s'est passé ? Raconte-moi tout, chérie. »

D'une tape sur le coussin à côté d'elle, elle m'a invitée à m'asseoir, au lieu de quoi j'ai laissé tomber mon sac par terre et foncé droit sur le frigo.

« Ç'a été merveilleux ? HP s'est bien occupé de toi ? »

J'ai bu du lait à même la bouteille, mais elle était trop ravie pour m'en faire la remarque.

« Je me rappelle aussi de mon week-end de fin de lycée. J'avais dansé toute la soirée avec Kenny Calahan et ma chère, je te prie de croire qu'il n'était pas maladroit. Il m'a ramenée à la maison dans la BMW de son père, dont le moteur ronronnait comme un chat. J'adore les hommes en BMW.

– C'est pour ça que tu as choisi papa ? » ai-je grogné en le cherchant des yeux. Il avait dû se réfugier dans son bureau.

« Je n'ai rencontré ton père qu'à vingt-deux ans ! Nous jouions tous les deux dans *La Nuit des rois*. Il jouait Malvolio, ce qui n'a rien de très excitant, mais il m'a séduite à la fête donnée pour la dernière. Je t'ai déjà raconté cette histoire.

– Je ne devais pas écouter. »

Elle a refermé son cahier de sudokus, s'en est servi pour éventer sa royale figure. « Et dire que ces grilles sont supposées être d'un niveau facile. Les difficiles doivent servir d'examen d'entrée à la NASA. » Son rire était trop strident. Elle s'est levée, m'a rejointe dans la cuisine, s'est appuyée au comptoir, dans son corsage de mousseline vaporeuse. « Angela, tu as embrassé un garçon ? »

La question m'a fait sursauter. « Pourquoi tu me demandes ça ?

– Oh, mais je sais deux ou trois choses sur ma fille. » Elle a enroulé ses longs ongles peints dans le ruban jaune de son corsage. « Tu rayonnes ! Tu as embrassé un garçon, j'en suis sûre, même si l'idée qu'un garçon puisse te choisir, avec des cheveux aussi mal peignés, me dépasse. C'est HP ? Oh Angela, tu n'aurais pas pu mieux tomber. » Elle a eu un soupir absent. « Rien n'est plus beau qu'un amour naissant, et ce garçon est un diamant dans un tas de charbon. S'il te plaît, dis-moi que c'est HP. »

J'ai remis le lait au frigo, refermé la porte. « J'ai réfléchi. Je ne veux pas aller à l'université. Je ne veux aller nulle part.

– Ne sois pas ridicule. » Sa voix s'était faite grave, voilée.

« C'est ce que papa veut, mais on ne m'a pas demandé mon avis. » J'ai essuyé le lait sur ma lèvre supérieure d'un revers de main et ma mère a pris une grande inspiration.

« Tu n'aurais pas pris de la drogue ? Tu es toute pâle. Tu te sentiras mieux après une douche chaude et un fruit frais. Ton père a une très bonne nouvelle pour toi. Où est-il ? Il tourne en rond dans son bureau depuis ce matin comme un tigre du Bengale. Dieu merci, tu es rentrée.

– Mais enfin, m'man, tu n'entends pas ce que je te dis ? »

Elle s'est réinstallée sur le canapé, a ajusté sa robe autour des genoux. « N'en parlons pas maintenant, chérie. Pas quand tu prends ce ton acide.

– Ne parlons pas de quoi ? a demandé mon père en entrant, traînant des pieds. Il s'est posté derrière le canapé, mains sur les hanches, pelvis tendu vers l'avant. La lettre qu'il m'avait agitée sous le nez à l'entrée était maintenant roulée comme un parchemin, pressée contre sa hanche.

« David, où étais-tu ?

– Il fallait que je vous montre l'enveloppe. Regardez ça ! Avec un blason d'or. »

Par intermittences, il se dressait sur la pointe des pieds.

« Je crois que ça n'est pas le moment. Non, David, elle est désorientée, elle a besoin de sommeil. Regarde comme elle est pâle. Attendons avant de lui annoncer la bonne nouvelle. » Ma mère s'est remise à feuilleter son cahier.

« Oh. » Mon père s'est gratté la nuque. « Qu'est-ce que tu as appris à ce camp ? J'espère que HP ne m'a pas fait faux bond.

– Ils ont eu une aventure. » Ma mère souriait, mâchouillant le bout de son crayon à sudokus. « Mais elle est timide et bien élevée. Une vraie dame ne parle pas de ces choses-là. »

Mon père a plissé le front. « Angela, nous devons discuter tous ensemble de ton avenir. » Il a levé la lettre roulée comme s'il embouchait une trompette avec laquelle claironner son triomphe. « J'ai des nouvelles d'Oxford à annoncer. » Il a fait un pas vers le comptoir du petit déjeuner. « Angela, ferme ce réfrigérateur et regarde-moi bien. Ma chérie, je sais que tu es fatiguée, mais nous avons réussi à te faire entrer à l'université d'Oxford, en Angleterre ! Pour de vrai ! Tu vas aller dans la meilleure université *du monde.* » Il a posé le bout des doigts sur ses lèvres, attendu que j'éclate de joie.

« Je n'irai nulle part. »

Il a hésité un moment, comme si peut-être il s'était mal exprimé. « Reggie McIntosh t'a inscrite en première année d'études classiques, grâce à, je cite, "un excellent dossier scolaire". Tu dépendras de Hertford College, ils t'ont acceptée également. Bravo ! »

J'ai grimacé. Pourquoi n'avais-je pas rendu des plus mauvais devoirs pendant toute ma terminale ?

« Angela, on ne pouvait pas rêver plus belle rampe de lancement. Après ça, les possibilités sont illim…

– Moi, je n'en ai pas rêvé, ai-je coupé. Ce n'est pas mon rêve. » Dans ma tête, je ne voyais que HP, son visage au-dessus du mien dans le camion d'Ezra.

Dans le salon, sur le canapé, ma mère a enfoncé les mains entre ses genoux. « Enfin, allons, chérie, essaye d'être positive. C'est un tremplin exceptionnel ! On te donne les clés du royaume.

– Personne ne m'a demandé mon avis !

– Je croyais que tu serais aux anges… » Mon père m'a regardée, bouche bée, comme si je venais de lui annoncer que faire des études était un tort.

« HP t'attendra, tu sais. » Ma mère s'est levée brusquement, faisant tomber son cahier.

« C'est à cause de HP ? » a demandé mon père.

Je suis restée muette.

« Il s'agit de passer huit mois à l'étranger, Angela. Huit mois qui vont te lancer dans la vie. Après, tu auras *tout* ce que tu veux. » Les yeux de ma mère brillaient.

« Je ne veux pas tout.

– Tu es belle et pleine de talent, chérie. » Elle a repoussé ses cheveux en arrière. « Tu vas t'ouvrir des portes que tu pourras franchir avec qui tu le désires. HP, par exemple, il ferait un bon parti. Personne n'en doute. Mais Oxford ? Tu ne peux pas ne pas y aller.

– On ne peut plus reculer, maintenant, est intervenu mon père, se massant la nuque d'une main. J'ai demandé cette faveur, tout organisé. Ce serait une véritable humiliation. » Ses orteils se recroquevillaient dans ses pantoufles usées.

Je commençais à pouvoir tenir tête à ma mère, mais mon père était plus difficile à défier. Ses bonnes intentions étaient pleines de ses propres échecs. Se disputer avec lui, c'était se battre contre un chien boiteux.

Le téléphone a sonné juste à cet instant. Je l'ai décroché du mur, me suis bouché l'autre oreille en m'accroupissant.

« Z-yeux gris ? » La voix de HP, profonde et chaude. Je me suis détournée pour que ma mère ne me voie pas. « On se retrouve dans dix minutes devant chez toi.

– Je peux pas. J'ai pas encore…

– Tu feras ça plus tard. On dormira quand on sera morts ! »

Je suis sortie en vitesse, sous le regard incrédule de mes parents.

Aujourd'hui, en repensant à ce matin-là, inspecteur Novak, je regrette de ne pas en avoir dit plus, fait plus pour défendre mon propre avenir. Parce que si vous ne le protégez pas, qui va le faire à votre place ? Je n'ai jamais choisi l'université d'Oxford. Et pourtant, elle a façonné devant moi un avenir qui s'est déroulé, qui a poussé et épaissi comme une plante grimpante. Je ne dis pas que je sais ce qui est arrivé à Saskia, inspecteur, mais je sais au moins ceci : si elle existe, c'est uniquement à cause de moi.

CHAPITRE 5

Novak m'a laissée parler quasiment sans m'interrompre, m'a accordé mon forum, mon monologue. Je ne m'attendais pas à ce qu'il tienne parole. De temps en temps, quand je faisais une pause, il levait les yeux mais dès que je reprenais, il se concentrait à nouveau sur son bloc-notes, où il continuait à prendre des notes avec son stylo mâchonné. Là, cependant, il m'arrête. Il tente de reprendre les rênes.

« Il n'y a pas de doute alors. C'est bien une histoire d'amour. » Novak se fourre le majeur dans l'oreille, en tire-bouchon, comme pour en extraire quelque chose d'important. Ce qui explique peut-être son incapacité à bien m'écouter.

Je saisis la bouteille d'eau qu'il a apportée, la décapsule et bois avidement. « Comme je vous le disais, inspecteur Novak, quelle histoire d'amour peut bien se terminer dans un commissariat ?

– Vous seriez étonnée. » Il reboutonne sa veste. « *Roméo et Juliette*, par exemple ? Il paraît que ça ne finit pas bien.

– Pas pour les amoureux, en tout cas.

– Vous êtes en train de me dire que Saskia est morte ? » demande-t-il.

Nous nous mesurons du regard. Avec ce type, tout est un jeu. Les mots ne sont pas sortis de ma bouche qu'il se jette dessus, qu'il les transforme en quelque chose qui colle à sa petite check-list. Je lui dis ce qui s'est passé – en tout cas ce que j'en sais. Mais des types comme lui veulent entendre une histoire qu'ils connaissent déjà, et ils ne posent de questions que s'ils connaissent déjà la réponse.

Je lui demande : « Qu'est-ce qui vous fait penser que Saskia est Juliette ? »

Il fait cliqueter la pointe de son stylo-bille, encore et encore.

« Et que pensez-vous de *Jane Eyre* ? Vous aimez ce roman, Angela ? »

Ses mains, jointes au bout des doigts, dessinent comme un clocher d'église. « Angela, êtes-vous la folle ? Celle qui vit recluse au grenier pendant des années ?

– Dans *Jane Eyre*, c'est l'épouse qui est folle et qui met le feu à la maison, inspecteur. Je n'ai jamais épousé personne. »

Il prend des notes tandis que je reste assise, bras croisés.

« Poursuivez. » De l'index, il fait des petits cercles comme s'il rembobinait un fil invisible, puis il se penche vers le porte-documents qu'il a gardé à ses pieds toute la matinée. Il est presque quatorze heures. Il en sort une poire et quelque chose d'enveloppé dans du papier huilé, qu'il pose doucement sur la table, devant moi. Le papier huilé contient un sandwich de pain de mie, sans croûte. Une vague odeur de poisson flotte dans l'air immobile. Il découpe la poire à l'aide d'un couteau de poche, m'en tend un quartier.

« Vous n'avez pas faim ?

– Vous devriez l'indiquer dans mon dossier.

– Vous paraissez un peu nerveuse. Pourriez-vous me dire pourquoi ?

– Je ne sais pas pourquoi je suis là ! » J'ai crié involontairement. J'inspire profondément. « Je n'ai rien fait de mal. Je veux dire : il y a un problème ou bien suis-je là pour vous aider ? Bon sang, vous avez vraiment perquisitionné chez moi ? »

Il se frotte les mains, comme s'il regardait son passage préféré à la TV.

« Vous êtes ici en tant que TA – témoin assisté. À ce stade, on vous pose seulement des questions, et vous n'êtes pas le seul témoin interrogé. Vous n'êtes pas mise en examen.

– Donc je peux partir ? »

Il sort une montre à gousset en argent de sa poche de poitrine. Quel snob. Il en soulève le couvercle, le referme. « Disons que vous pourrez partir dans dix-huit heures, à peu près. »

Je me couvre le visage des mains.

« Poursuivez votre… histoire.

– Qu'est-ce que vous voulez savoir ? »

Il soupire. « Parlons un peu plus de Saskia. Vous la connaissez très bien, n'est-ce pas ? Malgré le fait que vous parliez de tout le monde *sauf* d'elle ? »

Je lève les yeux vers lui, le visage fermé.

« Je veux dire que je lis ici que vous avez partagé le même domicile qu'elle et HP, récemment, et ce durant plusieurs semaines. Pouvez-vous me le confirmer ? Votre nom ne figure pas sur le bail de la maison. Celui de HP, oui.

– Oui, j'ai partagé une maison avec HP.

– Je suis sûr qu'il y a là une histoire intéressante. Vous avez obtenu votre diplôme il y a huit ans, donc vous avez vingt-six ans – c'est bien ça ? Et vous avez bien votre propre adresse, en ville ? »

J'acquiesce. « Mes parents possédaient une petite maison – je veux dire, une seconde maison. Ils en avaient deux. J'ai habité la plus petite pendant presque toutes ces six dernières années, mais mes parents ont divorcé récemment, et ma mère a emménagé chez moi.

– Votre père habite toujours Cove ?

– Non. Après le divorce, il a vendu la maison familiale et déménagé sur la côte, pour fuir le jugement permanent de ma mère. Je ne sais pas très bien où il en est. Il m'appelle de temps en temps pour vérifier que je vais bien.

– Vous allez bien ?

– Mieux que lui. »

Novak se lèche le pouce et l'index. « Et donc quand votre mère s'installe chez vous, vous déménagez chez M. Parker ?

– HP m'a proposé la chambre d'amis, pour que j'aie un espace à moi, le temps que ma mère aille mieux. Elle est parfois difficile à supporter. Vous l'avez déjà rencontrée ?

– Et donc, hier, quand Saskia a disparu… » Il lève les yeux. « Où étiez-vous ?

– Comme je l'ai dit aux autres policiers, j'étais chez moi hier soir. Avec ma mère. Inspecteur Novak, je crois vraiment que Saskia n'a pas du tout disparu. Elle a sûrement monté toute cette histoire pour attirer l'attention.

– Pourquoi vous sentez-vous tellement en compétition avec Saskia ? » Il a un sourcil relevé plus haut que l'autre.

Je me reprends, j'inspire. « C'est une simulatrice. Elle ment sur tout. Je l'ai su à la minute où je l'ai rencontrée. »

Novak s'étire paresseusement. « Je vois. Alors dites-m'en un peu plus sur tout ça. »

Mes épaules s'affaissent, j'enfouis à nouveau le visage dans mes mains. Avec ce type, il est impossible de clore une conversation. Au bout de quelques secondes, je relève la tête. « HP est-il ici ? Enfermé dans une de ces pièces ?

– Nous interrogeons plusieurs personnes. Et nous croyons que vous protégez quelqu'un. Si vous ne nous dites pas tout, vous allez vous retrouver dans une situation périlleuse. Vous y avez déjà songé ? »

Je tends le bras, j'attrape un morceau de poire que j'enfourne, de côté, et je parle tout en mastiquant. « Vous savez ce que je pense ? Je pense que Saskia se planque, qu'elle lèche ses plaies. »

Ses yeux s'étrécissent. « Quelles plaies ? Elle est malheureuse ? C'est ce que vous dites ?

– Définissez-moi le *bonheur*. » J'attrape un autre quartier de poire, l'avale.

Novak se renfonce sur son siège. « J'aimerais mieux que *vous* me définissiez son malheur. Pourquoi se sentirait-elle blessée, Angela ? » Il croise les bras, marquant la fin de son intervention. C'est de nouveau mon tour.

CHAPITRE 6

Ce que l'inspecteur Novak ne comprendra jamais, c'est que je sais à quoi ressemble le vrai bonheur. Je l'ai vécu avec HP, cet été-là, et ces souvenirs sont marqués au fer rouge dans mon esprit.

Nous passions des journées entières ensemble, au bord du lac – lui se balançait au bout d'une corde accrochée à un arbre pendant que je lisais un roman, derrière mes lunettes de soleil trop grandes. Il me déposait à la maison avant le dîner, pour le plus grand plaisir de ma mère, et revenait me chercher une heure plus tard. Nous partions dans son camion jusqu'au lac, ou bien nous montions au vieux moulin faire l'amour. À chaque fois qu'un nouveau film passait en ville, on allait au cinéma, aux premiers rangs, comme le font les couples, pendant qu'Ezra nous jetait du pop-corn depuis les sièges du fond. Nous avons plus d'une fois passé la nuit entière dans son camion, alors même que j'étais censée rentrer dormir chez mes parents. Réveillés tôt, le nez froid, nous nous blottissions sous sa couverture jusqu'à ce que le soleil nous cuise et nous oblige à sortir. Nous étions inséparables.

Tous les week-ends, il y avait des fêtes autour d'un feu, du côté d'Old Creek Road. Nos camarades de classe buvaient de la bière à même le tonneau, vautrés sur les plateaux des camionnettes. Je m'y rendais tard, cherchant nerveusement HP parmi eux, mais je me détendais dès que je le voyais. Je ne supporte pas les fêtes : je n'aime pas le chaos qui y règne. Lacy se montrait à chaque fête, elle aussi. Elle dessinait désespérément des cercles au sol de la pointe du pied, en marge de toutes les conversations, attendant le moment où HP aurait bu assez de bière pour pouvoir lui glisser à l'oreille diverses propositions.

« Quelle plaie, celle-là », a dit Ezra. Nous étions assis sur un rocher, vers la fin de l'été, et regardions HP se défaire pour la dixième fois de l'étreinte de Lacy. « Il fait trop chaud pour ça.

– T'es dégoûtant », ai-je murmuré, en acceptant malgré tout la cigarette qu'il me tendait.

Ezra a passé son bras à mon cou. « T'en as beaucoup à apprendre sur les garçons.

– Te fais pas d'illusions, Ez, votre mode d'emploi n'a qu'une seule page. »

Je bluffais. Cet été-là avec HP a été pour moi une suite de découvertes. J'étais chaque jour un peu plus proche de lui, je nageais toujours plus profond, si bien que fin août, j'avais l'impression de vivre au fond d'un océan, de lever les yeux vers la surface où je ne faisais auparavant que barboter. J'aurais voulu que ça n'ait pas de fin mais au fond de moi, ce projet de départ à l'université à l'automne me tenaillait, comme une peau près d'un ongle qu'on voudrait arracher. Je n'avais pas réussi à refuser Oxford : je n'avais pas pu faire ça à mon père. Et, comme ma mère le soulignait en permanence, la réputation de la famille était en jeu. De plus, elle avait raison sur un point : je voulais quitter la maison parentale, quitter cette ville ringarde, même si en partir sans HP restait pour moi inimaginable. Comment allais-je tenir huit mois sans lui ? La nuit, dans mon lit, je restais sans dormir, yeux mi-clos face aux ombres. Je n'avais toujours pas trouvé comment le lui annoncer.

HP nous a rejoints sur le rocher, s'est assis, incrédule. « Lacy est pire que Terminator.

– Ça me plaît, moi, toute cette rage désespérée, chez une fille. » Ezra a hoché la tête. « J'étais en train d'expliquer à PJ ce que veulent les garçons… »

Sur notre gauche, au milieu de la route non asphaltée, quelqu'un a versé du kérosène sur un tas de branchettes et jeté une allumette. Le feu a pris d'un coup avec un grondement sourd, suivi d'acclamations.

« Je crois qu'elle sait ce que veulent les garçons. » HP m'a attirée à lui.

« Vous n'avez qu'à vous marier, tous les deux, qu'on en finisse. » Ezra a éteint son mégot à côté de ma cuisse. « Ça fera des vacances à tout le monde.

– Je suis entièrement pour, si tu l'es aussi ! » HP m'a souri, m'a embrassée dans le cou. J'ai fait oui de la tête, mais HP a senti que je m'étais raidie.

« Qu'est-ce qui se passe, Jean ?

– Ces fêtes, c'est toujours pareil. La musique est la même, on boit les mêmes alcools, et personne n'a rien d'intéressant à dire. » J'ai arraché un morceau de mousse du rocher. « L'été se termine. On devrait tous foutre le camp d'ici. »

Les deux garçons se sont regardés dans mon dos.

« OK, je suis prêt à partir. Tu nous dis quand tu veux y aller. » HP s'est levé, a épousseté son jean. « Ou… ce n'est pas ça que tu veux dire ? Qu'est-ce que tu as, ce soir ? Tu es… tendue.

– Je m'emmerde. »

Ezra tirait paresseusement sur une nouvelle cigarette. « Tu parles ! T'es en colère à cause de quelque chose. Je connais les filles.

– Allez, on s'en va, a dit doucement HP. À moins que tu ne sois en colère contre moi ?

– Pas du tout. » J'ai fait rouler le morceau de mousse sur le rocher, et j'ai levé les yeux. « Tu peux me déposer ? »

On s'est garés dans l'allée de mes parents. En éteignant la stéréo, HP a dit : « J'ai fait quelque chose de mal ? »

Je fixais obstinément mes mains. « HP, je ne sais pas quoi te dire. »

Quelqu'un a tapé au carreau, côté passager. J'ai levé les yeux. C'était ma mère, debout dans son manteau chic. Elle venait de se brosser les cheveux. Quand elle m'a fait signe de descendre la vitre, je me suis tournée vers HP.

« Démarre, ai-je sifflé. Marche arrière !

– Pourquoi ? Qu'est-ce qui se passe ?

– Je ne peux pas… »

Ma mère a de nouveau frappé au carreau, de toutes ses phalanges cette fois.

« Baisse ta vitre ! Elle va passer le poing à travers, sinon. »

J'ai regardé ma mère droit dans les yeux. On aurait dit un tsunami, prêt à envahir le camion et à occuper tout l'espace, jusqu'à nous noyer. J'ai retenu ma respiration et j'ai baissé la vitre.

« Chérie ! Je vous ai entendus arriver et je me suis dit que c'était l'occasion de souhaiter bonne chance à HP.

– Bonne chance pour quoi, madame Petitjean ? » Il était impassible. Il s'est penché sur son volant, y a appuyé le menton.

« On va te voir beaucoup moins souvent pendant un moment, j'imagine, quand Angela ne sera plus là. Et, à propos, je voulais simplement dire que même si elle n'est pas là, tu peux venir me rendre visite quand tu veux. »

J'ai regardé droit vers HP, dont le visage semblait être une feuille de papier blanc découpée par le clair de lune.

« Je n'y manquerai pas, madame Petitjean. » Il s'est tourné vers moi. « Remonte ta vitre. » Il a mis le contact, entamé une marche arrière, laissant ma mère seule dans l'allée. Elle avait gardé ses ballerines aux pieds.

J'aurais dû le lui annoncer plus tôt, avant la fête, peut-être, mais je n'avais pas pu trouver le bon moment. Il a remonté la rue jusque chez ses parents, ce qui m'a surprise. Il a claqué la portière en sortant, et en deux enjambées il est arrivé au vieux bouleau. Depuis le siège passager, je l'ai regardé remonter la capuche de son vieux sweater et se laisser glisser dos à l'arbre. Je l'ai rejoint au bout d'une minute. Chez lui tout était sombre, à l'exception d'une lampe allumée dans la chambre de ses parents. Mme Parker lisait toujours le soir, tandis que son mari dormait. HP et moi sommes demeurés silencieux, jusqu'à ce qu'il pose le pied sur le mien.

« Tu vas quelque part, alors ? »

Mon cœur tambourinait. « J'ai été prise à l'université. Je pars la semaine prochaine. J'allais te le dire. C'est pour ça que la fête ne me branchait pas. J'étais… »

Il m'a regardée durement, puis a secoué la tête en riant. « Tu vas loin, PJ ? Ou tu vas juste faire un premier cycle à la fac d'ici ?

– L'Angleterre. À Oxford. »

Il a posé une main à plat sur sa capuche, a tiré dessus pour gagner quelques centimètres. Puis il s'est frotté le visage, comme pour se savonner.

« Quand est-ce que tu l'as appris ?

– Après le week-end de la fête de fin d'année.

– Sérieux ? Mais pourquoi tu ne m'as rien dit ? » Il avait une petite voix. Je n'avais qu'une envie, c'était de le prendre dans mes bras, d'aller m'étendre avec lui dans le camion.

« Je suis désolée. C'est mes parents. Je n'ai pas envie d'y aller.

– Alors n'y va pas. Ne pars pas. »

J'ai posé la main sur son bras, mais il évitait mon regard. « Tu pourrais venir avec moi ?

Sa réponse a été coupante. « Je crois que je ne suis pas fait pour Oxford. »

J'ai regardé mes pieds, recroquevillés dans leurs chaussures.

« Et tu sais bien que j'ai des projets de mon côté. Il y a cet apprentissage, et je vais entraîner les seniors de l'équipe de natation. » Il a renfoncé encore un peu plus sa capuche. « Je n'arrive pas à croire que tu ne m'aies rien dit. »

Nous sommes restés silencieux quelques minutes. La lumière s'est éteinte dans la chambre de ses parents. Quand HP a repris la parole, sa voix s'était radoucie.

« Écoute, c'est bien que tu y ailles. Tu l'as mérité et… et tu vas réussir, j'en suis sûr. » Il s'est levé et m'a caressé le sommet du crâne.

Je retenais mes larmes, comme un tout-petit à son premier jour au jardin d'enfants.

« Allez, ça va être super. Et tu n'en as que pour huit mois. La bonne vieille Angleterre. Mais la prochaine fois, dis-moi la vérité, hein ? Et laisse-moi un peu de temps pour me préparer.

– Mais tu ne comprends pas ! Je ne suis bien que quand tu es avec moi. Je ne sais pas comment je vais faire. »

Il a souri. « Je serai là à ton retour. Ce n'est pas comme si j'allais quitter la ville.

– Tu pourras au moins venir me voir ?

– Peut-être. Il faudrait que j'économise. Mais – hé, peut-être ! » Une idée l'a illuminé. « Au printemps, quand il n'y aura plus d'entraînements… » Il a compté sur ses doigts. « Je suis sûr que mon père me laissera quelques semaines de vacances, en avril. Tu y seras encore ? Ça pourrait marcher. » Il m'a tendu la main. Sa paume était sèche et lisse quand je m'en suis saisie.

« Vraiment ?

– Je vais essayer. Et Ez viendra peut-être avec moi.

– D'accord.

– Allez viens, je te raccompagne. »

En arrivant à proximité de ma vieille maison toute grise, j'ai dit : « Pendant que je suis partie, ne viens pas voir ma mère. »

Il a hoché la tête. « Ne t'inquiète pas. J'ai repéré ses crocs de vampire. »

J'ai ri tout haut, à travers mes larmes. « Merci. »

Je ne l'avais jamais autant aimé.

Comment ça, ça ne me regarde pas ? » Au matin, les céréales concassées de ma mère refroidissaient à côté d'elle. « Je l'invitais à rester proche de notre famille pendant que tu seras partie. Tu ne vois pas que ça va être dur pour lui ? Ou bien tu ne penses qu'à toi ? »

Je me suis affalée sur le comptoir du petit-déjeuner. « Je ne suis toujours pas sûre d'y aller.

– Angela ! » Elle a attrapé sa cuillère, remué son épaisse bouillie. « Dans la vie, il faut parfois faire des choses déplaisantes. Mais qui sont nécessaires. Je suis désolée de te voir si chagrinée pour HP, mais je t'assure qu'il t'attendra. Tu es une Petitjean. Des femmes comme nous ne se trouvent pas à chaque coin de rue, tu sais. »

Tout au long de ces sept jours avant mon départ pour l'Angleterre, j'ai eu le ventre serré par un poing invisible. HP et moi avons été nous baigner au lac et admirer le coucher de soleil chaque fois que c'était possible, mais nos conversations étaient devenues mélancoliques. C'était comme si nous avions lu la dernière page d'un chapitre et que nous ne pouvions plus nous concentrer sur celles qui précédaient.

Au cours de la dernière journée que j'ai passée à Cove, le téléphone a sonné.

« Quoi ? a dit HP quand j'ai décroché.

– Je n'ai rien dit.

– Désolé, je suis au boulot, tout le monde crie. On se voit au Fu Bar à dix-huit heures. »

Il a raccroché dans un déclic.

Au Fu Bar, même les serveuses étaient mineures. Elles avaient toutes des coupes de cheveux sophistiquées et des combinaisons d'aviateur orange, zippées à diverses hauteurs. Le bar ressemblait à un hangar d'aviation avec un dédale de tubes d'aluminium au plafond ; au menu, il y avait des chips de patate douce faites maison. Il n'y avait pas deux sièges semblables, et partout au mur, des répliques de cinéma étaient affichées sur des ardoises. Quand je suis entrée à 18 h 20, toute l'équipe de natation était dans l'arrière-salle, à jouer au ping-pong en buvant des pichets de bière mousseuse. Ezra m'a fait un grand signe et s'est approché.

« Mademoiselle grandes universités, a-t-il dit en me prenant si vivement par le cou que j'ai trébuché en avant. Tu m'avais caché ça.

– Je vois que tu as invité toute l'équipe. Je ne savais pas que j'étais une si bonne copine pour eux.

– HP est par là. » Ezra a indiqué du menton le bar où HP était assis sur un tabouret, dos au comptoir, face à moi. « Ça fait deux heures qu'il boit. »

HP avait encore son sifflet de maître-nageur autour du cou et son short de bain rouge. De temps en temps, sa tong glissait du repose-pied de son tabouret, et il manquait perdre l'équilibre. Je me suis avancée vers lui, il s'est redressé et a posé son verre mais avant que j'aie pu le rejoindre, un des Jared-Jayden-Caleb-Kayden m'a coupé la route pour m'entraîner vers la table de ping-pong.

« Viens, tu seras dans mon équipe de double ! » a-t-il beuglé. Je ne connaissais même pas son nom.

« Voilà, tu tiens ta raquette comme ça… » Il m'a entourée de ses bras pour rectifier ma prise, et une vague de déodorant Axe a envahi mes narines. « OK, c'est les premiers à vingt et un points qui gagnent. Mets-toi en revers. »

J'ai manqué le premier service parce que je regardais vers HP par-dessus mon épaule.

« Petit Jean ! T'es comme toutes ces filles qui sont sexy mais nulles en sport ?

– Si je peux me permettre », a dit HP en arrivant à la table et en éjectant mon partenaire.

J'ai regardé la ligne nette de son menton, ses boucles de cheveux sur la nuque.

Il a cligné des yeux, levé sa raquette comme dans un mouvement de kung-fu.

« Envoie. »

Je ne sais pas comment il a fait pour reprendre la balle, mais il a gagné le point d'un smash précis, puis a reposé sa raquette sur la table verte.

« Trop facile. Faut que je prenne l'air. Tu viens ? »

Il m'a prise par la taille et m'a fait sortir du pub par la porte de derrière. C'était drôle, fluide, comme si j'étais faite pour me laisser porter par ce flot, comme si je ne devais jamais partir.

Dehors, nous nous sommes assis sur des tonneaux vides. La brique sentait l'aigre, et le sol de pierre était poisseux sous nos pieds.

HP a soulevé son T-shirt, s'est passé la main sur le ventre. « Il faut que je mange.

– Tu as toujours besoin de manger », ai-je dit en gloussant. Je me suis serrée contre lui mais il n'a pas ouvert les bras. Il était tout raide.

« Pourquoi tu ne m'as pas embrassé comme il faut de tout le week-end ? C'est parce que tu te barres ? Mais ça veut dire qu'on devrait s'embrasser plus, pas moins… » Il fendait l'air d'un index résolu. « Ou bien t'es amoureuse d'Ezra ?

– HP, tu es très soûl ?

– Disons, trois sur une échelle de dix. Six, peut-être…

– Je ne peux pas t'embrasser comme il faut parce que je suis malheureuse.

– C'est nul. Tu m'embrasses avec la bouche toute serrée. Comme un cul de poule. » Il désignait ses lèvres, pincées et raides.

« HP !!! » Je lui ai donné un coup de coude qui a failli le faire tomber du tonneau. « Je ne sais pas quoi faire. » J'ai essuyé mes paumes sur mes cuisses. « Si je me réjouis d'aller à Oxford, c'est horrible parce que je te quitte. Et si je redoute Oxford, c'est horrible aussi parce que je vais y aller de toute façon, et que je ferais mieux d'en profiter. C'est ce que tu me dis toujours. »

HP a roté, s'est mis la main devant la bouche et s'est rassis à côté de moi.

« Et pendant ce temps-là, mes parents sont toujours derrière moi, et essaient de me dicter le moindre de mes sentiments. Je suis coincée ! Pas toi ? Je veux dire… » Je l'ai regardé avec attention.

« Tu veux quoi, toi ? Est-ce qu'on sera ensemble pendant que je serai à Oxford ?

– Ça dépend. Tu m'aimes ? »

Je me suis écartée. Il a levé les mains comme un cambrioleur surpris.

« Hé, ça vaut le coup de demander… »

Bien sûr que j'étais amoureuse de HP, mais est-ce que ça changeait quelque chose si je le lui disais maintenant ? J'avais toujours pensé que quand j'en arriverais vraiment au moment de prononcer la phrase, ce serait avec un peu plus de solennité que dans un patio de pub poisseux, avec un type qui titubait tellement il avait bu.

HP a lâché un grognement de frustration, sonore et grave comme celui d'un bœuf.

« Tu vas me manquer. Ça va me manquer. »

Ma mère m'a toujours dit de ne pas embrasser un garçon qui est soûl, mais je me suis retrouvée à plonger vers la bouche de HP. Nos langues avaient un goût fumé, brut. L'étincelle a surgi et le désir s'est fait pressant. Ses mains agrippaient mes cheveux, nous haletions, nos mains couraient partout, sur et sous les vêtements de l'autre. Je connaissais son relief par cœur à présent, les sillons de son ventre et de sa poitrine. Je l'ai enfourché et il m'a entourée de ses bras. Autour de nous, tout s'est évanoui, plus rien n'avait d'importance.

Quand nous avons fini par quitter le bar, les rues étaient vides. Sous les réverbères, notre lycée était un fantôme. Une balle de tennis avait échoué dans un caniveau. Le Tastee Delite était fermé, des planches clouées sur les fenêtres. Le dernier panneau indiquait : LA RESSETTE EST RELEVÉ TOUS LES JOUR.

Nous avons traîné jusque chez lui, puis avons grimpé sur le plateau de son camion – nous n'avions même pas besoin d'aller quelque part. Au-dessus de nous, les étoiles brillaient.

« Parfois, je me dis que le ciel n'est qu'une couverture noire, et que derrière, il y a une grande lumière qui brille. » À chacun de ses mots, ma tête sur sa poitrine se soulevait. « Les étoiles sont des trous d'épingle dans le tissu, qui nous laissent voir ce qu'il y a derrière. » Il a reniflé. « Tu vois, je peux aussi dire des trucs profonds. »

Le creux de son cou sentait le frais, comme une piscine. « Je t'aime. Mais je ne voulais pas te le dire alors que tu étais bourré, dans l'arrière-cour d'un bar. »

Il a replié son bras en guise d'oreiller. « Je le savais.

– Quand je serai à Oxford, je ne parlerai pas aux garçons. Je veux que tu le saches.

– Bien.

– Et toi, avec les filles… »

Il s'est assis. « Je ne sais pas, PJ. Tu en demandes beaucoup. Je veux dire, je ne peux rien te promettre. Par exemple, je vais peut-être devoir parler à ma mère. » Nous nous tenions la main, nos doigts enlacés se cherchaient. Il s'est redressé pour s'asseoir. « Écoute. Je ne veux pas que tu passes tout ton temps à penser à moi et à Cove.

– Mais c'est ce qui va se passer.

– Hmmm… Il s'est tortillé, mal à l'aise. Moi aussi, je vais penser à toi… Quand tu seras loin, *nada* ! »

Je l'ai fixé durement.

« Attends. Merde ! Je n'arrive pas à m'exprimer comme il faut. » Il a étalé les mains comme un pianiste de concert. « Va en Angleterre, et tu verras bien. De mon côté je serai ici, je ne sortirai avec aucune fille, *nada* ! Quand tu reviendras, on verra où on en est. C'est plus clair ? Je crois que j'ai été plus clair.

– Tu m'aimes ?

– Oui. »

Comment pouvait-il être si sûr de tout ?

J'ai murmuré : « OK. On improvisera. Comme si tes projets ne changeaient jamais, de toute façon… »

Nous avons glissé ensemble dans le sommeil, épuisés. Quand les corbeaux m'ont réveillée, le lendemain matin, tous les trous d'épingle des étoiles avaient disparu. Les nuages traînaient leurs bords effilochés au-dessus de moi.

Inspecteur Novak, je sais que tout ce que vous voulez, c'est remplir les cases de votre check-list pour pouvoir clore mon dossier, mais la vérité sur HP et moi est plus complexe que personne ne veut bien l'entendre, ici. Entre HP et moi, c'était le bonheur total. Ce n'est pas une histoire d'amour. Ou à tout le moins, ce n'est pas *uniquement* une histoire d'amour. C'est aussi une histoire d'extrême dépendance. C'est *ça* que vous devez comprendre. En premier lieu. Avant qu'on reprenne.

Vous pouvez croire que tout ce que je vous ai dit ressemble de plus en plus à un mobile pour vouloir du mal à Saskia, mais je suis innocente de ce qui lui est peut-être – seulement peut-être – arrivé. En fait, j'essaie de vous dire, inspecteur, que j'étais sous l'emprise de HP. J'avais besoin de lui, ça ne me gêne pas de l'admettre. Je ne me sentais jamais aussi bien que quand il était là. De toutes mes facettes, il faisait toujours ressortir la plus belle, et pour comprendre tout ce que je vais vous dire aujourd'hui, il faut que vous sachiez bien tout ce que j'avais à perdre en le perdant, lui.

CHAPITRE 7

« Une extrême dépendance ? » Novak s'inspecte les ongles, en lisse un sur le gras de son pouce. « De ce que j'ai entendu jusqu'ici, votre vie est plutôt géniale. De quoi vous plaindriez-vous ? Voilà une fille qui finit première de sa classe, qui est belle – non, ne soyez pas gênée –, pour qui ses parents veulent ce qui se fait de mieux, qui l'envoient dans une des plus grandes universités *du monde*, pour qu'elle ait le meilleur départ possible dans la vie. Ce n'est pas vraiment une histoire à faire pleurer dans les chaumières.

– Mes parents voulaient pouvoir s'enorgueillir d'avoir une fille avec un bon diplôme. Ils voulaient que je porte pour eux le drapeau d'une réussite éclatante. Mes envies ne comptaient pas, n'ont jamais compté.

– Vous voulez que je vous dise ? Je vois passer dans ce bâtiment beaucoup de gamins à qui on n'a pas distribué les bonnes cartes, et croyez-moi, vous n'en faites pas partie.

– Inspecteur Novak, ce n'est pas parce que je n'ai pas été témoin du double meurtre de mes parents ou que je n'ai pas dû faire les poubelles pour manger que je ne sais pas ce qui m'attend. On est tous attachés sur la voie ferrée en attendant le train…

– Vous voulez dire que le malheur arrive à tout le monde ?

– Bien sûr.

– Est-ce qu'un malheur est arrivé à Saskia ? »

J'ignore sa question. « Écoutez. Mes parents déménageaient presque tous les trois ans, et je n'ai jamais eu de véritable ami avant HP. J'essaie de vous expliquer pourquoi il comptait tellement. Ma mère est… comme un glacier : froide et insidieuse. Petit à petit, elle vous pétrifie et vous prend tout. »

Il hoche la tête et se met à écrire. « Qu'avez-vous appris de votre mère, Angela ? »

J'hésite. « Honnêtement ? Elle m'a appris que tout était compétition. Et qu'on a tous une idée derrière la tête, même si personne ne veut l'avouer.

– Quel est son objectif à elle ?

– Arriver au premier rang. Grimper au sommet. » Il y a un temps d'arrêt, durant lequel Novak garde les yeux sur sa feuille. « Et le vôtre ? »

Novak laisse tomber son stylo sur la table, devant lui. « Je pense que mon objectif est assez simple, Angela.

– Vous dites ça, mais on a tous quelque chose à cacher.

– C'est votre cas ? »

Je lève les yeux à l'angle des murs et du plafond. « J'ai fini par comprendre que dans la vie, il y a très peu de gens qui disent vraiment ce qu'ils pensent. » Novak veut m'interrompre mais je ne lui en laisse pas la possibilité. « On dit que c'est pour ne pas heurter les sentiments des autres, mais ce n'est pas pour ça. Les gens ne disent pas ce qu'ils pensent parce qu'ils sont hypocrites. Ils sont faux et ils mentent. » J'ai mal à la tête. « Inspecteur, je ne sais ni mentir ni dissimuler. Je suis trop honnête, même si je ne crois pas qu'on puisse l'être trop.

– OK. Donc vous me dites, Angela, que malgré votre vie tranquille, vous avez une peur aiguë, parfois paralysante, de la vulnérabilité humaine. Que sans HP, vous vous sentiez moins capable de supporter cette vision d'un monde plein de menteurs. Que pour votre propre équilibre, vous aviez besoin de son énergie. C'est bien ça ? »

Étonnamment, oui, c'est bien ça.

Il se lève soudain. « Attendez ici. Je veux vous montrer quelque chose. » Il revient avec un petit sachet transparent, comme ceux qu'on utilise pour surgeler les aliments, qu'il jette sur la table. Je vois une étiquette imprimée proprement, avec un code-barres et un nom. « Regardez. »

Je me penche et tire le sachet à moi. Dans un coin, serré dans le pli du plastique, je vois un mince collier d'argent enroulé. Posé sur les maillons, il y a un pendentif, un petit éléphant, très finement gravé, dans divers tons de bleu. Je sens mon estomac se retourner, et ma respiration se bloque.

CHAPITRE 8

« Bon, *honnêtement*, ce collier vous trouble ? C'est celui de Saskia ? »

Je retourne le sachet pour en examiner le contenu par en dessous. Dans ma gorge, une boule monte très haut avant que je puisse la ravaler.

« La disparition de cette femme n'a pas l'air de vous inquiéter beaucoup. C'est une femme de votre ville qui a disparu. Vous parlez, parlez, parlez. De vous. Vous connaissez Saskia, vous la connaissez bien, même – vous l'avez admis – et pourtant jusqu'ici, rien de ce que vous dites n'a de rapport avec elle. N'est-ce pas surprenant ? »

Il ne comprend rien à ce que je dis. Ce type est idiot. Je passe un doigt sur les contours du pendentif bleu argenté.

Novak observe mon doigt souligner sa forme. « Cet éléphant a quelque chose de triste, non ? »

Je frissonne involontairement, m'écarte de la table. « Où l'avez-vous trouvé ?

– Où pensez-vous que nous l'avons trouvé ? »

Je hausse les épaules. Puis il croise précautionneusement les mains sur son ventre. « Pourquoi ne pas me dire ce qui s'est passé à Oxford ? Vous voulez bien ?

– Oui. »

Vous avez entendu parler de Freddy Montgomery, inspecteur Novak ? Il apparaît dans mon dossier ? Vous avez dû tomber sur lui lors de votre enquête. Il ne sert à rien de parler de Saskia tant que je ne vous ai pas parlé de Freddy. Freddy, d'Oxford. Il connaissait la ville par cœur et me l'a ouverte, offerte, comme un cadeau.

Il y a au beau milieu de la ville un bâtiment qui s'appelle la Radcliffe Camera. Il est assez connu – vous devriez chercher sur Google quand vous rentrerez chez vous ce soir. C'est un bâtiment rond, surmonté d'une coupole, qui abrite une bibliothèque. J'aimais y aller le samedi matin, ouvrir un vieux roman poussiéreux et m'adosser à la courbe du mur tout en regardant par la fenêtre la petite place pavée.

Tout ce qu'on voit de cette fenêtre est en pierre. Une vieille église, argentée par les siècles, domine toute la place. Sous vos pieds, des pavés polis par des millions de passages. La Radcliffe Camera est un peu en retrait de la partie commerçante, et parfois des gens chargés de sacs de produits Apple ou de vêtements de marque s'y aventurent, comme s'ils débarquaient du futur.

La place qui entoure la « Rad Cam » est paisible. Plus d'une centaine de vélos rouillés, beaucoup avec des paniers d'osier, sont garés le long de ses grilles noires, sans que personne ne les vole. Et la Bodleian Library, une des plus anciennes bibliothèques au monde, occupe le côté nord de la place, face à Hertford College et au pont des Soupirs, un passage surélevé, avec des vitraux, qui relie deux bâtiments en suivant une pente indécelable par ceux qui le traversent.

J'étais affectée à Hertford College. Je ne m'attendais pas à me sentir si bien dans un lieu nouveau, mais quand j'y suis arrivée, mi-septembre, que j'ai vu les gargouilles, les personnages sculptés sur les murs de la bibliothèque et toutes ces anciennes librairies, mon sang s'est mis à pulser dans tout mon corps.

Je suis désolée de froisser votre fierté de bon Américain du Vermont, inspecteur Novak, mais vous aurez compris maintenant que je n'ai aucune affinité avec Cove. À Oxford, le déclic s'est fait à la minute où j'y ai posé le pied.

Ce jour-là, pour la première fois, j'ai passé une porte qui s'ouvrait dans une porte. Les entrées de tous les collèges sont d'immenses portes de bois qui restent toujours fermées, mais dans lesquelles s'ouvrent des petites portes, qui ferment à clé, des clés de fer du Moyen Âge. Je n'avais encore jamais vu de porte dans une porte : j'avais l'impression d'être dans un livre pour enfants, où les souris vivent dans les plinthes. J'ai tiré ma valise sur les dalles du couloir qui longeait la loge de l'appariteur, jusqu'à la pelouse du quadrilatère intérieur, et je me suis arrêtée une minute, assise sur mon sac. Fatiguée par le décalage horaire, seule, j'ai réalisé tout à coup que je n'avais jamais vu d'endroit aussi parfait. Même les plaques sur les deux bancs qui bordaient la pelouse étaient astiquées. Les petites fenêtres des bureaux des tuteurs, juste au-dessus de la haie, étaient surlignées de lierre, et sur ma gauche, un escalier de pierre en colimaçon menait, comme j'allais l'apprendre par la suite, aux salles à manger lambrissées du collège.

Je n'ai pas tout de suite remarqué le jeune homme qui se tenait sous l'arche, face à moi. Ce n'est que lorsqu'il a refermé d'un claquement son exemplaire de *Crime et châtiment* que je me suis tournée vers lui. Il était appuyé au mur, en une pose méditative étudiée, la chemise boutonnée jusqu'à la cravate qui lui enserrait le cou.

« Bonjour, bonjour, a-t-il dit en s'approchant et en me tendant une main moite. À en juger par la taille de votre valise, j'en déduis que vous êtes nouvelle au collège. »

Il était rond, un peu rose.

« Puis-je vous aider ? » Il a repoussé sa chevalière sur son petit doigt. « Vous allez avoir du mal à monter cet escalier avec une valise qui fait deux fois votre taille. »

Je ne me voyais pas si chétive, et j'allais répondre quand il a repris la parole.

« Je m'appelle Freddy. Pardon, vous ne parlez peut-être pas anglais ?

– Tu es toujours aussi bavard ?

– Mince, non ! » Il a croisé les bras, les rayures de sa chemise distordues à la hauteur du ventre. Il avait les cheveux coupés très court, comme pour prévenir une calvitie précoce. « Je parle rarement aux nouveaux. Donc tu es américaine. Quel soulagement. Je commençais à croire que tu venais des pays de l'Est.

– Je ne suis qu'à moitié américaine. Mon grand-père était de quelque part en Europe.

– Ah, une métisse. Bravo. Les Américains sont partout, surtout depuis qu'on les fait venir par paquets pour battre cette foutue équipe de Cambridge à la course. » Il a marqué une pause ; je l'ai fixé sans comprendre.

« La course d'aviron ? Mince, tu es vraiment nouvelle. »

Freddy ne m'a pas quittée tout au long des huit mois que j'ai passés à Oxford. Il était en troisième année de biochimie, et avait été auparavant pensionnaire au sein de Magdalen College. Le premier soir, il m'a emmenée à la Turf Tavern, un pub dissimulé dans une petite ruelle que je n'aurais jamais pu trouver seule. Au-dessus du bar, les poutres du XIIIe siècle étaient si basses que même Freddy a dû plier les genoux en nous commandant des pintes de Speckled Hen.

« Un Premier ministre australien est entré dans le livre Guinness des records juste là où tu te tiens, en descendant un mètre de bière. » Il m'a tendu un verre de liquide mousseux, a remué du doigt les pièces de monnaie sur sa paume ouverte. « C'est la seule chose à savoir sur ce pays. »

Nous étions assis sur un long banc de chêne garni d'un rembourrage rouge que le temps avait aplati. Freddy s'était mis à côté de moi, ce qui me permettait difficilement de le regarder. J'avais l'impression d'être dans un wagon de chemin de fer. Quand il me posait des questions, il les débitait comme s'il était engagé dans une course contre la montre, comme si une sirène allait retentir quelque part et mettre fin à la conversation.

« Et y a-t-il quelqu'un dans ta vie en ce moment ? » Il faisait courir un index potelé sur le bord de sa pinte de bière.

Je me suis attaquée à mon vernis à ongles. « Oui, il y a un garçon… Mais pas pendant mon séjour ici. Enfin si… mais non.

– Il y a quelqu'un, alors ? Il est terriblement beau ?

– C'est ce que pensent la plupart des filles.

– Il est musclé ? Je parie que oui. Quel acteur pourrait jouer son rôle au cinéma ? Ne me dis pas cet horrible vampire, je serais obligé de t'abandonner là.

– Harrison Ford…

– Mais il a cent ans !

– Quand il était jeune. » J'ai avalé en grimaçant une gorgée tiède, trouble, de Speckled Hen. « Et toi Freddy, tu as une petite copine ?

– Quelle expression horrible ! À partir de maintenant, plus d'américanismes vulgaires. Nous allons t'inculquer un peu d'anglais britannique. Allez, tchin-tchin, on va à l'Ashmolean Museum. »

Freddy m'a accompagnée à la cérémonie d'intronisation, où tous les nouveaux de première année doivent défiler dans les rues d'Oxford, en toge et en toque, et écouter un professeur faire un discours en latin sur leurs responsabilités d'étudiants. En dehors de Freddy, je n'ai pas cherché à me faire des amis. Évidemment, je disais bonjour à ceux que je croisais dans les couloirs de Hertford College, et les appariteurs connaissaient tous mon nom. Mais je sortais assez peu le soir, et je ne cherchais pas à être sociable. Ça n'a jamais été mon truc.

De ma chambre du collège, j'entendais les bandes qui écumaient les bars le jeudi soir, ou ceux qui le week-end erraient en cravate, buvant du champagne à même le goulot et beuglant avec un accent snob des invectives à l'adresse des « kebabs ». Je n'ai jamais eu l'impression de rater quelque chose. Freddy paraissait plus âgé que la moyenne des étudiants, c'est comme s'il était arrivé à l'université avec tout le raffinement d'un homme ayant déjà passé la quarantaine. Il méprisait ce qu'il appelait les « brutes du premier cycle » ou les « voyous de l'université ». Nous allions faire du *punting* sur la rivière Isis, et Freddy apportait un gramophone à manivelle des années trente. Nous ne nous séparions que pour les cours et les travaux dirigés, mais les miens étaient très espacés et je les préparais à peine. Sans mon père pour me surveiller, je découvrais un monde nouveau. En l'absence de ma mère, je respirais. Enfin, j'étais une fleur qui pouvait pousser vers un autre soleil, dans n'importe quelle direction, pourvu qu'elle me plaise.

L'automne a fait place à l'hiver, et Freddy et moi faisions tout ce que je n'aurais jamais fait chez moi. C'était devenu mon nouveau défi. Nous allions décalquer les gravures de cuivre de la cathédrale de Christ Church, écouter des jeunes politiciens enflammés à l'Oxford Union Society, voir les pièces de théâtre londoniennes en tournée à l'Oxford Playhouse, prendre le thé et des *crumpets* à la Malmaison, discuter de la manière dont une prison pouvait être transformée en un nouvel hôtel de luxe.

« Et si ta chambre est l'ancienne cellule d'un assassin ? L'ADN reste, tu sais. Il vaut mieux ne pas penser à ce qu'il pourrait y avoir sur les oreillers », soupirait-il en sirotant son Earl Grey.

Je contactais HP par Skype aussi souvent que possible, mais le décalage horaire ne facilitait pas les choses. Sa vie était assez précisément réglée, avec ses entraînements et son apprentissage de charpentier toute la semaine, ce qui ne nous laissait pratiquement que les week-ends. Les Parker n'avaient pas d'ordinateur portable ; tous nos échanges se faisaient de l'ordinateur installé dans leur cuisine, et je voyais souvent sa mère, de dos, remuer quelque chose sur la cuisinière ou traverser l'écran, un paquet de farine à la main. HP a eu du mal à s'habituer à Skype et passait la majorité de nos appels à appuyer sur des touches, le front trop près de la caméra. Il s'était coupé les cheveux, presque ras, comme un Velcro doré. Ses yeux et ses pommettes occupaient tout l'écran.

« Mon père dit qu'il est temps que je ressemble plus à un charpentier qu'à un surfeur. C'est moche ?

– Être moche, ça t'est génétiquement impossible.

– Tu me manques, PJ. Comment vont les études ? Tu vois des garçons ?

– Pas dans ce sens-là, non. » Je ne lui ai pas parlé de Freddy. Non qu'il y ait la moindre ambiguïté dans notre amitié. Mais avec Skype, je redoutais que le nom de Freddy ne sonne comme une menace, or c'était tout sauf ça.

J'ai changé de sujet. « Je ne travaille pas beaucoup. Mais la ville est fantastique. J'ai hâte que tu viennes la voir. »

Nous n'avions pas de projets précis – comme toujours avec HP – mais nous parlions du printemps comme d'un rendez-vous très attendu.

Ma mère n'appelait pas beaucoup car les appels internationaux coûtaient cher. Nous avons essayé Skype, une fois, mais elle a passé le plus clair de la conversation à s'occuper de sa coiffure, déconcertée par son image à l'écran. Elle m'écrivait plutôt des e-mails. Son adresse, petiteshelley@gmail.com, la faisait passer pour une adolescente sur un forum.

J'ai regardé dans ton placard, écrivait-elle, *tu as laissé ici tes plus jolis vêtements, chérie. Dois-je te les envoyer ?*

*Ton père veut savoir si tu as déjà étudié l'*Énéide *de Virgile. Je n'ai pas vraiment envie de savoir ce que c'est.*

J'espère que tu dînes dans la salle à manger de Hertford College. Prête autant d'attention que possible à la table haute, on m'a dit que c'est là que dînent tous les professeurs.

Ce n'est qu'une question de temps avant qu'ils te remarquent tous, chérie. Rappelle-toi combien tu es exceptionnelle.

En plus de ses conseils incessants sur la manière de grimper les échelons de la bonne société oxonienne, ma mère tenait aussi à me donner des nouvelles de HP.

Je l'ai vu aujourd'hui aller au centre de loisirs – mais pas avec une fille, ne t'inquiète pas.

Ou : *Il est en train de se faire une bonne réputation de professeur de sport.*

Ou encore : *HP n'est pas encore venu dîner à la maison. Mais je suis sûre qu'à un moment ou un autre, il viendra.*

Je ne suis pas rentrée chez moi à Noël, je ne pouvais pas me payer le billet d'avion, et ma mère a dit qu'ils ne feraient pas de grande fête cette année de toute façon. *À quoi bon, chérie ? Nous ne sommes même pas chrétiens.*

J'ai passé les vacances avec Freddy, chez lui dans le Dorset. Nous avons pris un taxi à la gare, emprunté une allée sinueuse à travers le domaine qui menait à ce qui s'apparentait davantage à un manoir qu'à une maison. La façade de la grandiose demeure comptait au moins douze fenêtres. C'est la cuisinière, Esther, qui a ouvert la porte.

« Le major Montgomery et Madame sont dans le jardin d'hiver. Ils vous prient de vous rafraîchir et de vous joindre à eux pour le thé. »

Il ne manquait plus à la scène qu'un majordome.

Mme Montgomery était une femme pincée, mince, dont les narines semblaient perpétuellement dilatées. Quand elle m'a tendu la main, j'ai hésité, ne sachant si je devais faire une révérence et la lui baiser. Elle m'a observé trois jours de rang, souriant à peine, même le matin de Noël lorsque nous avons découvert que Freddy avait mis dans mes souliers un livre d'expressions idiomatiques anglaises et *Le Cricket pour les nuls*.

« Il vous fait marcher », a déclaré sa mère depuis son fauteuil de soie où elle serrait sur ses genoux un plateau de gingembre confit. Son visage restait absolument indéchiffrable.

Le lendemain de Noël, Freddy m'a emmenée à la chasse au faisan en compagnie de son père, un homme qui avait une énorme moustache et une flasque à alcool en argent apparemment sans fond, à laquelle il nous fallait boire à chaque arrêt.

« Vous semblez plaire beaucoup à mon fils, a dit le major Montgomery dans un des rares moments où Freddy était hors de portée de voix.

– On est copains.

– Grands dieux. » Il a secoué la tête, cassé son fusil et l'a calé sur son avant-bras. « Cela ne fonctionnera jamais. »

Je n'ai jamais su s'il désapprouvait mon parler américain populaire ou la nature platonique de mes relations avec son fils. Quand Freddy et moi avons dit au revoir à ses parents début janvier, nous préparant à rentrer à Oxford, Mme Montgomery m'a regardée d'un air sombre depuis l'entrée tandis que son mari me serrait la main.

« Allons-nous vous revoir l'année prochaine ? a-t-il demandé.

– Elle sera déjà rentrée chez les Yankees », a couiné Freddy.

Ses deux parents ont poussé un soupir de soulagement.

Le plus bizarre de ce Noël, hormis l'austérité des parents de Freddy, a été de le passer sans HP, mais à mon retour à Hertford m'attendait sa version toute personnelle d'une carte de Noël. Au recto, il y avait une photo de la bibliothèque de Cove, comme si c'était un monument historique, et au verso, HP avait découpé et collé une photo d'un Père Noël prise au centre commercial par le journal local. Autour de la photo, en lettres de plus en plus petites au fur et à mesure que la place manquait, il avait écrit *Joyeux Noël de Cove, haut-lieu de la culture. Je pellette de la neige, je bosse dur. Tu me manques dans le camion. Reviens vite, mon petit oiseau.* J'ai épinglé la carte au-dessus de mon bureau.

À l'approche du printemps, nous avons moins skypé. La fin de son année d'entraînement l'occupait beaucoup, ou son père le faisait peut-être travailler plus. Je m'occupais avec Freddy, en luttant contre les hordes de touristes japonais dans St-Giles ou en faisant cyniquement les circuits touristiques à bord de bus à deux étages découverts : Freddy n'était d'accord avec rien de ce que disait le guide dans les haut-parleurs.

La deuxième carte postale de HP, arrivée en avril, avec une image de Hulk qui défonçait quelque chose au recto, a été un soulagement. HP y avait griffonné une seule phrase : *Hé, z-yeux gris, surveille ta fenêtre.* Je n'ai rien compris à ce qu'il voulait dire jusqu'à la nuit du 30 avril, quand des petits cailloux jetés contre ma fenêtre à quatre heures du matin m'ont réveillée. HP et Ezra étaient dans la rue, au pied de Hertford College.

L'inspecteur Novak lève la main comme un policier qui arrête la circulation.

« Vos amis. Ce sont toujours des garçons. » Il consulte sa montre. « Vous ne trouvez pas ça intéressant ?

– Je vous l'ai dit, j'ai toujours été un peu à la marge, et si je me fais un ami, je me dis que j'ai de la chance.

– Donc Freddy a remplacé HP, durant ce voyage ? On dirait un échange standard…

– Vous voulez me psychanalyser, ou quoi ? »

Novak lève les sourcils. « Mon métier, c'est de poser des questions, Angela.

– Je croyais que votre métier était d'écouter. »

Novak a de la chance que je veuille bien lui parler. J'aurais pu la boucler depuis le tout début, mais je fais ça pour HP, qui vit peut-être l'enfer en ce moment. Je le fais pour lui et pour moi. La vérité, c'est que ça fait des années que j'accepte de jouer la comédie.

HP me manquait terriblement pendant que j'étais à Oxford, et Freddy n'aurait jamais pu prendre sa place. Je me souviens du calme soudain qui s'est emparé de moi quand j'ai vu HP debout sous ma fenêtre, une fleur d'hortensia prise au buisson voisin à la main.

« On peut dormir chez toi ? » a-t-il crié.

J'ai ri. « Qu'est-ce que tu fais ? Attends en bas. » Je me suis dépêchée de trouver un peignoir, me suis arrêtée devant la glace pour me pincer les joues et remettre mes cheveux en place. Je me suis brossé sommairement les dents, j'ai couru à l'entrée du collège, ouvert la petite porte et fait un pas dans la rue. Je n'avais pas encore entièrement passé la porte que HP m'a attrapée et m'a fait tourbillonner dans ses bras. Son cou sentait l'été. Il m'a reposée et s'est penché pour mieux me regarder.

« Tu as changé ? »

Je m'étais coupé les cheveux, comme un petit lutin, et je savais qu'à la lumière du réverbère, j'avais de belles joues. HP nous faisait marcher en rond, me donnait des petits baisers timides, des petits coups de bec, comme autant de questions.

Sommes-nous comme avant ? Les règles ont-elles changé ? Est-ce que c'est aussi bien qu'avant ? Nous n'avons pas eu le temps de le savoir, parce qu'Ezra nous a interrompus.

« On a eu du bourbon à l'œil pendant le vol, a-t-il annoncé. L'hôtesse n'a pas arrêté de nous resservir. Je crois qu'elle nous kiffait. Mais les films étaient pourris.

– Pourquoi vous ne m'avez pas dit que vous veniez ?

– Tu n'as pas reçu ma carte ? » HP a pris un air penaud. « Merde ! J'ai arrêté Skype pour créer le suspense. Tu n'avais pas compris ?

– Tu avais mis la date dessus, abruti ? demanda Ezra en lui donnant des coups de casquette.

– Aujourd'hui, ça te va ? » HP m'a pris la main, y a déposé son hortensia écrasé et refermé mes doigts dessus. « Viens, on va poser nos affaires et tu nous montreras la ville. »

Coïncidence, ils avaient choisi la plus belle aube pour arriver à Oxford. C'était le Premier Mai, qui se fête à l'université depuis plus de cinq cents ans. Tous les étudiants de la ville se retrouvent au pont de Magdalen pour écouter des choristes chanter depuis le clocher l'*Hymnus Eucharisticus*. L'année universitaire touchait à sa fin, et tous les collèges allaient bientôt organiser un grand bal de mai pour couronner les festivités. Tandis que nous descendions High Street en direction du jardin botanique, les vélos se sont faits de plus en plus nombreux. Certains étudiants ne s'étaient pas couchés, on le voyait à leurs figures blêmes sur leurs écharpes rayées. HP et Ezra s'arrêtaient sans cesse pour admirer les bâtiments.

« Tu déconnes, disait HP tous les vingt pas. Il y a des gargouilles aux murs. C'est incroyablement cool. »

En plein décalage horaire tous les deux, ils luttaient contre la fatigue mais les oiseaux gazouillaient dans les haies quand nous sommes passés devant l'Eastgate Hotel. Le ciel contenait une promesse de cobalt. Au pont, la foule attendait, le visage levé vers le clocher.

« Qu'est-ce qu'ils cherchent ? » Ezra bâillait.

« Attends le carillon. » J'avais les deux mains dans les poches, HP a tendu la sienne et a noué ses doigts aux miens. Ses cheveux avaient repoussé de quelques centimètres, en une tignasse négligée. Il levait les yeux comme les autres spectateurs, mais ces reflets d'or et cette ligne de menton m'étaient familiers. Je me suis serrée contre lui jusqu'à ce qu'il m'entoure de son bras. Je sentais les muscles de son ventre à travers ses vêtements. J'étais apaisée, heureuse, comme si j'avais ignoré qu'il me manquait des morceaux de moi-même, jusqu'à ce qu'il me les apporte. Quand le clocher a sonné le premier coup de six heures, toute la ville s'est tue. Les garçons ont baissé les yeux sur moi un instant, pour les relever vers le ciel quand le chœur de Magdalen College a entonné son hymne, comme chaque année ce même jour depuis plus de cinq siècles. Tous étaient silencieux, n'écoutant que le chœur de sopranos et les merles ; même Ezra a paru se recueillir.

À 6 h 10, le chœur s'est arrêté et les cloches de la tour de Magdalen ont retenti. Les gens ont applaudi, se sont embrassés et les danseurs folkloriques ont fait leur apparition, clochettes aux coudes et aux chevilles. Des étudiants ivres ont grimpé sur le parapet du pont pour sauter à l'eau, avant de se raviser en voyant le niveau de l'eau. Ezra s'est tourné vers HP et moi.

« Génial, cet endroit ! » a-t-il crié avant de rejoindre un groupe de danseurs, claquant des talons en se faufilant dans leur ligne, et me laissant seule avec HP pour la première fois depuis des mois. Il ne nous a pas fallu longtemps pour nous enrouler en un baiser. Moi tendue vers lui, lui penché sur moi, bousculés par la foule, nous redécouvrions la sensation de l'autre. C'était comme un mariage, comme le baiser sur les marches à la sortie de l'église, dans un tourbillon de cloches et d'acclamations. HP s'est écarté pour reprendre son souffle, l'air familier mais aussi un peu emprunté.

« Tu t'es bien amusée, ici ? » Il devait crier par-dessus le vacarme.

– Oui, c'est super, ici.

– Ah oui ? Je te l'avais bien dit. Tu vas rester ? » Je savais qu'il biaisait. Il n'avait qu'une question en tête.

« Jusqu'à la fin du semestre. Plus que deux semaines ! »

Il a écarté une mèche de cheveux noirs de mon front. « Alors, on va… » Il a été interrompu par une nouvelle voix derrière nous.

« Angela Petitjean ! Ça par exemple ! »

Bien sûr, c'était Freddy. J'avais promis de le retrouver au pont et dans l'excitation, j'avais tout oublié du projet. Il portait un blazer de tweed et un chino crème avec une jambe de pantalon prise dans sa chaussette à motif cachemire, pour la protéger de sa chaîne de vélo. Il avait un parapluie sous le bras.

« Je pensais bien te trouver là. Cet *Hymnus* était magnifique, même si les ténors manquaient de conviction. » Il a jeté un œil à HP. « Qui est-ce ? »

Les mots sont sortis précipitamment. « Freddy, voici HP. HP… Freddy. »

Le visage de Freddy s'est éclairé. Il a tendu la main droite, les doigts serrés, raides. « C'est donc lui. Quel plaisir. Mais dites-moi, votre nom, c'est d'après la sauce ou la société d'informatique ? »

HP a serré la main de Freddy.

« Ou bien Harry Potter, peut-être ?

– Je ne lis pas de livres pour enfants.

– Même enfant vous n'en lisiez pas, je parie. »

HP a inspiré pour répliquer, mais Ezra qui avait quitté son groupe de danseurs est revenu à cet instant. « Les Anglaises, mec, elles savent faire la fête. La vache ! Oh, salut… » Il a levé la main pour taper dans celle de Freddy. « Ça roule ? »

Freddy a fixé la paume d'Ezra.

« Ez, voilà Freddy. » J'ai attrapé son bras pour l'abaisser. « Il est biochimiste.

– Condoléances, mec. Mais bon, j'imagine qu'il en faut. »

HP a gloussé.

J'ai enchaîné : « J'emmène ces deux-là prendre le petit-déjeuner sur Cowley Road. Tu veux te joindre à nous, Freddy ?

– J'en serai enchanté. » Il a papillonné des yeux à l'attention de HP. « Après tout, nos invités de marque méritent de découvrir ce qu'il y a de mieux à Oxford. Angela et moi pourrons vous expliquer tout ce qu'il faut savoir. »

Freddy a salué de la tête, s'est emparé de mon bras et a commencé à fendre la foule, les deux garçons à notre suite. Quand je parvenais à jeter un œil par-dessus l'épaule de Freddy, je voyais HP traîner des pieds, les mains dans les poches de son jean tandis qu'Ezra voletait d'un groupe de filles – cheveux longs, et qui buvaient du champagne à la bouteille – à l'autre.

Le Café Coco débordait d'activité, alors qu'il n'était même pas sept heures du matin. Nous nous sommes glissés à la dernière table libre. La salle était séparée en deux, avec au milieu un bar arts-déco où un serveur aux yeux bouffis de sommeil secouait un shaker à proximité de son oreille droite. Derrière le bar, une sculpture d'homme assis dans une grande baignoire de porcelaine. Notre table était vide, excepté un coquetier de céramique rempli de morceaux de sucre, blanc et brun. Pendant qu'Ezra et HP observaient Freddy, j'ai détaillé les plats sur l'ardoise, tout en revenant de temps à autre à eux et leur allure empruntée.

« Un mimosa, Ange ? » a demandé Freddy d'une voix flûtée au bout d'un long moment. « Je pense qu'il serait vulgaire de boire autre chose.

– Ça me va. Vous en voulez un, les garçons ?

– C'est de la bière, a demandé Ezra ? J'espère que oui. »

Le portable de Freddy a sonné dans sa poche de blazer. « C'est du champagne avec du jus d'orange fraîchement pressé. » Il a fouillé à la recherche de son téléphone, et s'est tortillé pour quitter la table en voyant le numéro d'appel. « Je vous prie de m'excuser, les enfants. Je reviens de suite. »

Nous l'avons regardé se faufiler vers le fond du café et entrer aux toilettes.

HP a ôté son sweater à capuche, faisant remonter son T-shirt aux trois-quarts, puis il s'est rajusté, mais son regard fuyait toujours le mien.

« Vous avez l'air très proches.

– C'est mon ami. Il a été gentil avec moi.

– Ça, j'en suis sûr. » HP a fait signe à la serveuse et lui a commandé trois bières quand elle s'est approchée. « Et qu'est-ce que vous avez de bon à manger ? Tout ce que vous avez est au fromage de chèvre…

– Vous n'aimez pas le fromage de chèvre ? » Elle a fait jouer une mèche de cheveux blonds à son intention, hanche en avant, un plateau chromé calé contre le bassin. « Il est vraiment doux et crémeux. »

J'ai levé les yeux au ciel. « Apportez-nous juste les bières, d'accord ? Je vais aider mes amis à choisir. »

Elle est revenue quelques instants plus tard, n'ayant d'yeux que pour HP en faisant glisser les bouteilles sur la table.

HP a attrapé sa bouteille, l'a levée. « Aux vraies gens. »

Nous avons trinqué tous les trois.

Freddy est revenu des toilettes sans se rasseoir, et a plissé le nez en nous voyant boire : c'était soit la bière, soit le fait de boire sans verre, mais quelque chose lui paraissait de mauvais goût. « Je voudrais te dire un mot, si tu le permets. » Il a levé un sourcil dans ma direction. « Ce fut un plaisir de vous rencontrer, messieurs. Profitez bien de la mère patrie ; je suis sûr qu'Ange vous en montrera le meilleur. »

HP et Ezra ont incliné leurs bouteilles dans sa direction, les lèvres pincées.

Arrivés dans l'étroit encadrement de porte jaune du café, Freddy m'a agrippé le poignet.

« Tu penses vraiment sérieusement que je vais croire que c'est lui ? Que c'est le bon ? » Il jetait des regards furtifs à HP, assis à la table en train de rire avec Ezra. « Angela, ce sont… ce sont des enfants ! Tu es à des années-lumière d'eux.

– Qu'est-ce que ça peut te faire ? »

Il m'a fixée plusieurs secondes, a lâché prise et a doucement raccroché son parapluie sur son avant-bras.

« C'était un coup de fil de Keble College. Ils ont nos billets pour le bal de mai. » Freddy a rectifié la pointe de son mouchoir dans la poche de son blazer. « J'ai pris la liberté d'en demander deux de plus pour tes… amis. Je suppose qu'ils vont rester quelque temps ? Je vais chercher les billets maintenant.

– Merci. »

En soupirant, il a repris mon bras, plus gentiment cette fois. « Tu fais ce que tu veux, bien entendu. Sentimentalement, j'entends.

– Tu crois me connaître, Freddy ? » Je me suis penchée pour ouvrir la porte. « Je suis à des années-lumière de toi aussi. »

J'ai vu le chagrin lui monter aux yeux, comme de l'encre de seiche dans de l'eau. Il a tourné les talons et s'est éloigné vivement dans Dawson Street.

Ezra voulait faire tout ce qu'il y avait de touristique à Oxford ; nous avons donc passé des journées à faire du *punting* sur l'Isis, à aller dans les cinémas d'art et d'essai de Jericho, où Ezra refusait de lire les sous-titres et passait des heures à lancer du pop-corn sur les plus jolies filles. J'avais beau aimer sa jovialité, il me fatiguait rapidement. Dans ma chambre au collège, HP et moi partagions mon lit, mais il me suffisait de tendre le bras pour que, littéralement, je puisse toucher le genou d'Ezra, qui dormait par terre. À chaque fois que nous chuchotions, soit Ezra se joignait à nous, soit il nous demandait de nous taire. HP et moi avons finalement réussi à arracher un peu de temps pour nous seuls, et je l'ai emmené à mon endroit préféré.

HP a ralenti en arrivant sur la place de la Radcliffe Camera, dont la coupole se détachait sur un ciel sans nuage. Debout, mains sur les hanches, il a contemplé ces vitraux, cette construction, et je me suis assise sur le grand escalier de la Bodleian Library, dos à la porte.

« Impressionnant, hein ? » HP s'est retourné. « À chaque fois que je la vois, elle me paraît différente. Peut-être à cause de la couleur du ciel. » Il s'est assis à côté de moi. « Tu passes un bon moment ?

– Oui. » Il a hoché lentement la tête. « Et toi ?

– Oui. Super. Écoute, je voulais te remercier d'être venu. Je n'ai pas encore eu l'occasion de le dire.

– Pas de quoi. »

Notre échange paraissait emprunté, comme si chacun faisait passer à l'autre un entretien d'embauche. Trois jours s'étaient écoulés, et nous avions très peu parlé de chez nous.

« Alors, comment ça va à Cove ? Rien à signaler ?

– L'entraînement marche bien. La charpente aussi. Mais tu connais Cove. Il ne s'y passe jamais rien. » Il a claqué du talon sur une marche. « Surtout comparé à ici.

– Qu'est-ce que tu entends par là ?

– Je ne sais pas, j'ai seulement l'impression que tu… » Une respiration. « Je dois m'inquiéter de ce Freddy ?

– Bon Dieu, non ! Il n'y a rien entre moi et Freddy. Honnêtement. Il repasse ses jeans pour faire un pli au milieu. » J'ai attrapé le bras de HP, qui s'est rapproché d'un mouvement. « Je ne t'en ai pas parlé parce que je ne voulais pas que tu t'inquiètes, justement.

– Écoute, tout va bien, je te crois, et tout, et tout. Mais… Ne me mens pas, PJ. Je ne supporte pas les mensonges.

– Freddy n'est qu'un ami. Je le jure.

– OK. » Il m'a donné un bref baiser. « Assez parlé de Freddy. Assez. » Il a relevé les yeux vers la place, où des touristes prenaient la pose en faisant le signe de la paix. « Alors, on est encore ensemble ? Ou on "attend de voir" ?

– Ce n'est pas à moi qu'il faut le demander ! C'est toi le premier qui a voulu que ça reste flou. » Mon ton était plus coupant que je ne le voulais, et j'ai vu ses sourcils se froncer à nouveau. J'ai glissé mon bras sous le sien. « Je crois qu'on devrait arrêter de s'inquiéter et profiter l'un de l'autre.

– Ouais. » Il s'est étiré, s'est ébouriffé les cheveux. « Ouais. Amusons-nous. Bonne idée. Marre d'être trop sérieux. » Il m'a attirée à lui par le col de mon T-shirt.

Nous nous sommes embrassés là, entourés de touristes et de pigeons, dans le chant des sonnettes de vélo. Même en courant, le trajet jusqu'à ma chambre au collège m'a paru durer une éternité.

Cette nuit-là, nous avons bu dans les bars de Cowley Road, et fait la fête au club O_2. La boîte de nuit était pleine de fumée synthétique et de lumières bizarres qui donnaient aux clubbeurs des dents bleues et des pellicules. Nous étions entrés sans connaître la programmation : c'était un DJ jungle qui passait des morceaux si frénétiques que j'ai cru que j'allais avoir une crise d'angoisse. Je me suis réfugiée au bar du fond, où la musique se réduisait à un battement assourdi, et j'ai laissé les garçons se débrouiller.

Vers deux heures du matin, nous avons remonté Cowley Road, en nous arrêtant à Kebab Kid, pour les garçons. Les flaques d'eau avaient des couleurs psychédéliques tant elles étaient grasses. Je les ai attendus dehors, assise à un arrêt d'autobus, en observant un vieil homme rencogné sur le seuil d'une boutique de bookmaker. Il avait vomi sous l'auvent et n'arrivait pas à se relever. De temps en temps, il allongeait un orteil pour essayer de reprendre pied, avant de retomber en tas, contre la porte.

Un type avec une coupe afro de vingt-cinq centimètres gambadait sur le trottoir, demandant de l'argent à tous ceux qu'il croisait. Bassin en avant, il avait la démarche élastique. Il pointait du doigt ceux qui refusaient de lui donner, les insultait : « Va te faire foutre ! » Il est passé comme ça d'un noctambule à l'autre jusqu'à ce que, à la cinquième fois, il change de disque et dise simplement : « T'as pas un peu de monnaie va te faire foutre », d'un seul souffle. Où qu'on regarde dans Cowley Road, l'humanité était visible, dans toute la réalité de ses viscères gluants.

Et puis, par la fenêtre barbouillée du vendeur de kebabs, je pouvais voir HP, désignant les sauces du doigt, jouant des coudes, plaisantant, engageant la conversation avec tous ceux qui l'entouraient. À trois mètres de distance, je l'observais, amoureuse de son appétit de bonheur. C'était un être rare, une lumière résiliente ; et dans ce monde où d'innombrables possibilités s'offraient à lui, il continuait de me vouloir, moi.

CHAPITRE 9

« Je suis curieux de savoir… Pourquoi HP est-il venu en Angleterre avec son ami ? » Novak interrompt ma rêverie. « Je veux dire, voilà un garçon qui est fou amoureux, qui économise tout ce qu'il a pour aller voir son aimée après une longue absence… et il amène son copain. Ça ne vous paraît pas étrange ? »

Je reste imperturbable. « HP et Ezra formaient un vrai duo, à l'époque. Ils faisaient beaucoup de choses ensemble.

– Il cherchait peut-être à se protéger ? » Novak se penche en avant, le regard aigu. « Vous y avez déjà pensé ? »

S'il essaie de se foutre de moi, il va devoir faire mieux.

« Non ? OK. Je demandais ça comme ça. » Il se lève soudain, repousse sa chaise qui grince sur le linoléum, fait lentement le tour de la table, mains dans les poches, et son regard se perd par la petite fenêtre horizontale qui longe le mur droit de la pièce. Il sifflote presque entre ses dents.

« Je suis désolée, je vous ennuie ? » demandé-je.

Il ne se retourne pas. « Vous avez une vision du monde plutôt pessimiste. »

Revenu près de la table, il hésite, choisit de tirer sa chaise à côté de la mienne, et reste debout entre les deux.

J'ai l'impression d'être une catholique au confessionnal, avec le prêtre dans le même compartiment que moi.

Puis Novak se rassied, face à moi. « Vous croyez qu'il est normal que Saskia ait disparu ? Que ça fait partie des pertes inévitables de la vie ? »

J'ignore sa question. « Ça vous arrive de regarder des émissions animalières, inspecteur ? J'en ai vu une sur Discovery, une fois, où une maman hippopotame et son petit essayaient de traverser une rivière, quand un autre adulte hippo, un mâle, est arrivé et s'est mis à piétiner le sol, depuis la rive, pour séparer le petit de sa mère. »

Novak respire lourdement.

« La mère et le bébé s'appelaient en pleurant. C'est le cri le plus déchirant que j'aie jamais entendu. Le mâle a piétiné le bébé à mort, pendant que la mère y assistait, impuissante. » Je laisse mes phrases faire leur effet. « C'est ça, la nature à l'œuvre. C'est naturel. Les animaux savent que le danger les guette, et pourtant ils créent des liens. Je trouve ça intéressant. »

Novak se gratte la joue. « On dirait que vous aimez apprendre aux gens la manière dont ils doivent se comporter. »

Il commence à envahir mon espace. Je repousse tant bien que mal mon envie d'éloigner ma chaise de la sienne. « Je dis simplement que nous devrions tous l'admettre : le chagrin est partout. C'est pour ça que nous sommes ici, inspecteur. »

Il hoche la tête. « Alors, dans cette histoire, quel hippopotame êtes-vous ?

– Quel hippopotame ? C'est ça, votre question ?

– Le mâle ?

– Je vous en prie ! Je parle de ma vision du monde, je ne joue pas à faire semblant. »

Il laisse passer un temps puis mesure ses mots comme un métronome. « Avez-vous fait du tort à Saskia pour prouver que vous aviez raison ?

– Non. »

Il griffonne quelques mots sur son bloc-notes, en souligne certains, à coups de crayon énergiques. Quand il reprend la parole, sa voix est trop enjouée. « Je suis désolé d'avoir interrompu votre histoire. J'espère que vous n'avez pas perdu le fil. Bon. Donc… HP et Ezra vous ont rejointe à Oxford. N'êtes-vous pas tous allés à une sorte de bal ? »

Il a parlé à HP. J'acquiesce imperceptiblement.

« Que portiez-vous à ce bal, Angela ? »

Mon rire est comme un aboiement. « Quel est le rapport ?

– Pour bien raconter une histoire, il faut des détails. Vous le savez.

– Je portais une chemise blanche d'homme, reprise par un tailleur pour qu'elle m'aille. Elle s'arrêtait aux cuisses. Je portais une cravate noire, lâche, et beaucoup de mascara. Des bottes noires qui montaient au genou, avec des talons de dix centimètres. »

Il tire sur le nœud de sa cravate, le desserre. « Vous voyez ? Ça m'en dit beaucoup.

– C'est-à-dire ?

– Vous avez grandi. Vous avez finalement admis que vous étiez attirante. Et vous vouliez que HP s'en rende compte. »

Nous nous mesurons de part et d'autre de la table. Je peux jouer à son jeu, si c'est ce qu'il veut.

CHAPITRE 10

Quand mes hauts talons ont cliqueté dans l'escalier qui menait à la cour intérieure de Hertford, HP et Ezra m'attendaient sur la pelouse, en smoking. Ils se sont tournés tous les deux, avec une révérence. Je ne les avais jamais vus aussi bien mis. Le costume de HP lui tombait sur les épaules à la perfection, et la blancheur de son haut col lui donnait l'air encore plus bronzé. Il était passé chez le coiffeur, les cheveux coupés court sur la nuque, avec une raie comme Robert Redford dans le rôle de Jay Gatsby. Ezra s'était rasé.

Je m'étais entraînée des semaines à marcher avec mes bottes sur le plancher de ma chambre de collège. Je n'avais pas encore essayé sur l'herbe, bien sûr, mais ma démarche était plutôt assurée tandis que je m'avançais sur le chemin dallé qui bordait la pelouse.

« Tu as l'air… Tu… Waow ! » HP s'est avancé vers moi.

« Rien à voir avec ton T-shirt de terminale », a ajouté Ezra en sifflant. « Hé, si personne te branche ce soir, tu peux carrément rentrer avec moi.

– Madame… » a dit HP, ignorant son ami.

J'ai pris le bras de HP et nous avons passé le portail de Hertford en direction de Keble College, nous jetant l'un à l'autre des regards furtifs. L'électricité entre nous était palpable à chaque pas. Inspecteur Novak, ce furent les dix plus belles minutes de ma vie à Oxford.

Freddy nous attendait à l'entrée principale, en gilet et queue-de-pie. Dix pas avant d'arriver jusqu'à lui, HP m'a soudainement enserré la taille et m'a appuyée au mur de vieilles briques du collège.

Il m'a embrassée à pleine bouche. « On va passer une soirée mémorable. »

Je ne suis d'habitude pas du genre à manifester publiquement mon affection, mais honnêtement, j'aurais pu laisser tomber tout le bal pour retourner, là, sur l'instant, dans ma chambre avec HP.

« Mesdames, messieurs. » Freddy est arrivé à notre hauteur, le regard nerveux. « Je suis désolé de vous presser, mais si nous ne nous dépêchons pas, il n'y aura plus de champagne. » Il a tendu le bras entre moi et HP pour m'embrasser sur la joue. « Tu es ravissante, ma chérie. Ça me fait penser à *Orange mécanique*.

– Merci. » Avec mes talons, je faisais exactement la taille de Freddy.

« On y va ? » Avec force gestes, il nous a conduits vers l'entrée et nous avons passé la grandiose porte principale tous ensemble. La cour intérieure de Keble College est six fois plus grande que celle de

Hertford, et on y trouvait toutes sortes d'attractions. Réverbérée par les murs du collège, la musique envahissait toute la pelouse intérieure. Devant ce spectacle, nous sommes restés bouche bée, yeux écarquillés.

Sur notre gauche, une immense tente abritait un bar, bordé d'un côté par un manège d'autos tamponneuses loué à la fête foraine. On avait érigé au centre du quadrilatère un poteau enduit de savon, que les étudiants devaient escalader tout en se battant à coups de coussins, et sur le côté un grand élastique attaché à un costume de Velcro à enfiler. Il fallait prendre le plus d'élan possible pour se faire ensuite projeter contre le mur d'en face, comme une mouche sur du papier collant.

Nous ne savions pas où commencer.

« Je vote pour une bière », a crié Ezra par-dessus le vacarme. Lui et HP se sont éloignés vers le chapiteau blanc, me laissant seule avec Freddy. Il m'a prise par l'épaule.

« Vous avez passé une bonne semaine, mademoiselle Petitjean ? » Trop de malbec lui avait taché les dents. Il avait dû commencer à boire tôt.

« Très bonne. » J'ai posé la main sur son revers. « Écoute, je suis désolée, j'ai été dure avec toi, chez Coco.

– Tssk, tssk. Oublions ces sottises.

– Mais tu as été gentil avec moi Freddy. Dès le début.

– Hé bien, tu es particulière, ma chère. Tout le monde n'est pas aussi brillant et aussi peu aimable que toi. »

Je me suis retournée pour voir s'il plaisantait, soulagée quand il a fait mine de se moucher bruyamment dans son mouchoir à pois. « Viens. Nous perdons du temps. Essayons de trouver du champagne. »

Sous la tente du bar, il y avait encore plus de bruit, et les parois luisaient de buée et de chaleur. Nous avons repéré HP et Ezra près du bar, et avons commencé à nous frayer un chemin vers eux. Je me suis glissée sous le coude d'un homme en veste de soirée blanche et j'ai surgi au beau milieu de leur conversation. HP hurlait de rire et une fille en robe moulante bleu ciel avait la main sur son front, comme pour dire *Arrêtez immédiatement, vous me faites trop rire*.

« … Mais je suis sérieux », criait Ezra. « On est rentrés chez nous torse nu, avec tous les deux un œil au beurre noir. Sa mère nous a pris en photo. »

La fille a hoché la tête, ses boucles blondes frôlaient ses épaules nues. Elle était mince, très peu maquillée, avec des taches de rousseur sur le nez et un bronzage foncé étrange, sur le bas de son visage, comme si elle s'était trempé le menton dans du cacao.

« Vous êtes trop. » À son accent, elle était australienne.

« Hé. » Je me suis rapprochée de leur cercle. « Vous m'avez pris un verre ? »

Ezra et HP se sont regardés.

« J'y vais », a annoncé Ezra. « Qu'est-ce que tu prends ? »

J'ai accompagné Ezra au bar. En regardant distraitement par-dessus mon épaule, j'ai vu HP se pencher pour écouter ce que la fille disait. En répondant, il s'est couvert la bouche pour ne pas lui postillonner dessus. Il ne faisait ça que quand il faisait vraiment des efforts.

« PJ ! » Ezra m'a enfoncé un doigt boudiné dans le dos. « Qu'est-ce que tu bois ?

– Champagne. Et un pour Freddy. C'est qui, cette fille ?

– Une Australienne, qui revient tout juste des Alpes. Une sorte de prof de snowboard. »

Il m'a tendu deux verres de champagne, plutôt brusquement, et en a renversé un peu. Il s'est essuyé les mains à son revers et s'est dépêché de rejoindre le cercle. Freddy, derrière moi, a tendu le bras pour s'emparer de son verre.

– Maudits Australiens, m'a-t-il murmuré à l'oreille. A-t-on idée de porter des sandales à un bal ?

Mes yeux ont glissé vers les pieds de la fille.

« Pourquoi tu n'es bronzée qu'à moitié ? » ai-je demandé. HP, Ezra et la fille se sont tournés vers moi.

« Ski au printemps, ont dit en chœur les deux garçons.

– Et ton tatouage ? » J'ai désigné du menton son avant-bras où un éléphant décoratif et coloré était tatoué.

« C'est super beau, les éléphants. Ils s'accouplent pour toute la vie, puis portent le deuil quand leur grand amour meurt. » Ses dents brillaient de blancheur, on aurait cru qu'elle ne mangeait que des pommes. « Et j'aime leurs genoux. »

J'ai grogné.

« Petit Jean, on va faire l'élastique. Ça te dit ? » HP a vidé sa pinte.

« Mon Dieu, non.

– Petit Jean ? C'est cool, comme nom. On se croirait dans la forêt de Sherwood ! » Le bleu pur de ses yeux brillait. « Alors lequel de vous deux est Robin des Bois ? »

Chacun a indiqué sa propre poitrine.

« Et toi, comment tu t'appelles ? » ai-je répliqué.

Elle m'a tendu un bras lisse, musclé. « Je m'appelle Saskia. »

Quand je lui ai serré la main, ses doigts dans les miens m'ont paru glacés.

À la mention du nom de Saskia, Novak se redresse sur sa chaise.

« Vous voyez, dis-je. Voilà que Saskia arrive dans mon récit. Vous devez frétiller. »

Il tapote son stylo contre le bloc-notes, sur ses genoux. « Ça m'intéressait de savoir comment vos chemins se sont croisés. Et plus encore de vous entendre me dire comment ces chemins vous ont menée ici.

– Hé, je suis encore là pour… seize heures. Plus ou moins. Après ça, je reprendrai mon chemin, seule. »

Il incline la tête. « Vous avez dû détester son tatouage. Les éléphants ont une âme sœur ? Je croyais que vous en aviez le monopole.

– De vous à moi inspecteur, je ne croirais pas tout ce que dit Saskia. »

Il rit, une fois, mais je lis dans son jeu. Il fait semblant d'être de mon côté.

« OK. Donc Saskia arrive, et fait des avances à votre petit ami. Si c'était une histoire d'amour, nous en arriverions au stade où le problème se noue.

– C'est drôle, dis-je sans sourire. Dans toutes les histoires, Saskia est le stade où le problème se noue. »

Je ne les ai regardés faire de l'élastique que quelques minutes. Saskia s'est élancée la première, évidemment. La voir courir dans sa petite robe moulante a suffi à me renvoyer à la tente du bar. Quand le barman s'est détourné pour laver quelques verres, j'ai attrapé une bouteille ouverte, aux deux tiers pleine, et je suis ressortie avec. La pelouse s'abîmait déjà sur les côtés, et je l'ai longée en vacillant, essayant de ne pas glisser dans mes talons hauts. Dans la cour intérieure de Keble College, on trouve tous les quelques mètres des escaliers qui montent à des bureaux, des salles de travaux dirigés ou des appartements de professeurs. Comme tout dans cette ville bénie, les escaliers sont en pierre et comme leur balustrade est pleine, je pouvais m'asseoir dos à une porte, sans être vue de la foule des invités. J'ai emprunté un de ces escaliers, je me suis arrêtée au sommet, et j'ai observé, depuis un balcon couvert de lierre, la fête en contrebas. Saskia en avait terminé et se tenait au côté de HP. Elle avait relevé ses cheveux en chignon. Leurs pointes délavées par le soleil s'étalaient depuis le centre du chignon comme un feu d'artifice. Elle respirait lourdement en piquant HP de l'index. Bras croisés, HP souriait en regardant Ezra se harnacher.

Le ciel s'était assombri. Il bouillonnait au-dessus de moi, tailladé d'indigo ; il ne restait que quelques étoiles. J'ai serré la bouteille de champagne sur ma poitrine et me suis laissée glisser contre le bleu de la porte, dans mon dos, les jambes repliées sur la marche. La bouteille de champagne cognait contre mes dents chaque fois que j'avalais le liquide mousseux. Freddy n'a pas mis longtemps à me retrouver. Il a grimpé la moitié des marches en courant avant d'hésiter.

« Qu'est-ce que tu fais ?

– Je me bourre la gueule. Ça ne se voit pas ?

– Je peux me joindre à toi, ou… » Les mains posées maladroitement sur le gras de ses hanches, la redingote en arrière, il ressemblait à un pingouin.

J'ai frappé la marche du plat de la paume pour l'inviter à s'asseoir. En ahanant, il a grimpé les dernières marches et je lui ai passé ma bouteille. Il a bu une gorgée et grimacé.

« Il doit avoir le goût de ma salive », ai-je marmonné.

« Délicieux. » Il a ramené ses genoux sur sa poitrine, les a enlacés. « Alors, de quoi te caches-tu, là-haut ? De la foule, de l'Australienne ou de Harrison Ford ?

– C'est kif-kif, ai-je sifflé.

– Va montrer à l'Australienne qui commande, ici, puisqu'il compte tant pour toi.

– Elle est belle.

– Elle est mignonne… quand on manque d'imagination. »

J'ai donné un coup de tête dans la porte. « Ça n'est pas censé se passer comme ça. »

J'ai jeté un coup d'œil par-dessus le balcon. Je n'ai vu ni HP ni Saskia, mais Ezra, accroché au poteau savonné, se battait avec un maigrichon à coups de coussins. Où avaient bien pu passer les deux autres ?

« La vie ne se déroule pas toujours comme prévu, a dit Freddy.

– Mais nous, Freddy… » Je me suis relevée et j'ai fait deux pas vers lui. « On peut *tout* avoir ! » Je lui ai fait baisser les genoux et je l'ai enfourché, tandis qu'il clignait des yeux en levant la tête vers moi. « Dimoissépavrai. » Je ne suis même pas arrivée à articuler la dernière phrase. Je m'en fichais.

« Angela… » Freddy s'est détourné de moi.

« T'as pas envie ? Vraiment ? Ne mens pas… » lui ai-je murmuré à l'oreille. Je l'ai embrassé dans le cou. Mes ongles lui griffaient la nuque.

Quand j'ai baissé la main vers son pantalon, il a gémi. « Ne fais pas ça… » Mais ses hanches grasses se tendaient vers mes cuisses.

Je suis restée là une minute, à cheval sur lui, tandis qu'au-dessus de son col, il devenait tout rouge, que sa respiration se faisait haletante. Il m'a empoigné les seins, a pincé un téton en grognant, les yeux plissés de plaisir, « Angela, il n'y a que toi que… » C'est alors que je me suis immobilisée. En le repoussant, je me suis relevée, je l'ai fixé pendant qu'il se recroquevillait et tentait de se redresser contre la porte.

« Tu te mens à toi-même, Freddy. Je ne supporte pas les menteurs. »

J'ai fait demi-tour et repris l'escalier.

Au bas des marches, j'avais presque terminé de me rajuster quand j'ai entendu la voix de HP.

« Où étais-tu ? » Il était seul. Son col était défait, sa cravate dénouée.

« Nulle part. » J'ai lissé ma frange.

« Je t'ai cherchée partout.

– C'est faux.

– Petit Jean. Écoute… » Il fronçait les sourcils. « Je n'ai rien fait de mal.

– À part flirter avec cette Australienne stupide. Qui a la figure à moitié bronzée seulement.

– Je ne flirte pas. Elle est drôle, c'est tout. » Il se frottait les mains. « Hé, on n'a jamais dit qu'on n'avait pas le droit de s'am… » Il s'est arrêté, fixant l'escalier derrière moi.

En me retournant, j'ai vu Freddy finir de descendre l'escalier en remettant sa chemise dans son pantalon et en tirant sur son gilet. Il s'est immobilisé en nous voyant. Je suis revenue à HP, et j'ai fait un pas vers lui. « Attends…

– Tu étais là-haut avec lui ?

– Ce n'est pas ce que tu crois. » J'ai essayé de lui prendre le bras, et derrière moi Freddy a parlé.

« Excusez-moi, a-t-il dit comme s'il prononçait un discours. Ne l'importunez pas. Ce serait inconvenant.

– Va te faire foutre, professeur Dusnob. » HP a ôté sa cravate et l'a fourrée dans sa poche. « Personne ne croit à ta comédie du *On est juste amis*. Comme si tu ne voulais pas te la faire. »

Le visage de Freddy s'est plissé, comme si quelque chose sentait mauvais. « *Me la faire* ? Seigneur. Qu'est-il donc arrivé à la langue anglaise en traversant l'Atlantique ? Elle n'a fait que décliner depuis. *Me la faire.* » Il a poussé un soupir de théâtre.

HP a fait un pas vers Freddy qui a reculé, s'appuyant d'une main à la rampe, mais HP s'est contenté de m'attraper le bras pour me faire face. « Hé ben PJ, en parlant de s'amuser avec quelqu'un… Vous étiez en train de… ?

– On était en train de… ? Mais non ! Et *toi* ? » Je criais. « Vas-y, joue les outragés si tu veux, HP, mais demandons-nous une minute où *tu* étais, toi ! "On verra bien", tu m'as dit ! "On verra ce qui se passe…" » Je devais avoir l'air féroce. « Et maintenant tu m'ignores pendant toute la soirée, notre plus belle soirée à Oxford, tu t'éclipses avec la première putain d'Australienne venue, qui ne se cache même pas pour te draguer. Qu'est-ce que je suis censée ressentir ? »

HP m'a regardée comme s'il m'était poussé une deuxième tête. « J'ai simplement été sympa avec elle. Bon Dieu ! Mais vas-y, pends-moi parce que je veux juste m'amuser ! Tu sais ce que tu as, PJ ? Tu es jalouse et collante ! » Il a poignardé Freddy des yeux. « Et tes amitiés sont perverses. » Il s'est éloigné dans la boue pour rejoindre la tente du bar.

Je l'ai fixé, jusqu'à ce qu'il disparaisse à ma vue.

« Je ne suis pas perverse. »

Freddy a rajusté son gilet, hoché négativement la tête à mon intention. Il n'a pas répondu. Un instant plus tard, lui aussi était parti.

CHAPITRE 11

Novak jette un œil à la pendule au mur. « C'est cruel. »

Je hausse les épaules. « Qu'est-ce qui est cruel ?

– De votre part. D'avoir joué comme ça avec Freddy. Le garçon était visiblement amoureux de vous. »

Je hoche la tête, soupire. « Vous n'êtes pas très doué pour repérer les méchants, hein ?

– Vous ne me connaissez pas assez bien pour le savoir. » Il est content de sa réplique. « Vous est-il venu à l'idée que HP n'était peut-être pas votre prince charmant ? Il me semble me rappeler que le prince charmant reste toute la nuit aux côtés de son véritable amour, captivé, la comblant d'attentions, et qu'il la cherche partout quand elle disparaît. Le vôtre ne vous a même pas apporté un verre. »

Je change de position sur ma chaise. « C'est à cause de Saskia. Si elle n'était pas arrivée, toute la soirée aurait été différente.

– Et pourtant, vous dites que vous n'avez pas de mobile.

– De mobile pour quoi ? »

Il fait semblant de ne pas avoir entendu. « Je me demande si Lacy aurait préféré que vous ne soyez jamais venue à cette fête de terminale. »

Je fronce les sourcils. Celle-là, il l'a sortie de nulle part. « C'était différent.

– Bien sûr. OK. » Novak lève les yeux. « Bon. C'est là que vous avez commencé à détester Saskia ? À Oxford ?

– Je n'ai jamais dit que je la détestais. J'ai dit que c'était une voleuse.

– Vous l'avez revue avant de quitter Oxford ? » Il est maintenant comme un gamin attentif au premier rang du cinéma. Tout à coup, mon histoire est captivante.

« Non. Ezra a appelé depuis l'aéroport. Sa voix rauque était presque brouillée par les sonneries et les annonces des haut-parleurs. HP ne voulait pas me téléphoner.

– Quel est le lien avec Saskia ?

– Devinez, inspecteur.

– Elle était aussi à l'aéroport ? »

Devoir revivre ça m'épuise. Ç'avait déjà été assez dur la première fois.

« Oh, dit Novak. On peut dire qu'elle s'est incrustée. »

On dirait presque qu'il finit par comprendre. J'entends quelque chose vibrer à sa ceinture. Il a un pager ? Ça existe encore ?

Novak se lève et jette un œil à l'écran. « Il nous faut une pause. Je vous rapporte quelque chose à grignoter ? Un café ? Lait ? Sucre ?

– Noir, sans rien, merci. »

Quand il arrive à la porte, il fait demi-tour. « Ne vous sauvez pas. »

Très drôle. Novak me laisse à nouveau seule dans la pièce, où il ne reste pour tout signe de vie que la caméra qui clignote. Je prends les deux barres de céréales que Novak a apportées au tout début et les mange l'une après l'autre, en jetant les emballages par terre.

Quand il revient, Novak n'apporte pas le café promis, mais un paquet de lettres qu'il pose sur la table, à l'envers, si bien qu'on n'en voit que leur dos couleur crème. Il pince son pantalon de costume aux cuisses avant de s'asseoir, du côté habituel de la table.

« Ce n'est pas au bal de mai que vous avez vu ou entendu parler de Freddy Montgomery pour la dernière fois ? » La question semble cruciale. Novak retient son souffle.

« C'est ce que vous avez, là ? Les lettres que Freddy m'a écrites par la suite ?

– Pouvez-vous me dire quel est le sujet de ces lettres, en général ?

– Pourquoi ? » J'attends un moment. « Elles sont là. Vous les avez lues.

– Je soupçonne qu'il en a écrit d'autres que celles que j'ai là. » Novak égrène du pouce la dizaine de lettres qu'il a apportées. « Vous pouvez me dire que ce n'est pas une histoire d'amour, mais je pense que Freddy Montgomery n'est peut-être pas de votre avis. »

Je me sens rougir. « Ce ne sont pas des lettres d'amour. Pas vraiment.

– Qui a écrit la première ? » Il me regarde souvent dans les yeux depuis son retour.

« Moi. J'ai écrit pour m'excuser d'être une amie merdique. » Pourquoi s'intéresse-t-il tant à Freddy ?

Novak extrait une lettre un peu plus épaisse du paquet, prend son temps pour la déplier.

« *Ma chère Angela*, commence-t-il, *Tu es absolument la bienvenue chez moi le week-end prochain ; je pense que nous pouvons tous deux supposer que l'invitation tient toujours.* » Novak cesse de lire. « De quoi parle-t-il ?

– Son appartement. À New York. Il y possède un bel appartement.

– Je croyais qu'il était britannique ?

– Les Britanniques décident parfois de vivre ailleurs qu'en Grande-Bretagne. »

La mâchoire de Novak se crispe. « Nous savons que c'est un grand ponte de l'armement chimique. La biochimie l'a rendu riche.

– Vous avez fait vos recherches sur Google. Oui, il est millionnaire. Il peut s'acheter un appartement où bon lui semble.

Il revient à sa lecture à haute voix. « *Je t'inviterais bien à une "soirée de boulot" à laquelle je dois aller samedi, mais ça va être plein d'horribles raseurs qui passeront la soirée à citer des opinions lues dans le* New York Times *en les faisant passer pour leurs.* » Novak s'interrompt. « Qu'est-ce qui vous autorise à penser tous les deux que vous êtes plus intelligents que tout le monde ? » Novak jette la lettre sur la table chromée où elle tourne un instant sur elle-même. « Vous n'avez pas encore trouvé vos égaux ?

– Pas jusqu'ici. » Le regard de Novak se fait perçant. « Inspecteur, vous ne pouvez pas sérieusement croire que Freddy est impliqué là-dedans. Il connaît à peine Saskia.

– Mais il la hait par contumace. » Novak tape du coin de la lettre sur la table. « Qu'est-ce que ça veut dire, *J'espère que tu t'en sors dans ce monde sans imagination* ?

– Il termine toujours par cette formule. Lisez les autres lettres, si ce n'est pas déjà fait. » Je lève les yeux vers la fenêtre. « Freddy me comprend.

– Combien d'imagination croyez-vous qu'il faille pour préparer un meurtre, Angela ? Il faut sûrement beaucoup de préparation.

– Je n'en ai aucune idée.

– Vous avez échafaudé un plan tous les deux pour montrer au monde combien vous êtes intelligents ? Pour nous faire tourner en rond ? » Il replie la lettre et la remet dans son enveloppe. « La ou les personnes qui ont enlevé Saskia étaient très organisés. Aucun signe de lutte à son domicile, pas de tache de sang, et jusqu'ici, aucune trace du corps.

– C'est bien ce que je vous dis. Elle va très bien ! Elle s'est simplement enfuie.

– Elle est maman, Angela. Les mamans ne s'enfuient pas. »

Je hausse les épaules. « Vous disiez que les gens étaient capables de tout. Vous disiez que vous avez tout vu.

– Elle a été enlevée. Ce crime a été préparé, et intelligemment planifié.

– Rien n'est moins sûr.

– Freddy Montgomery est un homme brillant, il est responsable de nombreuses morts de par son métier, et a la réputation d'être un tueur en affaires.

– Oh, je vous en prie !

– Comment croyez-vous qu'il est devenu si rapidement millionnaire ?

– Son père lui a légué une grosse somme. Il n'a rien à voir avec Saskia.

– Nous avons enquêté. On dit qu'il est plus dur que vous ne le pensez. À tout le moins, je dirais qu'il dispose de moyens non négligeables. »

Je sens le feu me monter aux joues. « Freddy n'a rien fait ! Contentez-vous de retrouver Saskia, d'accord ? Et laissez-nous tous tranquilles ! »

CHAPITRE 12

Dès mon retour d'Oxford, la semaine suivante, ma mère m'a annoncé que ma chambre avait été transformée en studio pour ses leçons de musique ; elle apprenait à jouer de la harpe. Toutes mes possessions étaient en cartons, à la cave.

« Déballe tout ce que tu voudras, chérie ; c'est si bon de te retrouver. »

Je me suis installée au sous-sol. J'ai entassé les cartons de brochures et de souvenirs que mon père avait amassés dans les musées de Boston, et me suis fait un lit. J'ai pris de vrais livres pour faire un sommier, en faisant des colonnes de quatre livres de hauteur sur huit de large à chaque angle du matelas, plus une colonne supplémentaire en renfort au centre. J'ai délimité les frontières de mon domaine dans l'obscurité du sous-sol en empilant des caisses de vin vides jusqu'à hauteur d'épaule. Je pouvais travailler en bas avec mon ordinateur portable, même si le signal était faible. Et après leur avoir fait croire que j'avais de bonnes notes, mes parents m'ont laissée pratiquement tranquille.

À l'inverse, Saskia était partout où j'allais, cet été-là. La semaine qui a suivi mon retour à Cove, je me suis retrouvée assise derrière elle et HP au cinéma. Dans cette ville, il n'y a qu'un film nouveau par mois, et donc tout le monde s'y presse le premier samedi. Ils étaient juste trois rangs devant moi, à se partager un mini paquet de pop-corn et une bouteille d'eau. Comment leurs salives se mêlaient : je n'arrivais pas à penser à autre chose. Elle portait un mince bandeau de cuir, avec une petite fleur sur la tempe droite, et son haut laissait ses épaules nues. Je ne me souviens pas du tout du film.

HP ne m'avait pas appelée une seule fois, et après avoir eu confirmation de la présence de Saskia à Cove, je n'ai même pas essayé de l'appeler, lui. Mais Cove est une toute petite ville, impossible de fuir longtemps le conflit, et nous avons fini par nous tomber dessus à la supérette. Il était au rayon des produits laitiers, à chercher du fromage, quand je me suis penchée pour attraper un morceau de parmesan. Il a presque sursauté en se retournant.

« Petit Jean ! Je ne savais pas du tout que tu étais rentrée. »

Menteur.

« C'est bien moi. » J'ai laissé tomber le morceau de parmesan dans mon panier.

« Tu as fait bon voyage ? »

J'ai ri. Visiblement, le voyage avait été bon, sinon je n'aurais pas été là, dans ce magasin. Après un silence, j'ai posé une question prudente.

« Elle aime notre petite ville, Saskia ? »

Il faisait passer sa barquette de fromage frais d'une main à l'autre, comme pour le soupeser, les pieds bien plantés sur le sol de faux bois. Autour de nous, les frigos ronronnaient et en frissonnant j'ai serré les bras contre ma poitrine.

« Ça lui plaît assez.

– Assez pour quoi ? Assez pour rester ? »

HP s'est éclairci la gorge. « Tu as l'air fatiguée. Tu as besoin de prendre l'air.

– Tu sais quoi ? Tu as raison. Venez donc me chercher, la prochaine fois que vous passez devant chez moi en faisant votre jogging. »

Je me suis éloignée dans l'allée, et j'ai laissé tomber mon panier dès que je suis sortie de son champ de vision.

Je reconnais que ce n'était pas sympa de dire ça, inspecteur Novak, mais les voir courir ensemble tous les matins à huit heures, bondissant devant mon portail comme un couple de joyeuses gazelles, ça me rendait folle. Un matin, ma mère rentrait dans la maison juste au moment où ils sont passés. J'ai vu la scène depuis la porte.

Ma mère a ralenti et a dit « HP ?

– Oh ! Bonjour, madame Petitjean. » Il s'est essuyé le front de la paume. « Comment ça va ?

– Qu'est-ce que tu fais ? Qui est-ce ? » Ma mère fixait Saskia, qui sautillait sur place quelques mètres plus loin, mains sur les hanches.

« Mon amie Saskia. » Debout devant le portail, HP était bien visible de là où j'étais. « Elle est venue faire un peu de tourisme. »

« C'est chouette ici. » Saskia rayonnait. « Quelle mignonne petite ville.

– Elle va rester combien de temps ? » Ma mère a posé la main sur le poignet de HP. « Tout va… bien ? »

HP m'a aperçue à la porte, m'a jeté un regard interrogateur.

Je n'ai rien dit, je suis simplement sortie à pas lents.

« Oh, Petit Jean ! Je ne savais pas que tu habitais ici ! » Saskia s'est approchée à petits bonds puis s'est accoudée au portail, tandis que ma mère lui jetait des regards noirs.

« Tu devrais venir courir avec nous. Quelle belle journée. Vous aussi, madame… » Elle a bredouillé, en cherchant son nom.

« Petitjean. Je n'aime pas beaucoup courir. Pas en public, a répondu ma mère.

– Ah. Mais je connais plein de gens de votre âge qui vont courir le matin. Vous êtes sûre qu'on n'arrivera pas à vous convaincre ? »

S'il avait existé dans un jeu télévisé un bouton qui pouvait faire disparaître Saskia, la faire tomber dans une fosse, ma mère aurait appuyé dessus. Même HP a tressailli.

« Des gens de mon âge ? » Ma mère a ouvert le portail, forçant Saskia à reculer.

« Non, je veux dire… Enfin, c'est comme ma mère. Elle va avoir cinquante et un ans l'année prochaine et elle trouve que…

– Cinquante et un ans ? » Ma mère a chancelé comme si on venait de la gifler.

« Viens, Saskia. » HP l'a entraînée à l'écart. « Madame Petitjean, il faut qu'on y aille. » Ils ont fait quelques pas avant de se remettre à courir.

« Passez donc prendre le thé ! » a crié ma mère. Elle a fait demi-tour et nous sommes rentrées dans la maison. « Mon Dieu !

– Je croyais que tu appréciais son approche positive. »

Ma mère s'est appuyée au comptoir de la cuisine. « Au nom du ciel, où l'a-t-il trouvée ? Et pourquoi ne m'en as-tu pas parlé ?

– Il l'a rencontrée à une fête.

– Eh bien il n'a qu'à la dérencontrer, merci bien. » Ma mère a frissonné. « Et d'où lui vient cet accent ?

– Elle est australienne.

– Alors elle n'a qu'à retourner dans sa cambrousse et nous laisser tous en paix. Ils sortent ensemble ? Angela, ne me dis pas qu'ils sortent ensemble. Et tu n'es pas plus furieuse que ça ? »

J'ai bu une gorgée de café, savouré sa chaleur.

« On pourrait tendre un collet entre le réverbère et le portail avant leur retour, ai-je suggéré. Attraper Saskia par le cou.

– Angela ! Ne sois pas ridicule, tu veux ? » Mais elle s'est jointe à moi. « Pourquoi ne pas droguer sa bouteille de multi-vitamines et la fourrer dans un avion ? Une Australienne dans les pommes, ça ne se remarquerait même pas. Ils ne font que boire, dans ce pays. »

J'ai ri de bon cœur, pour la première fois depuis longtemps. « HP paraît bien l'aimer…

– Mais pourquoi ? Elle est si… » Ma mère a dessiné un carré dans l'air. « … symétrique. »

Je n'ai pas répondu, mais c'était la première fois de ma vie que j'étais du même avis que ma mère. Enfin, nous commencions à nous comprendre.

Mes rapports avec mon père, eux, devenaient de plus en plus difficiles. Combien d'enfants avez-vous, inspecteur ? Quoi, c'est un sujet tabou ? Je n'en parle que parce que vous ne paraissez pas assez désespéré, que vous ne semblez pas avoir assez l'esprit de compétition pour être parent. Vous n'avez pas suffisamment l'air de vivre par procuration. Plus mon père vieillissait, plus son sentiment d'échec grandissait, se creusait. Et plus *je* vieillissais, plus je comprenais que mon but dans la vie était de compenser son échec. Les notes qui m'étaient revenues d'Oxford étaient au-dessous de la moyenne, et il ne m'a parlé que de ça durant tout l'été. Les chances gâchées ceci, tout le mal qu'il s'était donné cela… À la maison, je ne pouvais pas entrer dans une pièce sans qu'il entame en chevrotant son refrain sur la déception que je lui causais.

Il est même descendu au sous-sol pour me répéter mes insuffisances. Il était de l'autre côté de ma « chambre », tapant du pied sur le sol de ciment tout en essayant de m'apercevoir à travers le mur de caisses de vin.

« Tu travailles au moins à te réinscrire à l'université ? Il te faut récupérer ton dossier si tu veux t'inscrire en deuxième année. »

J'ai tourné la page du roman de Sylvia Plath que je lisais. « J'ai déjà trouvé une université. »

Par les vides entre les caisses, je l'ai vu porter les mains à ses tempes, les masser pour chasser la nouvelle migraine du jour.

« Arrête de stresser, papa. J'ai tout organisé.

– C'est Harvard, Angela ? Yale ? Ou bien, ah, je ne sais pas… Stanford ? »

Il savait très bien qui m'avait acceptée ; mais à son snobimètre universitaire, les universités par Internet ne comptaient pas.

« Laisse-la aller où elle veut, David », a crié ma mère du haut de l'escalier. « Tu veux tout contrôler. N'est-ce pas ? Pourquoi faire une fixation là-dessus, David ? Ce n'est pas comme si tu avais montré l'exemple avec ta brillante carrière. »

Mon père s'est frotté les tempes, un peu plus fort.

« Je vais passer ma licence. Tout ira bien. »

Je savais que c'était comme si je dégoupillais une grenade sous son crâne, mais je m'en fichais. Il me poursuivait de ses frustrations intellectuelles jusque dans les coins les plus sombres de la maison, mais il ne les articulait jamais clairement, se contentait d'en esquisser les contours. Le meilleur moyen que j'avais trouvé pour me battre contre mon père était de faire semblant de ne pas comprendre ce qu'il voulait dire.

Pendant qu'il paniquait tout en faisant les cent pas, je m'étais inscrite à une université en ligne quelconque – je me fichais bien de l'institution où je m'inscrivais, je ne comptais pas encadrer mon diplôme pour l'accrocher au mur. J'avais un nouveau projet : je voulais devenir archiviste, et avec ce que j'avais déjà pu valider à Oxford, je pouvais suivre un cours accéléré. Passer d'un espace calme, froid et humide à un autre ; la seule compagnie que je recherchais était celle des livres et des ordinateurs. J'avais étudié la littérature et la bibliothéconomie, et une fois aux archives de systèmes complexes, je pourrais classer des documents selon un ordre qui fasse sens. Je rendrais service à tout le monde. Les archivistes tiennent l'histoire entre leurs mains, ils écrivent la fin de toutes les histoires, il suffit de penser combien, à notre époque, tout repose sur la saisie de données. Le monde est plein de fins d'histoires frustrantes. Il est temps que quelqu'un reprenne les commandes.

Vous étiez en colère », coupe Novak. Dehors, le soleil se couche, marbrant la table d'orange brûlé. « Vous vouliez être aux commandes parce qu'en réalité, vous ne contrôliez rien. »

Je le lui concède : « Les faits ont quelque chose de réconfortant, c'est vrai. »

Il tapote de nouveau le paquet de lettres de Freddy, restées sur la table, entre nous. « Moi aussi, j'aime les faits, Angela. Quand les gens mettent leurs pensées par écrit, ça nous facilite tellement les choses. » Ses yeux dans les miens se font perçants.

« Qu'avez-vous trouvé d'autre dans ma chambre ?

– Oh, nous commençons à peine. »

Je fais non de la tête. « Certaines choses doivent rester privées, vous savez. Et d'ailleurs, vous feriez peut-être mieux de ne pas mettre vos empreintes digitales partout là-dessus. »

Son rire est calculé, tandis qu'il ôte la main de la lettre de Freddy, sur le dessus du tas. « Quelle abnégation ! Mais ne vous inquiétez pas, mes empreintes sont déjà enregistrées. Si nous sommes dans une énigme policière… » Son haleine est chargée de café amer. « … Je suis sûr qu'ils savent déjà que ce n'est pas moi le coupable. »

CHAPITRE 13

Je n'ai pas pu éviter de voir encore plusieurs fois Saskia, cet été-là. J'étais dans la queue derrière elle à la supérette, et je l'ai entendue se vanter devant la caissière aux yeux tristes de l'année qu'elle venait de passer en Europe. *C'était génial*, a-t-elle dit avant de m'apercevoir. *Oh, Petit Jean. Ça gaze ? C'était vraiment trop cool, hein, Oxford ? Tu y as été, tu connais*. En juillet, une fois, elle s'est arrêtée à ma hauteur pour me proposer de monter dans le camion de HP alors que je marchais, seule, dans la rue. J'avais un casque sur les oreilles et j'ai fait comme si je n'avais pas vu qu'elle s'était arrêtée. Et puis, peut-être une semaine plus tard, elle s'est ostensiblement dirigée vers moi au cinéma, alors que j'étais à l'entrée, à détailler les affiches.

« Tu vas voir ce film, PJ ? Viens t'asseoir avec nous. » Elle tenait la main de HP, mais on aurait dit qu'il essayait de se libérer.

« Non, merci. Je regarde seulement les affiches.

– Tu es sûre ? C'est de bon cœur. »

Elle était comme une gamine qui sort en flânant d'un bâtiment en feu sans se rendre compte le moins du monde que c'est elle qui a allumé l'incendie.

Ma mère m'a suivie comme une ombre durant presque tout l'été. Un soir que j'étais assise en silence sur la véranda, elle est sortie de la maison, un bocal à conserves vide à la main. Elle l'avait étiqueté, et le couvercle était ouvert.

« Chérie. » Elle m'a tapoté le genou, mais ses ongles ont griffé ma chair. « J'ai réfléchi. J'ai trouvé ce bocal, et les études disent que tout ce qu'on y met se réalise. » Elle avait les yeux humides.

« Quelles études ? » J'ai pris le bocal, l'ai fait lentement tourner entre mes mains. Sur l'étiquette, elle avait écrit d'une écriture cursive ampoulée : MANIFESTATIONS.

« Bon, les filles de mon cours de musique, pour être honnête. Mais chérie, j'ai regardé sur le *world wide web* et tout est vrai. Tu prends des petits bouts de papier, tu y écris tes souhaits, tes rêves, et tu les mets dans le bocal. »

J'ai posé le menton sur mes poings, coudes sur les genoux.

« Tout ce qu'on produit dans l'univers est une énergie qui change le cours des choses. » Sa voix a enflé comme celle d'un télévangéliste. « C'est la Destinée manifeste, la volonté de Dieu. »

J'ai reniflé.

« Ça ne peut pas faire de mal d'essayer, de toute façon. Je veux dire… » Elle a repris le bocal, l'a serré contre elle. « Nous avons tous passé un très mauvais été. Mais il est temps d'oublier, de pardonner. Tu comprends ? La vie doit reprendre son cours. N'est-ce pas, ma chérie jolie ? Allez, reprends-toi. » La tape qu'elle m'a donnée sur le genou se voulait enthousiaste. « Tu as tout pour toi, et personne n'aime les pleurnicheuses. »

J'ai gardé le bocal quelques semaines. Je déversais tout le mal-être post-adolescent de mes dix-neuf ans sur des bouts de papier que je jetais dans le bocal, dont le verre épais ne faisait que magnifier mon vitriol lorsque je le levais à la lumière. Ensuite, j'ai jeté ce bocal à la poubelle. Rien ne se réalisait. Enfin, c'est ce que je croyais alors. Mais ici, maintenant, l'idée que la sorcellerie vaudou de ma mère ait pu fonctionner, même beaucoup plus lentement qu'elle ne le pensait, me terrifie. Saskia a disparu, c'est ça ? C'est plutôt horrible, mais tout au fond, il y a une part de moi-même, une part que je ne montrerai à personne, qui ne sera pas mécontente si elle ne réapparaît pas. Ça a l'air méchant, je sais. Mais les gens ne maîtrisent pas toujours ce qu'ils pensent ; ils ne contrôlent que ce qu'ils font de leurs pensées. Saskia a déboulé comme un ouragan cet été-là, éventrant des maisons entières, et ma mère avait peut-être raison. L'énergie qu'on insuffle au monde change vraiment le cours des choses.

À peu près un mois plus tard, en septembre, HP a laissé un message sur mon répondeur. Le premier message qu'il me laissait depuis mon retour d'Oxford.

« Il y a une fête au Fu Bar ce soir. » Il avait appelé à 17 h 30. Il s'était donc ravisé à la dernière minute. Super. « Tout le monde y sera. Le visa de Saskia arrive à expiration, elle fête son départ. À plus. » Son ton était cassant.

« Dieu bénisse les services de l'Immigration, a dit ma mère quand je le lui ai raconté.

– Je ne sais pas pourquoi il pense que je vais me pointer à sa fête de départ. » J'arrachais de l'ongle des petits bouts de l'étiquette de la bouteille de bière que je venais d'ouvrir. Ma mère me fixait, espérant me voir aller chercher un verre.

« Mais tu dois y aller. Chérie, ça te ferait du bien. Sors ce soir, va faire la fête. Tu es enfermée dans cette cave depuis des mois. Ça n'est pas bon de rester aussi longtemps toute seule. Viens, je vais t'aider à choisir ta tenue.

– Rien ne me va.

– C'est vrai, tu as maigri. Tu dois manger plus. » Elle a essayé d'arranger mes cheveux sur mes oreilles, mais je me suis écartée. « Avec tes pommettes hautes, tu es superbe. Et maintenant, HP va être seul…

– Je suppose qu'Ezra sera là. Je pourrai discuter avec lui toute la soirée.

– Ça serait très bien, non ? » Le front plissé, son sourire semblait hésitant. Je l'ai laissée choisir ma tenue pendant que je restais assise sur mon lit improvisé, à siroter ma bière. Du tas de vêtements empilés sur le sol de la cave, elle a extrait un pantalon moulant noir et un haut noir à rayures, qui me laissait une épaule découverte.

« Toujours aussi belle. Maintenant on va te trouver des chaussures », a dit ma mère quand je me suis habillée.

Le Fu Bar n'avait pas changé, à l'exception d'un nouveau système stéréo qui rendait la moindre commande presque impossible à entendre. Je suis arrivée tard et l'endroit était plein, pour la plupart des visages que je reconnaissais des classes qui avaient suivi la mienne. En commandant une bière, j'ai repéré HP, Saskia et Ezra assis à une table circulaire, dans le fond, et je me suis frayée un chemin jusqu'à eux. HP portait un T-shirt sans manches, les épaules brunies par le soleil, couvertes de taches de rousseur. Assise entre lui et Ezra, Saskia souriait de toutes ses dents trop brillantes. De temps à autre, elle buvait une petite gorgée d'un liquide transparent, dans un grand verre.

Ezra m'a aperçue et a fait des grands gestes à mon approche. « Petit Jean ! Une revenante ! Viens t'asseoir ici. » Il a poussé les deux autres sur la banquette arrondie pour me faire une place à côté de lui. Je m'y suis glissée. D'où j'étais, je voyais la main de Saskia sur la cuisse de HP.

« Je suis content que tu sois venue, a hurlé HP par-dessus la musique. Je reviens tout de suite. »

Je l'ai regardé fendre la foule, rire au passage avec des gens, leur taper dans le dos. Au bout d'une seconde ou deux, j'ai quitté la table et j'ai passé les portes battantes qui donnaient sur le couloir des toilettes. J'ai terminé ma bière et j'ai attendu.

Il est sorti des toilettes pour hommes en s'essuyant les mains sur les fesses de son jean. « Hé. » Il s'est arrêté à la porte. « Tu m'attendais ?

– Je voulais juste te dire que je n'ai couché avec personne d'autre que toi, que je n'en ai même jamais eu envie, je n'ai même jamais embrassé… » Il a levé la main pour me faire taire et ma phrase s'est perdue. Nous étions plantés là, bras croisés tous les deux. À la fin, il s'est adossé au mur et nous sommes restés ainsi, regardant les gens aller et venir aux toilettes.

« Écoute. Je t'ai demandé de venir pour pouvoir mettre fin à cette Guerre froide. » J'ai plissé le front et il a ajouté : « Oui. Je sais que tu n'es pas russe. C'est une comment-ça-s'appelle…

– Métaphore.

– Tu m'as manqué, PJ.

– N'importe quoi. »

Il a soupiré. « Tu vas t'en aller ? À l'université ?

– Non. Je vais passer ma licence par Internet.

– J'ai décroché un CDI pour entraîner au lycée. Toute l'année. C'est plutôt dingue. Je commence dans une semaine environ. » Dans sa mâchoire, ses muscles se crispaient et se relâchaient. « J'ai laissé tomber la charpente, mais mon père dit que je peux reprendre quand je veux.

– C'est bien.

– Qu'est-ce que tu faisais avec Freddy, ce soir-là, à Oxford ? »

J'ai repensé au champagne tiède sur le balcon de pierre, au frétillement des hanches grasses de Freddy. « Rien.

– Bon. » Il a soupiré, comme si toute cette embrouille était finalement terminée.

« Saskia part pour de bon ? » Ma question s'est achevée par un couinement.

« Je suppose que oui. » Il a regardé ses pieds. « Pourquoi tu ne l'aimes pas ?

– HP, elle est si… triviale.

– Qu'est-ce que ça veut dire ? »

La tête d'Ezra est apparue dans l'encadrement. « On dit au revoir. » Son regard faisait la navette entre HP et moi. « Tu devrais revenir, mec. »

HP a froncé les sourcils, comme s'il voulait m'en dire plus, mais nous sommes ressortis du couloir, pour entendre l'accent métallique de Saskia. « Je me suis fait tellement d'amis… Vous avez tous été super gentils. »

Oh, cet accent ! Les gens autour d'elle l'avaient obligée à se lever. Debout sur la banquette, ses genoux osseux dépassaient de son short délavé. Son éléphant bleu tatoué luisait doucement.

« J'aimerais pouvoir tous vous emmener en Australie. » Elle mangeait la première syllabe du nom de son pays, traînait sur la dernière. Ceux qui la lorgnaient, entassés sur la banquette, ont poussé des cris et levé leurs bouteilles de bière.

« Écoutez, je voudrais remercier tout spécialement Hamish… »

Tout le monde s'est regardé, interloqué.

« Je veux dire *HP*… » Nouvelles acclamations. « Pour m'avoir hébergée tout l'été ! À la tienne, Haym. »

J'ai cru que j'allais vomir dans ma bière. Sur ma gauche, HP a levé la main en rougissant.

« Et pendant que j'y suis, je voulais te donner ça. » Elle s'est penchée vers HP, une enveloppe au bout de sa main tendue. Quelqu'un s'en est emparé et l'a fait passer vers HP. « Pour de vrai. Dis-moi ce que tu en penses. »

Pendant qu'il ouvrait l'enveloppe, Saskia a fait une étrange petite révérence, pleine d'enthousiasme. HP a sorti un rectangle blanc rigide, qu'il a tendu en l'air. Un billet d'avion. Qantas.

« Bon Dieu, Sask ! » HP s'est gratté la tête. « Comment as-tu…

– Disons que c'est un investissement », a-t-elle répondu en me faisant un clin d'œil. À moi !

La salle a éclaté de joie et de youyous, tous les garçons secouaient HP par l'épaule, comme s'il venait de remporter un trophée. Debout, il fixait Saskia, toujours coincée sur sa banquette. Elle finit par forcer le passage en grimpant par-dessus le dossier pour le rejoindre.

« Adieu ton boulot au lycée », ai-je dit à HP quand Saskia est arrivée près de lui.

« Bon, tu n'es pas obligé d'utiliser ce billet maintenant… ni plus tard. Je peux me le faire rembourser. » Ses cils paraissaient plus longs quand elle baissait les yeux.

« Non, c'est super généreux et gentil de ta part, Sask. C'est seulement que…

– En fait, HP a des trucs à faire ici, ai-je dit. Il doit… »

HP m'a coupée. « En fait, c'est seulement que je ne pensais pas voyager à l'étranger. J'ai toujours plus ou moins mis ça de côté. »

Apparemment, l'Angleterre, ça ne comptait pas.

Il contemplait Saskia, stupéfait. Elle lui souriait, rayonnante. En les observant, j'ai senti le vide m'envahir, s'étaler comme une marée noire.

Je n'ai dit au revoir à personne ce soir-là, mais Saskia m'a interceptée à la porte – elle devait guetter ma sortie.

« J'aimerais qu'on soit amies. » Sa figure brillait comme le soleil.

Je l'ai regardée droit dans les yeux. « Pourquoi tu ne dis jamais ce que tu penses vraiment ? »

Comme elle buvait à la paille, elle a avalé un peu de travers. Puis elle a repris son air bienveillant. « Angela, pour commencer, je n'essaye pas de…

– Tu lui as payé un billet d'avion pour Sydney ! » Ma bouche était sèche comme du granit.

« Mais il va revenir… » L'incertitude qui planait à la fin de sa phrase était sans objet.

« Mais pas sans toi, ai-je achevé.

– Tu comptes beaucoup pour Haym. » L'arc de ses sourcils était si sérieux que j'avais envie d'y mettre le feu.

« Oui, c'est un problème, n'est-ce pas ? Ne t'inquiète pas. De l'autre côté du globe, tu auras tout le temps et toute la place qu'il te faut pour le remodeler. »

Je suis rentrée tout droit chez moi, sans me retourner une seule fois pour voir la tête qu'elle faisait.

Novak se frotte les mains. « Ça n'a pas dû être facile.

– Qu'est-ce qui n'a pas dû être facile ?

– De lutter contre un voyage tous frais payés dans l'hémisphère Sud. Je comprends pourquoi vous ne l'aimez pas.

– Je ne suis pas en compétition avec elle. Elle est ennuyeuse et prévisible. »

Il se gratte le menton. « Alors quand HP est-il parti aux antipodes ?

– Le mois suivant. Il y avait tellement d'agitation. Je ne l'ai même pas revu avant son départ.

– Et il vous a donné des nouvelles ensuite ? C'était un aussi bon correspondant que Freddy ? »

Il fait le malin. Novak croit que c'est lui qui mène l'histoire. Il croit qu'il a dix coups d'avance sur moi.

« On a skypé une fois ou deux. Mais Saskia était toujours dans les parages, à mettre son grain de sel. Ils ont séjourné chez ses parents, à Manly Beach. Et pour ce que j'en sais, ils n'ont fait que surfer et admirer le soleil levant. J'ai suivi tout ce qu'elle mettait sur Facebook. Elle écrivait des poèmes sur la mer, la lumière, et les postait sur son mur. Ses réglages de protection sont plutôt enfantins.

– Combien de temps HP est-il resté là-bas ? »

Je me tais. Tout ceci est de la comédie. Novak feuillette son dossier, tête baissée.

« Ah, oui, voilà. Oui. OK. OK. Bon. » Il lève les yeux. « HP vous a-t-il appelée pour vous annoncer son projet de mariage ? »

À ce mot, j'ai encore l'amertume qui me monte à la bouche, mais la façon dont Novak a amené la chose est du pur génie théâtral. Je dois bien lui reconnaître ça, et ma mère serait fière de lui. Ce qu'il sait déjà, c'est que HP m'a écrit au début de la nouvelle année, quelques mois après avoir atterri à Sydney. Novak le sait parce qu'il a déjà dû trouver la lettre, que j'ai conservée dans son enveloppe *par avion*, coincée contre la glace de ma coiffeuse. Chacune de ses lignes est gravée dans mon esprit. La lettre n'était pas très bien écrite, elle parlait surtout de la faune et de la flore australiennes, comme si HP redoutait le paragraphe final.

Il s'est passé des choses et on a des nouveaux projets. Ses gribouillis penchaient comme s'ils voulaient s'arc-bouter sur la page. *La vie c'est comme le base-ball : elle vous lance des balles à effet, qu'on essaie de reprendre du mieux qu'on peut. Qui sait ? Peut-être qu'avec celle-là je vais faire un* home run *? J'ai demandé à Saskia de m'épouser. Je crois qu'elle ne s'en doutait pas, mais elle est enthousiaste. On fera une cérémonie à la plage, rien de trop voyant, tu me connais. Sask s'est trouvée une robe mais elle ne veut pas que je la voie. Elle dit que ça porte malheur. Sa mère dit à tout le monde que la date est fixée, et ça bavarde en ville, plein de gens viennent me serrer la main. J'espère que tu vas bien. Tu me manques. Tout change, mais ça, ça reste.*

Un mois plus tard, HP et Saskia étaient mariés.

Novak jette sur la table une photo aux bords incurvés. HP et Saskia assis sur des planches de surf, l'océan infini en arrière-plan. Ils portent des guirlandes de fleurs au cou et à leurs mains enlacées au-dessus de leurs têtes, des alliances brillent de neuf.

« J'ai déjà vu cette photo.

– Vous n'êtes pas allée au mariage ?

– Je n'ai pas été invitée. Personne ne l'a été. À Sydney, merde !

– Ezra n'était même pas témoin ?

– Non. Le frère de Saskia. Il devait avoir douze ans. »

Novak croise les mains sur son ventre. « Si vous aviez été invitée, vous y seriez allée ? Vous auriez eu l'air heureuse sur les photos ? »

Il commence vraiment à me connaître.

« Vous leur avez offert un cadeau de mariage, au moins ?

– J'ai fait encadrer une photo de HP, Ezra et moi qui datait de la terminale et la leur ai envoyée. Ça m'a coûté une fortune en frais d'envoi. Je n'ai jamais su s'ils l'avaient reçue.

– Ils ont décidé de revenir à Cove et ont donné une fête pour leur retour. » Ça n'est même pas une question. Novak met tout bout à bout pour moi. Très gentil. « Vous êtes allée à la fête avec votre vieil ami, Freddy Montgomery. Et c'était… » Il feuillette à nouveau son dossier. « Il y a six ans ? »

Je me ronge l'ongle du pouce, espérant qu'il ne me posera pas la question qui va suivre, mais elle est inévitable. « Et donc, à cette fête pour leur retour, elle devait être…

– Enceinte.

– De leur fille. » Il lève les yeux. « La fille de HP. »

C'est le détail qu'il attendait, et il me scrute. Tous les muscles de mon être se tendent, pour ne laisser transparaître aucune émotion.

SAMEDI

CHAPITRE 14

Il fait nuit à présent. De temps à autre, des faisceaux de phares viennent balayer le mur opposé, lorsque de nouveaux visiteurs se garent dans le parking du commissariat. D'une vibration, l'aiguille de l'horloge vient de passer minuit.

Novak est parti depuis des heures. Il s'est levé brutalement, en emportant la correspondance privée de Freddy. Pour un type qui ne me tient que durant un temps limité, il laisse s'échapper une bonne partie de la nuit. Vers vingt-deux heures, un flic avec des grosses oreilles et une figure rougeaude m'a apporté une assiette de macaronis, qu'il a déposée sans un mot, ainsi qu'une fourchette qui a tinté sur la table. Les macaronis ont refroidi dans l'assiette. Je n'y ai pas touché.

Je meurs de sommeil, mais je ne peux m'allonger nulle part. De temps en temps, je pose la tête de côté sur la table, sa surface lisse et fraîche à mon oreille ; mais le bas de mon dos s'incurve inconfortablement, et je dois assez vite me redresser.

Est-ce que toute l'unité s'est retrouvée autour de la machine à café pour discuter de mon cas ? Si je reste ici plus longtemps, il va me falloir un avocat, parce que Novak ne comprend pas. S'il passait plus de temps à m'écouter vraiment, il pourrait voir la vérité. Tout deviendrait clair. Et s'il essayait d'être un peu plus gentil, ça ne ferait pas de mal non plus. Son seul geste de gentillesse a été de me proposer une tasse de café, qui n'est jamais arrivée.

Quand HP m'a quittée pour se coller avec Saskia, j'ai perdu toute ma sérénité. Sans lui à mes côtés, la réalité devenait insupportable : mon cerveau ne fonctionnait plus. HP avait emporté sa joie de vivre pour la dépenser ailleurs, pour en envelopper d'autres personnes, et j'ai été malheureuse pendant ces six années, sans que personne ne s'en aperçoive. C'est une condamnation plus longue que certaines peines de prison. Le jour, c'est l'ennui qui me prend. La plupart des gens semblent pouvoir se protéger derrière leurs espoirs : ce qu'ils veulent apprendre, acheter ou réussir à faire ; mais tout ce qu'ils visent est vain. Pourquoi se bercer de l'illusion que la vie n'est pas, en définitive, frustrante ?

J'ai lu quelque part que dans le jeu du chat et de la souris, la seule façon de gagner pour la souris est de se jeter volontairement dans la gueule du chat. J'y pense souvent. La futilité nous regarde droit dans les yeux. Nous devrions simplement cesser de courir.

La vérité, c’est que je ne savais pas que Saskia était enceinte quand je suis allée à leur garden-party. Quand j’ai dit à ma mère qu’ils fêtaient leur mariage, elle a fermé les yeux, et les a gardés clos pendant près d’une minute. Elle était en train de boire du café, et la vapeur qui montait de la tasse s’enroulait sur son menton. Quand elle a fini par rouvrir les yeux, ils brillaient de larmes.

« Je n’arrive pas à croire qu’il va jusqu’au bout. Comment te sens-tu, *toi*, chérie ? Et pourquoi tiens-tu à aller à leur fête ?

– Juste pour voir HP.

– Ce pauvre garçon. Bon, mais ne parle pas à cette Australienne. Une Petitjean ne laisse à personne d’autre l’occasion de triompher. »

À côté du placard de la cuisine, mon père a laissé échapper un sifflement qui ressemblait à un sarcasme. Il remuait son sucre dans sa tasse de thé.

« Puis-je t’aider à quelque chose, David ? » Les doigts de ma mère étaient si crispés sur le bord de son mug de café que le bout en était tout blanc. « Ou tu voulais ajouter autre chose ?

– Allons, Shelley. Les gens n’ont-ils pas le droit d’épouser qui ils veulent ?

– Si, mais ils regrettent parfois leur décision, plus tard », a répliqué ma mère.

Mon père s’est immobilisé derrière le canapé, avant de repartir en traînant des pieds vers son bureau, et d’en refermer doucement la porte.

De plus, Ezra était absent. Il passait des tests en Caroline du Nord pour intégrer une équipe professionnelle de water-polo, et j'ai toujours pensé que ne pas déplacer le jour de la fête pour qu'Ez puisse y participer était la preuve flagrante que c'était Saskia qui l'avait organisée, bien plus que HP. De même, on pouvait deviner que c'était Saskia qui était à la manœuvre, même si la fête s'est déroulée dans le jardin des parents de HP : tout n'était que lampions et petits gâteaux décorés de papillons. Ils avaient été jusqu'à embaucher un quatuor à cordes pour jouer les chansons des films de Disney, bon sang !

Oui, je suis allée à la fête avec Freddy Montgomery. Pendant que HP faisait ses salutations au soleil à Sydney, la seule nouvelle positive dans ma vie avait été l'installation de Freddy à New York. Au moins un week-end sur quatre, il venait me rendre visite. Je me sentais seule à Cove : j'avais commencé ma licence par Internet, mais je n'avais personne avec qui sortir. Il y avait bien Ezra dans les parages, mais soit il travaillait à des horaires bizarres au supermarché, soit il s'entraînait pour avoir sa chance de devenir sportif professionnel. L'attention de Freddy était la bienvenue. Il me couvrait de cadeaux, que j'acceptais. Je n'aurais peut-être pas dû, mais personne d'autre ne s'intéressait à moi, de toute façon.

Quand nous sommes arrivés à la garden-party, j'ai pris conscience que je n'étais pas revenue chez les parents de HP depuis mon départ à Oxford ; mais le vieux bouleau était toujours là, fidèle, ses secrets gravés dans l'écorce. Il s'était écoulé une éternité depuis que HP et moi nous étions blottis contre son tronc.

Freddy s'est dirigé droit vers le bar, en fait l'établi du père Parker installé sur le côté droit de la maison et recouvert d'un drap brodé. Il a hésité, sa Rolex scintillant à son poignet tendu. Novak a raison à propos de la fortune soudaine de Freddy : que son ascension ait été ou non machiavélique, l'argent se voyait désormais partout sur lui ; il suintait de ses pores mêmes. Il était plus soigné encore qu'à Oxford, plus manucuré, toujours plus élégant. Ce jour-là, il s'était habillé d'un costume gris pâle et d'une chemise à col rose, alors que tout le monde portait short et casquette de base-ball. Au bar, Freddy s'est retourné pour me montrer les anges argentés qui tintinnabulaient, accrochés aux pieds des verres à vin.

« Quel magnifique petit détail, a-t-il dit ironiquement. Mais où donc m'as tu amené, mademoiselle Petitjean ? On se croirait presque chez Ikea. »

Nous n'avons fait aucun effort pour discuter avec qui que ce soit. Freddy et moi sommes restés sous l'arbre, et il pointait du doigt tous les défauts d'habillement des invités. *Regarde-moi ces hanches pointues ! Prends une taille de plus, ma chère. Il n'y a pas de honte à ça.*

Ce jeu somme toute innocent s'est poursuivi tout l'après-midi, jusqu'à ce que, en revenant de l'intérieur de la maison où j'avais été aux toilettes, je voie que Saskia avait découvert Freddy. Il avait un bras replié sur la poitrine, un verre à moitié plein dans l'autre, qui remuait au rythme de l'anecdote qu'il était en train de raconter. La robe de Saskia était d'un rouge menaçant. Freddy parlait, elle l'écoutait bouche bée, le bout des doigts de la main droite posé sur le haut de la manche de son costume.

« Tu es trop drôle ! a-t-elle gloussé, massacrant comme d'habitude l'usage du superlatif. Viens, je vais te présenter mes beaup'. »

Elle a entraîné Freddy jusqu'aux parents de HP, qui regardaient tranquillement la fête battre son plein, main dans la main. Madame Parker avait bien mis une robe, mais rien d'autre n'indiquait une célébration grandiose. Les événements les avaient-ils surpris ? Je n'avais pas eu l'occasion de le leur demander. J'ai traîné quelques pas en arrière, surtout parce que sans Freddy à côté de moi, l'après-midi se compliquait sérieusement.

« Parko, a roucoulé Saskia à l'adresse d'un des parents de HP – ou peut-être des deux –, voici Freddy Montgomery.

– Comment allez-vous ? C'est un plaisir de vous rencontrer. » Freddy s'est légèrement incliné devant la mère de HP, qui a croisé mon regard alors que j'étais un mètre derrière. « Vous devez être terriblement fière de votre fils. »

Freddy faisait-il de l'ironie ? Il ne m'avait pas lancé de clin d'œil.

« Oh oui, très fière. Surtout avec cette nouvelle. »

Mme Parker m'a regardée droit dans les yeux. Elle qui avait toujours le regard si doux, à cet instant, je l'ai vue se dérober.

« Cette nouvelle ? » a demandé Freddy, comme s'il ne comprenait pas. Saskia a posé délicatement la main sur son ventre. *Chut !* a-t-elle mimé, l'index dressé contre ses lèvres. Elle a inspiré, comme pour plonger dans le nouveau bain d'allégresse que la vie lui offrait, mais je me suis retirée en direction de la maison, j'ai traversé la cuisine jusqu'au cuir frais d'un fauteuil, dans le coin le plus ombragé du jardin d'hiver des Parker, où les stores étaient tirés.

Mme Parker devait travailler à un pull, qui reposait dans un panier d'osier au pied du fauteuil, prêt à être tricoté comme une histoire. J'ai soulevé le lainage, me demandant à qui il était destiné et Freddy est entré dans la pièce juste à cet instant.

« Tu arrives à tenir ? » Il s'est affalé sur le canapé, qui était moins moelleux qu'il ne s'y attendait. Il a renversé un peu de son vin, et étalé la tache sur le tissu du coussin.

Je n'ai pas eu le courage de répondre. Freddy se prélassait face à moi dans le jardin d'hiver en examinant la disposition des lieux.

« Tu crois qu'il l'a épousée parce qu'elle était enceinte ?

– Tu vois une autre raison possible ? » Il s'est penché pour se débarrasser de son verre sur une table de salon à pieds hauts. « Enfin, à part toutes ces années à faire du jogging et à manger du chou kale qui l'attendent…

– Tu crois qu'il l'aime ?

– Non. Je crois qu'il t'aime, toi, mais que c'est elle qu'il a eue. »

Je pinçais les coutures du fauteuil. « Tu dis ça comme si c'était un plat dans un restaurant. Mais si ce n'est pas ce qu'il a commandé, pourquoi ne pas avoir renvoyé le plat ?

– Parce que certains hommes sont comme ça. Il faut qu'ils goûtent ce qu'ils ont devant eux, et avant même de s'en rendre compte, ils en ont trop mangé et doivent payer leur plat. » Freddy a reniflé le tissu du canapé. « Je vais devoir faire nettoyer ma veste. Y a-t-il des chats dans cette maison ? » Il a claqué des doigts plusieurs fois, pour attirer mon attention. « Angela, je veux que tu saches que je ne commanderais jamais le mauvais plat au restaurant. Mais ce qui crève les yeux, ma chérie, c'est que tu n'as rien d'un plat de restaurant. » Il a attendu.

« Allons nous-en d'ici. » Je me suis levée du fauteuil. « De cette ville, je veux dire.

– Voilà une bonne réaction. » Nous avons quitté le jardin d'hiver, et sommes tombés sur HP en retraversant la cuisine. Freddy est passé devant lui sans rien dire. HP et moi nous sommes retrouvés seuls.

« Petit Jean. » Il a fait deux grands pas vers moi, jouant avec l'anneau d'or à son doigt. « Écoute, je suis désolé, je n'ai pas eu beaucoup l'occasion de te parler quand j'étais en Australie… C'est devenu… Tout s'est accéléré, ces derniers temps, j'ai presque l'impression d'avoir la tête qui tourne.

– Attends que le bébé arrive. Il paraît que ça occupe beaucoup. »

Il a cligné des yeux. « Tu sais, c'est pas un mariage forcé.

– OK.

– Elle n'est enceinte que d'un mois. Et je ne pensais pas l'annoncer à tout le monde. » Son col devait être trop serré, il tirait dessus. « Bien sûr, ça n'était pas planifié, mais ça ne fait peut-être, tu vois, qu'accélérer ce qui serait arrivé, t'façon… »

Il bredouillait.

« On fait avec les cartes qu'on a. Comme tout le monde. » Sa voix grimpait dans les aigus.

« Je croyais qu'on pouvait toujours demander des nouvelles cartes. »

Ses épaules se sont affaissées. « Désolé, PJ. Merde, je sais que je t'ai blessée. Je sais que c'est pour ça… que tu es comme ça. » Ses yeux étaient profonds et sombres comme la nuit. Comme le ciel sous lequel nous dormions à l'arrière de son camion. « Mais honnêtement, moi aussi j'ai eu le cœur brisé, dans tout ça. »

J'ai senti mes côtes se contracter. Un mouvement trop brusque et j'allais me mettre à sangloter, j'en étais sûre. Pendant ce temps-là, HP avait l'air prêt à me tendre les bras, à me serrer contre lui.

« Je ne savais même pas que c'était fini entre nous, et tu pars tout à coup aux antipodes, et puis tu te maries. Et maintenant… ça. Ça fait… beaucoup à digérer. » Nous ne nous touchions pas, mais dans l'espace entre nous, le bourdonnement d'une connexion a surgi. J'étais sûre qu'il le sentait aussi.

« Ce n'est pas pour dire du mal de Saskia. Je ne suis pas… Tu sais… Je ne dirais pas du mal d'elle, a-t-il soupiré. Mais toi et moi… Si tout s'était déroulé dans l'autre sens, et si c'est toi qui m'avais fait ça, je suis sûr que j'aurais cassé la gueule au type.

– Qui te dit que je ne vais pas casser la gueule de Saskia ? »

Nous avons ri. Oh. *Ha ha ha !*

« Ça fait du bien de te parler, PJ. Je veux qu'on reste proches. On a grandi ensemble. Ça compte. Et tu es mon premier amour. Ça, ça restera toujours. Gravé dans la pierre. »

J'ai baissé les yeux sur le carrelage. « Tu sais quoi ? Je ne veux plus que tu m'appelles PJ. Ni Petit Jean. À partir de maintenant, je préfère Angela.

– Vraiment ? » Il a plissé le front. « Pour moi, Angela, ce n'est pas toi. »

La porte s'est ouverte et Mme Parker est entrée dans la maison, les morceaux d'un verre cassé à la main. Son index dégouttait de sang.

HP a bondi et détaché une serviette en papier du rouleau posé sur le comptoir.

« Complètement idiote », a dit Mme Parker en dodelinant de la tête. « Je ramassais les morceaux du verre et je me suis coupée. » HP l'a guidée vers l'évier en appuyant sur la serviette en papier. « Comment vas-tu ? »

Il m'a fallu une seconde pour comprendre qu'elle me parlait, à moi.

« Oh, bien. » Je me suis raclé la gorge. « C'est une belle fête. »

Mme Parker m'a lancé un regard plein de sollicitude. « C'est bien d'être venue.

– En fait j'allais partir. Mais je vous remercie. C'est toujours bon de vous voir, madame Parker. »

Elle a enroulé son doigt dans la serviette et embrassé son fils sur la joue, puis m'a effleuré le visage de sa main valide.

« Je vais vous laisser papoter. »

Après son départ, il y a eu comme un malaise dans la cuisine. Ni HP ni moi ne pouvions nous regarder dans les yeux.

« Je devrais y aller », ai-je dit.

HP s'est tourné et m'a serrée dans ses bras avec tant de force que je me suis retrouvée sur la pointe des pieds. Son corps tout entier me tenait, m'enlaçait : si j'avais relâché tous mes muscles, je ne me serais pas affaissée d'un centimètre.

C'est ça que Novak ne comprend pas, ce qu'il ne voit pas. Il ne s'agit pas des verres que HP n'est pas allé me chercher, ni des heures qu'il passait sans moi. Il s'agit de savoir qui est votre âme sœur. Demandez à sa mère. Même elle le sait. Les types comme HP vous serrent comme ça dans vos bras pour vous dire quelque chose. Quelque chose qui signifie toujours.

CHAPITRE 15

Novak est revenu avec une énergie renouvelée, comme s'il avait passé entre minuit et une heure du matin à descendre des cannettes de Red Bull. J'aurais aimé qu'il m'apporte le café qu'il m'a promis. À part deux pauses pour aller aux toilettes, ça fait presque seize heures que je suis assise ici, maintenant. Je commence à voir double.

« Nous venons d'en avoir la confirmation : l'ADN de Saskia Parker est partout sur ce collier d'éléphant.

– C'est ce que vous avez fait pendant tout ce temps ? » Je ferme les yeux. « Je croyais que vous saviez déjà que c'était son collier – il est dans un sachet avec son nom sur l'étiquette. »

Novak se dérobe. On dirait un gamin qui vient de montrer son plus beau dessin et à qui on a dit qu'il n'a rien de spécial. Il se lève, marche à la fenêtre. Dehors, l'obscurité a englouti le ciel.

« Croyez-moi, nous avançons. Rapidement. Vous devriez avancer aussi.

– D'accord. Bien sûr, inspecteur. Je reprends. »

Il balaie ses cheveux sur le côté, contemple la fenêtre.

Je demande : « Quel autre ADN y a-t-il sur le collier ?

– Pourquoi ne demandez-vous pas où nous l'avons trouvé ?

– Où que vous l'ayez trouvé, ce n'est pas moi qui l'y ai mis. »

Il m'observe un moment. « Nous nous intéressons à Freddy. Vous le savez, n'est-ce pas. Dites-moi ce que vous savez. Enfin, ce qui est pertinent. »

Novak se fourvoie jusqu'au ridicule. C'est vraiment lui, le spécialiste des homicides ? J'arriverais à retrouver Saskia plus vite moi-même.

« Freddy n'est pas dans une de vos salles, plus loin dans le couloir ? Quoi que vous vouliez savoir, vous pourriez probablement le lui demander vous-même. »

Il continue à regarder par la fenêtre. « À quoi ressemble son appartement ? Vous y avez passé beaucoup de temps.

– Vous posez les mauvaises questions. Vous avez déjà toutes vos réponses.

– J'en ai quelques-unes. » Il tourne légèrement la tête. « Combien de temps avez-vous passé avec lui dans cet appartement de New York ? »

Novak me tourne le dos, et la ligne de peau en dessous de ses cheveux est étonnamment blanche, comme si elle n'avait jamais été exposée au soleil.

« Vous me posez des questions sur Freddy parce que vous croyez qu'il est follement amoureux de moi ? Qu'il ferait tout ce que je lui demanderais ? Mon Dieu, mais c'est ridicule !

– Vous croyez vraiment ? Que ferait-il pour vous ? Jusqu'où serait-il prêt à aller ?

– Il faudrait le lui demander.

– Ai-je raison de penser que Freddy partage votre mépris pour Saskia ?

– Je dirais qu'il compatit. »

Novak s'appuie de l'épaule au mur, les mains dans les poches. On dirait une publicité de vêtements pour hommes, le genre de pub qui plairait à mon père.

« Pourquoi n'avez-vous pas emménagé chez lui ?

– Parce que je n'étais pas amoureuse de lui.

– De qui étiez-vous amoureuse ? »

Novak veut que je réponde : HP. Il plie littéralement les genoux, attend de se précipiter sur l'occasion.

« Je suis restée à Cove, si c'est ce que vous me demandez, parce qu'il est confortable de vivre là où on a grandi. Vous comprenez ? Nous avons tous nos petites habitudes. »

Novak rit doucement.

« Mon père a acheté une petite maison près du lac, et j'y ai déménagé. Il était plus facile de rester que de partir.

– Est-ce que HP et Saskia n'habitaient pas une maison près du lac ?

– C’est un grand lac. » Nous nous dévisageons, mais son regard est plus froid que le mien. « Ma mère venait me voir souvent. Elle aimait bien Freddy, encore plus que moi : il était riche, et en pleine réussite…

– Attendez, quoi ? » Novak s’avance et se précipite sur sa chaise. « Votre mère avait un lien avec Freddy ? »

Et voilà, inspecteur. Ne me remerciez pas. « Je ne suis pas sûre que vous appelleriez ça un lien. Enfin, si vous voulez mon avis, il était un peu à sens unique. Ma mère aimait la manière de s’exprimer, le raffinement de Freddy. *Il a l’élégance nonchalante d’un Laurence Olivier jeune, chérie, ou d’un Ralph Fiennes.* »

Novak note à toute vitesse, à présent.

« Bon. Et elle lui a vraiment fait des avances ?

– Des avances ? » Je prends plaisir à le dire : « Oh, je suppose que oui. Mais je ne pourrais pas vraiment vous dire comment Freddy y a répondu. Parfois, les gens disent une chose et en font une autre. Vous ne croyez pas ? »

Novak pivote sur sa chaise et fait un signe à la caméra, dans l’angle opposé. C’est un geste circulaire de la main droite, comme s’il faisait tourner un minuscule cerceau sur son index. *Enregistrez ? Vérifiez si c’est vrai ? Allez chercher Shelley Petitjean ?* En tout cas, c’est un appel à l’action. Ça au moins, c’est clair.

« Qu'a dit votre mère en apprenant que Saskia était enceinte de HP ?

– Rien. Elle a enfoui le visage dans ses mains. »

Novak frappe tout à coup du poing sur la table, me fait sursauter. « Où est Saskia ? Qui la détient ? Est-ce Freddy ? Votre mère ? Est-ce qu'on va vraiment devoir faire ça de force ? » Il s'accroupit, pour bien voir ma figure. « Saskia est-elle morte, Angela ? Prisonnière ? Ou pire ? Si vous savez quelque chose – la moindre chose –, savez-vous ce que ça signifie de ne pas me le dire ? » La question suivante arrive dans un rugissement. « *Pourquoi vous vous en fichez ?* »

Je glisse les mains sous mes cuisses. Novak se rassoit, sa chaise recule de quelques centimètres. Quand je relève les yeux, il remet ses cheveux en place.

« Savez-vous où nous avons trouvé le collier éléphant de Saskia, Angela ?

– Non, je vous l'ai dit.

– Dans votre exemplaire de *Jane Eyre*. Sur votre table de chevet. Il va nous falloir discuter de *ça*. »

CHAPITRE 16

Quelqu'un a mis le collier dans mon livre. C'est elle qui l'y a mis, en cachette. Je jure que je ne savais pas du tout qu'il y était jusqu'à ce que Novak me le hurle à la figure. Il devait être roulé sur lui-même, serré dans les pages de la fin, sous le poids du livre. Novak ne me croit pas, bien sûr. Il ne veut pas envisager que *quelqu'un d'autre* puisse l'avoir mis là. Non, il est convaincu que je suis coupable, même si un collier ne prouve rien. Il attend son heure, un œil sur l'horloge, la main sur le pager, en espérant que quelqu'un va lui apporter quelque chose de concluant. En attendant, il me bombarde sans fin de questions. *Pourquoi êtes-vous restée si proche des Parker ? Vous cherchiez à vous torturer vous-même ?* Sa rage d'en finir avec moi est si visible qu'elle forme une large auréole autour de sa personne, comme une caricature. Cet entretien nous épuise tous les deux : je suis aussi agitée que lui. Mais nous sommes coincés ici, comme deux nageurs fatigués accrochés à la même corde ; ni lui ni moi ne pourrons lâcher avant d'avoir atteint le salut d'une conclusion.

Pourquoi donc suis-je restée à Cove ? C'est une bonne question, mais je me souviens seulement qu'à l'époque, je pensais avoir besoin de ne pas quitter ce qui m'était familier. Et où aurais-je été de toute façon ? HP était ici. Mais même si j'espérais ardemment le croiser, nos rencontres restaient d'une rareté frustrante. J'imagine que nos emplois du temps n'avaient plus rien en commun : après avoir obtenu ma licence, je travaillais tous les jours jusqu'à plus de seize heures, et lui entraînait tous les jours à Lakeside High – ils avaient accepté d'attendre son retour d'Australie pour l'embaucher. Je ne sais pas ce qu'il faisait après ses entraînements, qui se terminaient à quinze heures. Il rentrait probablement retaper sa maison. Il la reconstruisait, pendant que Saskia fabriquait son bébé. Elle n'était pas la seule, d'ailleurs. Plusieurs des filles de mon année de terminale poussaient à présent des landaus dans les allées de la supérette, l'œil vague et l'air perplexe. Les autres élèves de mon année avaient fui la ville. Seuls ceux qui s'étaient mariés étaient restés. Au-delà de ça, une nouvelle vague de jeunes de dix-huit ans paradait en ville, comme s'ils en étaient les rois, sans se douter le moins du monde que la vie allait devenir beaucoup plus dure avec eux.

Contrairement à HP, il était facile de tomber sur Saskia. Dans les mois qui ont suivi leur fête de mariage, elle a enflé de plus en plus. À Halloween, quand je l'ai croisée au magasin de meubles, elle devait être enceinte de huit mois. Elle ressemblait aux citrouilles sur notre véranda.

« On n'avait pas prévu de fonder si vite une famille. » Elle chantonnait doucement en caressant l'arrondi de son ventre sous sa polaire Billabong distendue. « Mais tu sais ce que c'est, avec HP. C'est difficile de lui résister ! »

Seul le bas de mon visage a souri. J'étais avec ma mère, nous achetions une nouvelle literie pour la maison du lac. À l'époque, je n'avais pas réalisé que c'est elle qui allait y dormir.

J'ai entendu ma mère derrière moi dire : « Vous allez vite en besogne. C'est typique des Australiens ?

– Pardon ? » Saskia a prononcé le mot comme s'il avait quatre A.

« Eh bien, vous savez, les pionniers australiens qui bataillaient dans les mangroves, en luttant contre la malaria, tous ces bagnards qui se mettaient ensemble pour construire une maison… »

Saskia a repoussé les mèches qui lui retombaient sur le front, et observé ma mère qui faisait rouler le coton des draps entre le pouce et l'index pour en évaluer le tissage.

« C'est un garçon ou une fille ? » Mon ton était morne.

« L'un des deux, j'espère », a-t-elle gazouillé.

Personne n'a ri.

Ma mère m'a effleuré doucement l'épaule. « Garçon ou fille, je suis sûre que ce sera un petit ange.

– Merci, c'est gentil. » Saskia s'est tournée vers moi. « PJ, on devrait louer un film et le regarder ensemble, manger du pop-corn, en survêt'. Entre filles. Ça serait méga-cool. »

Elle m'a serrée dans ses bras pour me dire au revoir et nous a laissées pour se balader dans le magasin. Ma mère s'est tournée vers moi.

« Je ne peux pas la supporter. »

Je n'ai rien répondu.

Une semaine avant la naissance du bébé, HP m'a appelée du lycée pour me demander si on pouvait boire un verre ensemble.

« Quoi, en soirée ? » J'étais totalement abasourdie.

« En fin d'après-midi, pour une heure à peu près ? Rien de grave, je veux seulement te voir. »

J'ai essayé de ne pas avoir l'air trop enthousiaste. « Hem, je suis libre vendredi.

– Parfait. Seize heures au Fu ?

– Impec. »

C'était début décembre, il neigeait pour la première fois de l'année. Quand je me suis rendue au bar à pied, les flocons étaient duveteux, plaisants – ce ne serait plus le cas, février venu. Il n'y avait pas beaucoup de circulation et tout semblait calme, silencieux. Les guirlandes de Noël clignotaient aux fenêtres des immeubles, au-dessus des boutiques de Main Street. À certaines fenêtres, on pouvait deviner la silhouette d'un sapin de Noël. Les gens les achetaient de plus en plus tôt : les magasins n'allaient pas tarder à faire des promotions deux-pour-le-prix-d'un avec les dindes de Thanksgiving.

Les choses avaient changé au Fu Bar. Un jazz minimaliste occupait la stéréo : une légère envolée de notes de piano ici, un saxophone discret là. Le bar était vide, excepté quelques types du genre avocat qui murmuraient sur leurs tabourets au comptoir en buvant de la bière européenne et en secouant des poignées d'amandes salées avant de les avaler.

Je me suis assise à une table assez éloignée de la porte. HP est arrivé à seize heures dix. Il portait un blouson d'aviateur noir et un jean sombre, à la mode, que Saskia avait dû choisir. Son bonnet de docker était saupoudré de neige ; il l'a ôté, l'a fait claquer sur sa cuisse.

« Je suis en retard ? » Il a consulté la grosse montre qu'il portait au poignet, comme si elle faisait partie de son kit de survie. « Désolé, la route pour venir du lac est horrible. » Il s'est carré dans son siège, les joues roses de froid. « Tu es là depuis longtemps ?

– Non. » Des yeux, j'ai fait le tour de la salle. « Regarde-moi cet endroit. Tout a changé.

– Tu devrais voir la salle du fond. Il n'y a plus de table de ping-pong et la cour derrière est devenue une terrasse avec barbecue… » Sa voix s'est perdue à la mention de l'endroit où nous nous étions embrassés, deux petites années plus tôt. « En tout cas tu es superbe. Élégante. » Il me fixait dans mon fin sweater noir.

« Merci.

– Comment tu vas ? Tu travailles toujours à la bibliothèque ?

– Non, j'ai un nouveau poste : statistiques démographiques. Ça paye mieux et c'est plus… intéressant.

– Ah, bien, c'est bien. Il faut relever des défis. » Il avait appris le langage des profs. M'avait-il fait venir ici pour discuter de ma carrière ? « Et tes parents, ça va ?

– Oh, pas pire, je dirais. Ils se disputent beaucoup. Tu sais comment ils sont. En tout cas ces temps-ci, je me fais moins d'illusions sur le grand amour et le couple. »

HP a tressailli presque imperceptiblement.

J'ai repris. « Cinquante pour cent des mariages finissent en divorce. Imagine si c'était les mêmes probabilités pour le saut en parachute. Tu sauterais vraiment ?

– Ha ! » HP s'est tortillé sur son siège. Le barman, un type d'une trentaine d'années avec un tablier lie-de-vin noué à la taille de son jean, est arrivé à notre table.

« Vous êtes plutôt café, ou…

– Je vais prendre un verre du rouge de la maison. Il fait un temps à ça… » ai-je dit.

Le barman a hoché la tête.

« Et moi, je prendrai un whisky. Simple, *single malt*, avec glace. »

HP a attendu une seconde ou deux. « Et… tu sors avec quelqu'un ?

– De temps en temps. » C'était faux.

« Des mecs de Cove ?

– Ça peut. » Je tripotais le délicat porte-bonheur en argent que je portais au cou.

« OK. Bon écoute, je voulais te voir avant… »

Le barman est revenu avec nos verres. HP a attendu qu'il soit reparti.

« … Avant la naissance du bébé.

– Ça doit être imminent. » Mon vin épais, rouge sang, a suivi le rythme de ma paume pressée contre l'arrondi du verre quand je l'ai levé. « J'ai vu Saskia il y a un mois et elle avait l'air prête à éclater.

– Oui, elle y est presque. On se prépare.

– J'ai l'impression que tout le monde est de plus en plus occupé. »

HP me fixait pendant que je parlais, passait son verre d'une main à l'autre en faisant tinter ses glaçons. « Carrément. Emprunts et impôts. On ne l'a pas vu venir. Hier encore, on faisait de la balançoire et notre seul souci, c'était d'éviter les coups de soleil.

– Où est Ezra ? ai-je demandé. Il a disparu. » C'était faux, je l'avais vu plusieurs fois à la supérette. Il n'aimait pas Saskia et me le répétait chaque fois que je le voyais. Il disait que c'était un adjudant habilement déguisé. *Elle l'a changé, PJ. Il est rentré dans le rang.*

« Ce n'est pas Ezra qui a disparu. C'est toi.

– Oh ? » J'ai bu un peu de vin. « Ah bon ?

– Je ne te vois jamais.

– Tu n'essayes pas beaucoup ! » *Sois gentille Angela. Sois gentille ou bien il va partir !* « Je n'ai pas disparu, HP. En tout cas pas pour toi. »

Avec son verre, il a dessiné une ellipse autour de son sous-bock. « On s'inquiète pour toi, tu sais ? Ne te cache pas de moi, OK ?

– Écoute, ai-je commencé, en me demandant si j'aurais le courage de finir ma phrase. Ce n'est pas facile. Je comprends bien que tu es marié, et tout ça, mais pour moi… » J'ai inspiré profondément. « … Pour moi c'est compliqué. J'ai encore des séquelles. »

HP a froncé les sourcils.

« Des sentiments qui ne trouvent plus leur place nulle part.

– Oh. Je vois. » Il a plongé le regard dans son verre.

« Pas toi ?

– Mmm », a-t-il bredouillé. Il n'avait pas dit non.

J'ai clarifié. « Mais ça ne veut pas dire que je ne veux plus te voir.

– Non ? Bon. » HP s'est gratté la tête. « Parce que je voudrais vraiment qu'on puisse se voir. Ça serait chouette de pouvoir compter sur toi. Et Saskia pense aussi que c'est important. »

Conneries.

« On peut être amis, hein ? » Il m'a tendu la main par-dessus la table. Je l'ai prise. Sa peau était aussi tiède et douce que dans mon souvenir, mais ses doigts avaient épaissi, probablement à cause de la charpente et des travaux dans sa maison. Et pourtant je ne voulais pas les lâcher.

« Il faut qu'il y ait quelqu'un pour dire à mon gamin combien j'étais cool, au lycée. Et Ezra ne voudra jamais l'admettre. » Son regard était doux, perdu dans le vague. À cause de ma main dans la sienne. J'en étais sûre.

« Oui, on sera amis », ai-je dit, essayant de faire passer toute mon électricité dans le contact de nos mains. « C'est bien comme ça que tout a commencé, pas vrai ?

– Oui. » Il s'est écarté, s'est renfoncé dans son siège, soulagé, puis a de nouveau consulté sa montre. Un instant, je me suis vue la lui arracher du poignet et la jeter au loin.

« Mais il faut que je te dise que je ne sais pas si je pourrai dire à ton gosse que tu étais cool au lycée. Tu me connais… » J'ai baissé les yeux sur mon verre. « Je n'ai jamais été une très bonne menteuse. »

Novak me trouve sûrement masochiste, mais ça n'est pas du tout ça. Les choses ont changé à la naissance d'Olive. Non, je n'ai pas été voir HP et

Saskia à la clinique, mais je leur ai apporté des fleurs chez eux, une fois rentrés avec le bébé. Des œillets.

HP travaillait à retaper sa maison, près du lac – une vieille baraque avec une véranda sur tout le tour. Il avait déjà refait tout le rez-de-chaussée. Ça sentait la sciure et la peinture fraîche. Olive a dormi tout le temps où j'y suis restée. Elle était belle à faire mal avec ses petits poings serrés, son souffle rapide, chargé de lait. Des cheveux blonds, veloutés, partaient en spirale du sommet de son crâne.

« Tu veux la tenir ? » HP portait son vieux T-shirt d'athlétisme du lycée, le visage bouffi par le manque de sommeil. Ça faisait deux semaines que nous nous étions vus au bar.

« Laissons-la », nous a intimé Saskia. Elle avait déjà retrouvé ses jeans étroits. Elle tendait le cou par-dessus mon épaule pour regarder le berceau, et je sentais son odeur, une douceur légère de pétale de frangipanier. Nous étions tous les trois ensemble, trois visages alignés, une petite équipe d'admirateurs. J'ai fait un pas en arrière, pour m'écarter.

« C'est vraiment gentil de ta part d'être venue, a dit HP. Tu as l'air en forme.

– Les apparences sont souvent trompeuses.

– Ça ne va pas ?

– Si, si. Je déconne. Tout va bien.

– Bon. Tu devrais venir nous voir plus souvent, Petit Jean.

– Tu ne dois plus l'appeler Petit Jean. C'est Angela », a coupé Saskia. « *Angela*. C'est vraiment un joli nom.

– C'est vrai », a dit HP. Il a posé la main sur mon épaule, tout en regardant sa femme. « Écoute, on a réfléchi, Saskia et moi, et on aimerait te demander d'être la marraine d'Olive. »

J'ai essayé de ne pas avoir l'air horrifiée.

« Wow, ça alors ! » *Marraine ?*

« Ça veut dire oui ? » Saskia me souriait, rayonnante.

« Bien sûr ! » Rires, sourires, embrassades. Sourires et embrassades.

Je me suis demandé pourquoi ils m'invitaient à entrer ainsi dans leur vie, mais quand j'en ai parlé à ma mère, elle a été étonnamment positive.

« Tu devrais profiter de l'occasion, chérie. » Elle triait ses vêtements sur le lit, ceux à donner, ceux à garder. Le tas de vêtements à donner était énorme. « Même si le spectacle ne nous plaît pas, il vaut mieux que tu y tiennes un rôle important. »

C'est ainsi que je me suis résolue à saisir l'occasion de faire partie de la vie des Parker. J'ai commencé à passer de plus en plus de temps chez HP et Saskia, et je commençais même à me sentir vraiment utile.

« Je t'avais dit qu'on avait besoin de toi, m'a dit HP un jour pendant que j'avais Olive dans les bras. Et ça plaît à ta mère aussi. C'est du gagnant-gagnant. »

Je n'étais pas sûre de la part qu'avait prise ma mère dans cette situation, mais avoir Olive avec moi tout le temps a été comme de me découvrir une articulation ignorée jusque-là, une rotule qui jouait sans effort et s'emboîtait à la perfection dans son logement. L'amélioration a été physique : tandis que le bébé gazouillait et découvrait ses orteils à côté de moi, toutes mes frustrations, tous mes blocages ont commencé à se liquéfier et à changer de couleur. Quelques mois après être devenue sa marraine, un lien pur, une force sereine m'unissait à Olive. J'étais presque un troisième parent.

Comme ma mère l'avait prévu, ça m'a fait du bien de beaucoup compter dans la vie d'Olive, et plus elle grandissait, plus j'étais proche d'elle. Je n'ai manqué aucun de ses anniversaires, et tous les ans, je lui achetais un petit gâteau au chocolat, en remplaçant le papillon de sucre par une figurine Lego Star Wars. Saskia me demandait de ne pas prendre celles avec des petits casques amovibles – risque d'étouffement – mais franchement, nos parents ne se sont jamais préoccupés de choses comme ça et nous avons tous survécu.

Les yeux d'Olive étaient d'un indigo profond, foncé, avec un arc félin à l'extrémité. Nourrisson, elle était potelée, avec des plis aux poignets et aux cuisses, comme si on avait enfilé des élastiques sur ses jambes. Quand j'allais la voir chez HP, elle dansait sur les chansons de *La Petite Sirène* ou malaxait de la pâte à sel maison entre ses doigts boudinés. Elle se jetait dans mes bras à la seconde où j'arrivais.

Un Noël, il y a trois ans, Saskia était en train d'enfiler des décorations faites avec des pâtes, pour le sapin. Assise par terre, Olive dessinait un énorme bonhomme de neige sur une grande feuille de papier, coloriant maladroitement son écharpe avec un feutre doré brillant.

« Elle a le tempérament de son père », a dit Saskia. Elle a incliné la tête, comme le font toutes les mères qui ne peuvent rien voir d'autre que leur magnifique progéniture. En fond, Abba passait en boucle.

« Elle a de la chance de lui ressembler », ai-je dit. Puis j'ai ajouté : « Et à toi aussi.

– Oui, on a tous de la chance. Tellement, tellement de chance. » Saskia s'est levée du comptoir de la cuisine, a passé le bras sur mon épaule. Son contact m'a décontenancée. J'ai eu la sensation d'être artificielle.

« Tu ressembles à HP ? » J'ai reculé d'un centimètre contre le comptoir, pour décoller mon flanc du sien.

« Hamish et moi, on est comme deux gouttes d'eau, a répondu Saskia. J'ai beaucoup de chance, on voit la vie de la même façon : comme un voyage, une série d'aventures extraordinaires. Tout devient possible, une fois que tu as compris ça. Tu ne crois pas ? »

Je n'ai pas pu répondre. Je n'avais jamais eu son assurance.

Je faisais baby-sitter à chaque fois qu'ils en avaient besoin, et plus c'était le cas, plus Saskia se confiait à moi. Au bout d'un moment, elle est devenue très sérieuse. Elle me racontait en détail – sans que je le lui demande – comment la naissance d'un bébé pouvait vraiment s'immiscer entre le mari et la femme, combien il était important de garder des « soirées en amoureux », pour ne pas perdre le contact. Elle avait l'air de vouloir à tout prix une confidente, et croyait peut-être qu'en s'ouvrant à moi de ses craintes, de ses pensées les plus intimes, elle s'achetait ma fidélité.

Un soir de fin août, je me suis assise sur le bord du lit d'Olive, pour la coucher. Comme elle aimait à me le rappeler, elle allait commencer le jardin d'enfants à l'automne, comme une grande fille, et à chaque fois que je venais la voir, il fallait s'entraîner à lire, tout le temps. HP et Saskia étaient allés au cinéma, voir un film qui parlait d'amour et de voyage dans le temps – choisi par Saskia. Pour une raison quelconque, Olive avait fondu en larmes à leur départ, et je l'avais calmée à coups de bonbons. Elle avait fini par s'apaiser, épuisée, à l'heure d'aller au lit. J'avais eu beau la laver, elle avait encore les mains poisseuses de sucre.

« J'ai trop chaud, a dit Olive en tournant les pages de son livre, une histoire idiote de souris danseuse.

– On doit vraiment lire ce livre ? ai-je demandé. Il est super nul.

– Supernullo ! a crié Olive, comme si c'était le nom d'un personnage de dessin animé. Mais c'est maman qui me l'a donné.

– Tu l'aimes, ta maman ?

– Elle est jolie.

– Qui tu préfères, elle ou moi ? »

Olive a levé son visage brûlant vers moi, et enfoncé la main dans mon avant-bras. Le soupir qu'elle a poussé sentait la fraise trop mûre.

« Et moi, je suis jolie, Angie ? » Soudain, inexplicablement, ses yeux s'étaient remplis de larmes.

« Bien sûr. Tu es très, très jolie. » Je l'ai prise dans mes bras, et lui ai offert un autre bonbon.

Elle a chuchoté : « Mais je me suis déjà brossé les dents !

– On ne le dira à personne. Ça sera notre petit secret. »

CHAPITRE 17

« Pourquoi me racontez-vous cela ? demande Novak.

– Quoi ?

– Pourquoi me raconter que vous avez manipulé l'esprit d'un enfant ?

– Vous allez m'arrêter pour avoir donné un bonbon à une petite fille et lui avoir dit qu'elle était jolie ? »

Novak fait les cent pas dans la pièce. Sous l'éclairage électrique, il a l'air hagard. « Pouvons-nous nous concentrer sur l'endroit où vous étiez il y a deux jours, Angela ?

– Quel est votre prénom ? Vous m'appelez toujours par le mien, presque à chaque phrase. Quel est le vôtre ? »

Durant une seconde ou deux, il se méfie. « Jonah.

– Mon Dieu. Je n'aurais jamais deviné.

– Où étiez-vous l'après-midi du quinze juin ?

– Le quinze juin, c'était… jeudi ? J'étais chez moi, ou plutôt chez ma mère. Nous en avons déjà parlé… Jonah. »

Novak s'assied. « Dites-moi ce que vous savez, Angela. Maintenant. Donc vous étiez chez vous, jeudi soir ?

– Je suis rentrée chez moi après le travail, j'ai dîné dans la cuisine et je me suis endormie sur le canapé.

– Je croyais que vous habitiez chez les Parker pour laisser à votre mère de la place pour s'adapter.

– Comme je vous l'ai dit, je me suis installée chez HP un moment. Mais j'ai redéménagé. »

Il fait une pause, farfouille dans ses notes, retient une page en crochetant le pouce. « Monsieur Parker dit que vous avez habité chez eux six semaines. Quand êtes-vous partie de chez eux ?

– Il ne vous l'a pas dit ? Oh, c'était il y a un peu plus de deux semaines, je crois. Début juin.

– C'est à ce moment que vous avez volé le collier de Saskia ?

– Je vous l'ai dit, je ne sais rien de tout ça. Olive a dû le mettre dans mon livre. Vous connaissez les enfants, ils cachent toujours des choses.

– J'ai besoin de savoir pourquoi vous avez déménagé. Dites-moi absolument tout.

– Il faudrait savoir, Jonah. Une minute vous me dites de me grouiller, et l'autre vous voulez plus de détails. »

Quand il parle, il soupèse le moindre de ses mots. « Dites-moi seulement ce que je dois savoir.

– Oh, Jonah. Vous devez me faire confiance, si je vous emmène par là, c'est qu'il y a une raison.

Je vous emmène jusqu'au cœur du labyrinthe. Vous ne voyez pas comme c'est simple pour vous ? Tout ce que vous avez à faire, c'est d'écouter. »

Quand j'ai appelé HP et que je lui ai dit que j'étais obligée de cohabiter avec ma mère, il n'a pas été long à me proposer de venir vivre chez lui.

« En fait, j'ai vu ta mère en ville. Elle m'a tout raconté. Et si tu venais chez nous un moment, que tu restais ? » Il avait un ton enthousiaste. « On te distraira. On a une chambre, et je sais que personne n'a envie de cohabiter avec ses parents.

– Tes parents à toi, ça m'irait bien.

– Tout les gens ont leurs petites… bizarreries. » Il a marqué un temps d'arrêt. « Quand on vit longtemps avec eux.

– Mais, je ne vous dérangerai pas ?

– Petit J… » Il s'est repris. « Angela. Tu fais partie de la famille. »

Il n'a même pas consulté Saskia avant, enfin, je ne crois pas qu'il l'ait fait. Quand je suis arrivée le lendemain, ils m'ont installée dans la chambre d'amis, en haut d'un escalier en colimaçon dont HP avait poncé chaque marche de bois blond et lisse. La plupart des murs de la maison étaient bleus – le genre de bleu qu'on voit sur les cartes postales des îles grecques. C'était comme si Saskia essayait de se peindre au milieu de l'océan qu'elle avait quitté depuis longtemps.

Au-dessus de la cheminée, ils avaient encadré une grande photographie d'eux en train de faire du saut à l'élastique depuis un pont, en Nouvelle-Zélande. L'appareil photo les avait saisis, attachés ensemble par les chevilles, au plus haut de leur rebond, et leurs colonnes vertébrales étaient tendues exactement à l'identique.

La maison de HP faisait face à l'ouest, et chaque soir, Saskia s'asseyait sur la véranda pour regarder le soleil plonger sous l'horizon huileux du lac. Elle avait officiellement proclamé dix-sept heures « heure de l'apéritif », l'heure réservée aux adultes, et faisait toujours du pop-corn qu'elle saupoudrait parcimonieusement de sel de mer et de paillettes de levure nutritive. Elle distribuait des grandes cannettes de bière blonde australienne. HP et moi étions censés y participer.

« Ravie que tu t'installes chez nous, Angie, a pépié Saskia ce premier soir. Ça sert à rien d'embêter ta mère. Tu restes aussi longtemps que tu voudras, pas de souci. » Sur la balancelle, elle a tendu le bras pour me donner une tape sur le poignet. Les grenouilles chantaient dans les fossés. « Allez, vas-y, raconte : qu'est-ce qui se passe avec tes parents ? »

Saskia était comme ça : elle adorait les ragots. J'ai bu une gorgée de bière, enfoncé du pouce le drapeau australien sur la cannette. « Tu sais… la plupart des gens se marient uniquement parce qu'ils ne savent pas quoi faire d'autre. »

HP a cessé de tailler le bout de bois qu'il tenait sur ses genoux pour lever les yeux vers moi.

« Et j'imagine que ma mère vient seulement de le comprendre.

– Mais ils n'étaient pas faits l'un pour l'autre, elle et ton père ? » Saskia a porté la main à sa poitrine, avec un soupir d'empathie dont la sincérité me paraissait douteuse.

« Les âmes sœurs ça n'existe pas. »

HP a ri et hoché la tête.

« Quoi, tu ne crois pas au grand amour ? » Saskia a pris un air déconfit.

« Je crois que la plupart des gens se mettent ensemble parce qu'il est plus facile de lutter contre le désespoir à deux. Les conneries qu'on peut raconter sont sans limites quand on a quelqu'un sur qui les déverser. Le mariage est la manière la plus simple au monde de se distraire. On peut vraiment perdre des heures entières sur le canapé pendant que l'un des deux zappe avec la télécommande pour le compte de l'autre.

– C'est triste, a dit Saskia. C'est une perspective vachement sombre.

– C'est des conneries, ça. » HP agitait son canif dans ma direction. « Tu ne crois pas aux âmes sœurs, mon œil ! Tu ne parlais que de ça au lycée. »

Je lui ai jeté un regard noir depuis la balancelle, que j'ai soudain repoussée derrière moi. Saskia a dû sauter sur ses pieds. « Oh, pardon », lui ai-je lancé avant de me réfugier dans la maison.

HP savait ce que je pensais : si les âmes sœurs existent, comment se faisait-il que Saskia et moi avions la même ?

Il n'y avait qu'une réponse possible : l'une de nous deux se trompait.

Saskia disparaissait tous les soirs de dix-sept heures quarante-cinq à dix-huit heures quarante-cinq. Elle filait dans la maison préparer à manger, nourrir, baigner, mettre en pyjama, bercer et calmer sa fille de cinq ans. Elle appelait ça « l'heure fatale », terme qui selon elle s'appliquait à la transformation d'Olive en monstre hurlant tout violet, même si à mon avis il s'appliquait plutôt à Saskia elle-même, parce qu'à cette même heure, chaque jour, elle était éreintée. Ni HP ni moi ne pouvions lui poser la moindre question sans qu'elle nous coupe avec brusquerie.

Il suffisait que je commence par « Tu veux que je t'aide à… » ou « Où as-tu mis le… » pour que Saskia s'agite autour de moi, une demi banane à la main, le visage en feu. Après quelque temps, je me suis adaptée au rythme de ses changements d'humeur et j'ai appris, comme HP, que le meilleur moyen de supporter l'heure fatale était de rester à l'écart. HP me rejoignait souvent.

« Je croyais qu'elle adorait être maman ? ai-je murmuré un soir, tandis que nous l'observions tous deux fourrer du linge dans la machine à laver.

– C'est le cas. Mais ce n'est pas facile. Tout le monde a des mauvaises périodes…

– Oui, mais tous les jours ? »

Nous avons ri, comme on rit quand on ne dit pas ce qu'on pense vraiment. De plus en plus, je prenais conscience que les termes utilisés par HP pour décrire leur vie commune n'étaient pas que perfection et paradis. Un soir, tard, alors que je lisais encore, dans la chambre d'amis, j'ai entendu Saskia pleurer doucement au pied de l'escalier. HP était avec elle. Sur la pointe des pieds, je me suis avancée sur le palier, cachée dans l'ombre, au bord de l'escalier.

« Arrête de stresser autant », disait HP. Je voyais le sommet de sa tête, tandis qu'il était accroupi aux genoux de Saskia. « On a toute une vie comme ça devant nous. C'est un marathon, pas un sprint.

– Mais je ne suis jamais assez présente. Je perds des trucs tout le temps. J'ai oublié le doudou d'Olive au centre commercial.

– Encore ?

– Oui. On est reparties le chercher. » Elle reniflait. « Je n'arrive pas à tout faire pour tout le monde.

– Mais tu fais tout très bien. Tu es une maman géniale. » Il a tendu la main pour lui prendre le menton. « Olive est heureuse et épanouie. Elle va très bien.

– Avec toi tout va toujours bien. J'aimerais être comme ça. »

Juste au moment où leur conversation chuchotée s'arrêtait, mon portable, dans ma poche arrière, s'est mis à sonner et j'ai foncé jusqu'à ma chambre en jurant entre mes dents.

« Allô ?

– Chérie ? Que se passe-t-il ? Tu as l'air troublée. » Ma mère se servait un verre, j'entendais en fond le liquide glouglouter.

« Il est plutôt tard, m'man. Qu'est-ce que tu veux ?

– Qu'est-ce que je veux ? » Elle sirotait tout en parlant, dans un clapotis d'alcool. Je pouvais m'imaginer ses lèvres en retenir le flot. « Je ne peux donc pas appeler mon unique fille pour papoter ? Seigneur… J'appelle pour te dire que tu peux revenir ici, chérie, quand tu veux. Ta compagnie me ferait du bien. »

Mon cerveau s'est emballé. Je n'étais pas prête à partir.

« Honnêtement, je n'arrive pas à croire que tu puisses dormir dans cette maison, avec un couple marié et un enfant. C'est très gentil à toi de m'avoir laissée tranquille, mais il est temps que tu rentres. »

Tranquille ? Qu'est-ce que ça voulait dire ? Je ne voulais pas rentrer. J'étais bien où j'étais. « Je ne sais pas trop, m'man.

– Laisse-moi te dire une chose que je sais : personne n'est heureux. Tu m'entends : *personne*.

– Tu as eu des nouvelles de papa ? »

Elle n'a pas répondu. Je n'entendais que sa respiration et les glaçons qui tintaient dans son verre.

« Mais tu ne pourrais pas inviter des amis quelques jours ? ai-je demandé. Et toutes ces dames de ton cours de harpe, alors ?

– Ce n'est pas… Je ne manque pas de compagnie, chérie. Ce n'est pas ça. Je pense simplement que ta place est ici, maintenant.

– OK, m'man. Je vais rentrer… bientôt. Je dois encore les aider quelques jours.

– S'il le faut, Angela… » Elle a repris plus doucement. « Mais je ne suis pas sûre que ce soit sain. »

Il était difficile de savoir si elle parlait de moi ou d'elle, mais en tout cas, je ne me suis pas dépêchée de me réinstaller avec ma mère. Je ne le pouvais pas. Je ne voulais pas être son aide à domicile, ni m'occuper d'elle le temps qu'elle surmonte cette crise mélodramatique. Elle profitait de la situation : c'est elle qui avait quitté mon père. Si quelqu'un avait besoin de compagnie, c'était plutôt lui. Mais mon père était comme un chien qui vient de se faire renverser par une voiture ; il s'était réfugié sur la côte en boitillant et n'en reviendrait qu'une fois l'essentiel de ses blessures cicatrisées. Et entretemps, j'avais trouvé une nouvelle famille. J'étais désormais la marraine d'Olive. Et je tenais de mieux en mieux le rôle.

Freddy en plaisantait à chaque fois qu'il me téléphonait ou qu'il venait jusqu'à Cove pour m'inviter à dîner. « Tu fais ton nid. Mais *deux c'est bien, trois c'est trop*, tu le sais. Ou tu n'as pas appris les vieux proverbes ? »

Bien sûr, pendant ces semaines-là, je n'ai pas passé tout mon temps chez HP. Je travaillais au bureau cinq jours par semaine de huit heures trente à seize heures, et le week-end, Saskia fonçait toujours à ses groupes de mamans, à des après-midi jeux ou à des séances de comment-apprendre-à-son-enfant-à-réussir-en-tout. J'ai passé quelques vendredis soir à New York avec Freddy, à écouter du jazz chez lui et à savourer des plats si fins qu'il se les faisait sûrement livrer. Il me posait des questions sur HP sans jamais paraître s'intéresser à mes réponses, prenant un air absent en ouvrant une nouvelle bouteille de vin.

Freddy et ma mère voulaient peut-être que je quitte la maison des Parker, mais plus j'y restais, mieux je m'y sentais. HP, Saskia et moi dînions tous les soirs dans leur salle à manger pleine d'échos, sous le lustre ancien qui scintillait au-dessus de nos têtes. À ce moment de la soirée, Olive était au lit. La table aurait pu facilement accueillir dix personnes, et chaque repas avait un air de réunion de conseil d'administration, mais c'était mieux que rien. Saskia bondissait de sa chaise pour passer sa nouvelle playlist du jour sur son iPad. Les chansons qu'elle aimait me faisaient penser à des adolescents de dix-sept ans qui traversent le pays en décapotable jusqu'en Californie. Ces repas me regonflaient comme jamais. L'humeur de Saskia semblait s'assombrir dès que HP et moi plaisantions ou riions ensemble. Il me passait les plats en faisant des blagues que j'étais seule à comprendre. Mais les grimaces de Saskia ne duraient pas, elle se reprenait en trouvant de nouveaux sujets de conversation, comme si elle lisait des fiches cachées sous la table.

« Si tu étais une couleur, laquelle tu serais ? »

« Tu crois à la magie ? »

« Quel est le moment le plus heureux de ta vie, jusqu'ici ? »

On aurait dit des questions sorties tout droit d'une soirée pyjama entre collégiennes. Finalement, Saskia se retrouvait à court d'idées, et les conversations revenaient presque toujours sur Olive – ce qu'elle avait dit ce jour-là, les progrès qu'elle avait faits, ce qu'elle avait mangé le matin au petit-déjeuner. Comme je ne pouvais pas parler que des succès quotidiens d'Olive, j'ai commencé à sortir des photos à table, juste pour changer. J'ai exhumé une série de clichés datant de la terminale ou de la remise du diplôme, surtout pour faire sourire HP. C'était comme une mini réunion d'anciens élèves, chaque soir. Le ridicule de nos vieux costumes d'Halloween ou la longueur des cheveux d'Ezra adolescent nous faisaient hurler de rire.

« C'est qui, cette fille-là ? demandait Saskia presque à chaque photo qu'elle regardait.

– J'ai arrêté de compter, a répondu HP. Tu devrais faire pareil.

– Il ne sait pas très bien choisir, ai-je expliqué.

– Il ne *savait* pas, tu veux dire », a rétorqué Saskia.

J'ai examiné la crédence pour voir s'il restait du vin. Quand HP s'est levé pour aider sa femme à débarrasser la table, il m'a donné une tape sur la main, à l'insu de Saskia. Dans la cuisine, je l'ai entendue jeter les couverts dans l'évier, sa voix faisait comme un vrombissement de moustique. HP est finalement revenu et m'a demandé d'arrêter avec ces photos.

« Ça la met à l'écart. »

Ce soir-là, j'ai rangé toutes les photos dans un album. Je n'aurais peut-être pas dû le laisser sur la table basse du salon. Peu de temps après, Saskia a invité Ezra à dîner. Visiblement, il n'était pas venu depuis un moment.

« Un vendredi soir ? a demandé HP quand il a été au courant. Tu es courageuse. »

Saskia a passé tout l'après-midi à cuisiner un plat végétarien à base de poivrons rouges, qu'elle persistait à appeler piments. Quand Ezra est arrivé, il était plus de vingt heures, et il n'était pas seul. D'après l'air qui s'est peint sur le visage de Saskia, il n'avait pas prévenu qu'il viendrait accompagné. Saskia s'est hâtée d'ajouter un couvert à la table de la salle à manger.

« Oh, oh », a dit HP en ouvrant la porte. Ezra et la femme qui l'accompagnait avaient tous deux la démarche hésitante de ceux qui ont passé l'après-midi à boire au soleil. Certes, Ezra avait un peu perdu de sa belle jeunesse, mais elle avait l'air d'avoir passé quarante ans. Plus elle s'avançait, plus elle louchait, et son chemisier ne tenait plus fermé que par trois boutons.

« On est en retard ? » Ezra s'est passé la langue sur les dents. HP leur a tenu la porte ouverte. « Merci, mec. Désolé, on a dû faire un détour. »

« Ezra ! » Saskia était revenue à la porte, derrière HP et moi. « J'ai peur que tu n'aies manqué Olive, elle est déjà…

– T'as l'air ravissante, Saskia. Parfaite, comme toujours.

– Vous avez faim ? a-t-elle demandé. On dirait que vous avez besoin de manger. »

En repartant vers la cuisine, elle a levé les sourcils à l'adresse de HP, comme si c'était lui qui était soûl.

Ezra a roté presque tout le dîner, et a à peine touché son assiette. En indiquant la quinzaine de photos de mariage que Saskia avait accrochées au mur, il a fait remarquer qu'il ne figurait sur aucune. HP lui a demandé plusieurs fois de bien se tenir, mais l'animosité était palpable.

« Alors, quels projets, Ezra ? » Saskia mastiquait une petite bouchée de poivrons. « Tu as eu d'autres offres d'essai pour passer nageur pro ?

– Joueur de water-polo, a répondu Ez. Et ça n'a pas marché. C'est pas grave tu sais, Saskia. Le monde est plein de nuls. On ne peut pas tous être parfaits.

– Fais gaffe ! a dit HP, couteau pointé. Je ne te le dirai pas deux fois.

– Haym ? » Saskia a incliné la tête. « Calme-toi. C'est bon d'avoir des copains à la maison. On ne va pas gâcher une bonne bouffe. »

HP s'est levé, et a mis un temps infini à se trouver une bière à la cuisine.

Le dîner fini, j'ai ramené Ezra et sa petite amie chez eux. Nous avons longé la rive nord du lac. Assis à côté de moi, à la place du mort, Ezra avait baissé sa vitre et hurlait comme un loup dans la nuit. Nous étions presque arrivés en ville quand il s'est tourné vers moi. « Je déteste encore Saskia, putain. »

J'ai inspiré fort, changé de vitesse.

« Elle nous l'a piqué sous notre nez, PJ. La première fois que je l'ai rencontrée, je croyais qu'elle était sympa. » Il a louché dans le rétroviseur. Sur le siège arrière, sa petite amie dormait profondément. « Tu te souviens de mon vieux chien, au lycée ? Il s'appelait Renfield. Toujours à vouloir quelque chose. Il me suivait dans toutes les pièces. »

J'ai hoché la tête, tourné à gauche.

« Tu sais ce que je me dis, ces temps-ci ? Que Saskia, c'est Renfield. Elle est tout le temps là, à geindre, à donner des coups de pattes, à vouloir aider. » Il a grimacé. « Je détestais ce chien. Je voulais m'en débarrasser. » Il a fait une pause. « Et voilà, j'habite là. »

Je me suis garée devant un immeuble décrépit, avec une porte d'entrée en bois qui portait la trace de milliers de doigts sales.

« Tu veux monter ? Prendre un café ? Tirer un coup ? » Il s'est difficilement extrait de la voiture, a ouvert la portière arrière en tirant sur le bras de sa petite amie. « Ah, laisse tomber, dis-moi non. Ça sera pas la première fois. » Il s'est accroupi dans l'espace de la portière ouverte pour réceptionner sa copine qui basculait.

« Ez, qu'est-ce qui est arrivé à ton chien ?

– Il s'est fait écraser par une voiture. Mais j'ai quand même dû payer pour le faire euthanasier. »

Je suis revenue chez HP, et j'ai ouvert la porte discrètement. Saskia était sur le divan du salon, HP à ses côtés.

« Il ne sait plus où il en est, disait HP. Il ne pense pas ce qu'il dit.

– Il me déteste. Ils me détestent tous. Je ne fais rien de bien. Même Angela… »

Je suis allée droit au salon.

« Hé, a dit HP. Tu les as ramenés sans problème ?

– Ouais. Ezra avait envie de parler. »

Saskia contemplait ses pieds. À l'étage, Olive a pleuré et Saskia a bondi comme sous les ordres d'un starter olympique, me laissant seule avec HP.

Je me suis assise près de lui sur le divan. Je ne sais pas pourquoi, je pensais peut-être à notre fin de terminale, mais par jeu, j'ai fait mine de lui donner un coup dans les côtes.

« Qu'est-ce que tu… ? » Il s'apprêtait à me rendre la pareille, ou peut-être allait-il déclencher une bataille de chatouilles, mais Saskia est apparue sur le seuil, Olive dans les bras.

« Chéri ? » Elle était rouge. « Il faut que tu m'aides ; il faut changer ses draps. »

HP m'a repoussée, s'est levé. Il a quitté le salon sans même se retourner.

Cette nuit-là, comme je n'arrivais pas à dormir, j'ai descendu l'escalier, dans le noir. J'ai toujours aimé le calme d'une maison où tout le monde dort. Les maisons vivent leur vie propre aux premières heures du matin : le bourdonnement du frigo qui se fait plus fort pour compenser l'absence des voix ; le tissu des meubles, riche sous les doigts ; les parquets prêts à faire du bruit. Je me déplaçais comme une pièce d'échecs, posant le pied ici, là, sur des parties du plancher que je savais silencieuses. Par la fenêtre du salon, la lune brillait haut au-dessus du lac lisse. L'eau roulait comme du mercure, épaisse et visqueuse.

Une des peluches d'Olive gisait, avachie, sur l'appui de fenêtre. Au bout d'un moment, je suis remontée la rapporter dans sa chambre. La lumière lunaire filtrant de la fenêtre zébrait l'escalier. Que les marches étaient douces sous mes pieds, leur bois poncé à grands coups par les mains, les épaules de HP. Un livre pour enfants, sur le sol de la chambre d'Olive, était prêt pour la lecture du lendemain. Il s'intitulait *C'est toi ma maman ?* Je l'ai contourné en arrivant près du lit.

J'ai chuchoté : « Olive ». Un croissant de peau brune dépassait sous son haut de pyjama remonté.

Son nombril se soulevait en rythme. « Olive, pousse-toi. »

Je me suis allongée contre sa chaleur. Elle s'est retournée, passant un bras court à mon cou. Nous sommes restées ainsi une minute. Puis elle a ouvert les yeux en battant des paupières, s'est frotté le nez du poing.

« Où est maman ? a-t-elle demandé.

– Dans sa chambre. Elle dort. Je peux rester un peu à côté de toi ?

– Je te prête mon Bibou. » Elle a collé à mon cou un mouton de chiffon. « Maman dit que je suis une grande fille et qu'il faut que je dorme dans mon lit.

– Elle a raison. Tu es une grande fille.

– Toi aussi. Mais je le dirai à personne. »

Nous avons dormi ainsi jusqu'à l'aube, puis je me suis faufilée jusqu'à ma chambre.

Quelques jours après le dîner désastreux avec Ezra, j'ai trouvé en rentrant du travail Saskia et Olive qui coloriaient des châteaux de princesses sur la table de la salle à manger. Elles ont levé les yeux et repoussé les mèches blondes de leur front ensemble, parfaitement synchronisées.

« Où est HP ? » ai-je demandé. J'avais faim, j'ai ouvert le frigo.

– Entraînement de base-ball. Son équipe marche très fort. C'est vraiment super. »

Il jouait au *slowpitch* en amateur, dans la même équipe qu'Ezra. Ils avaient match tous les samedis après-midi, ce qui était une excuse à peine voilée pour aller au bar tous les samedis soir, de mai à septembre.

Quand j'ai attrapé une cannette de soda dans le frigo, Olive a levé les sourcils. « Tu en veux une ? » ai-je demandé.

« Non, merci ! » a répondu Saskia à sa place. Sans lever les yeux de son coloriage, elle faisait bien attention à ne pas déborder du dessin avec son feutre doré. Je les ai rejointes et me suis assise à la table. Saskia a refermé son feutre d'un clic de capuchon, s'est levée et s'est essuyé les mains sur son short en jean effrangé.

« Allons nous promener ! Toutes les trois. Allez ! Il fait super beau dehors.

– Quoi, maintenant ? » Je venais à peine de rentrer.

« On va s'amuser. Olive, va chercher ton vélo. Tu pourras en faire sur le sentier du bord du lac. Marraine Angie et moi, on ira à pied. »

La rive n'était qu'à une rue de la maison, et le sentier qui longeait le lac était assez bien asphalté pour qu'Olive puisse y pédaler facilement, même s'il lui fallait encore de l'aide pour démarrer. Son casque de vélo s'ornait de lapins roses, et des pompons de plastique brillants étaient accrochés à son guidon. Ils claquaient dans le vent tandis qu'elle pédalait.

J'ai emporté mon soda et bu en marchant. Dès qu'Olive a été hors de portée, devant nous, Saskia a attaqué par une question.

« Combien de temps tu penses rester avec nous ? » Son ton était enjoué. « Je sais que ta mère a hâte que tu rentres… »

J'ai écrasé la cannette entre mes doigts, l'ai jetée dans une poubelle destinée au recyclage. « Comment tu sais ça ? »

Elle m'a pris le bras, m'obligeant à recaler mon pas.

« Angie, je peux te demander une chose ? »

Je me suis dégagée avant de répondre. « Vas-y. Je ne vais pas te mordre.

– Tu penses qu'on peut être amies ? » À partir de là, ça n'a plus été qu'un flot. Un torrent. « Je veux dire, je sais qu'on s'entend bien, et tout, mais j'y ai vachement réfléchi, ces temps-ci, et je veux être aussi proche de toi que Haym. Tu sais, une amitié sur laquelle on peut vraiment compter. Je vois bien ce que tu ressens pour lui. »

Je l'ai étudiée soigneusement. En parlant, ses yeux s'étaient élargis, ses mains s'étaient ouvertes. Je n'ai rien répondu.

« Je veux dire, vous avez un passé. Vous vous connaissez depuis plus longtemps que je…

– Onze ans.

– Mince. Je n'en suis qu'à sept. » Saskia a inspiré profondément. « Enfin, bon, ce que je veux dire, c'est que j'aimerais que ça soit comme ça aussi.

Entre toi et moi. » Elle s'est arrêtée, a cligné des yeux à mon intention, ses yeux bleus comme un ciel d'été. Elle ressemblait à une enfant à un spectacle de magie, qui fixe le foulard en attendant qu'il devienne une colombe toute blanche.

Devant nous, Olive a vacillé sur son vélo, jusqu'à s'arrêter. Elle a désigné un arbre et crié quelque chose que le vent a emporté de l'autre côté du lac. Saskia lui a donné son approbation d'un grand geste. En se retournant, elle paraissait plus confiante.

« Je dis parfois que c'est le destin qui nous a fait nous rencontrer le même soir. Je veux dire… Si tu m'avais dit sous cette tente à Oxford qu'un jour on habiterait tous la même maison au bord d'un joli lac, qu'on se promènerait un beau soir avec ma fille en train de s'amuser devant nous… Eh bien… Ça prouve seulement que les choses finissent par être comme elles doivent être.

– Ça paraît trop beau pour être vrai.

– Je rêve simplement d'avoir une femme à qui parler, à qui je peux faire confiance. J'ai toujours su que l'univers veillerait sur moi. Je sais qu'on peut être plus proches. »

À cet instant, Olive s'est déclarée trop fatiguée pour pédaler et Saskia a dû la pousser sur son vélo jusqu'à la maison, courbée en deux. La discussion, la conversation entre filles était close. Le soir tombait quand nous sommes rentrées, et c'est là que j'ai su comment cette histoire allait tourner. Sur le lac, une vague sombre se préparait. Elle s'étirait, faisait jouer ses muscles. Elle allait bientôt déferler, se couler sous toutes les portes de la maison, filtrer par chaque fenêtre, jusqu'à ce que tous ses murs bleus virent au noir.

L'univers entier allait lui tomber dessus, et j'étais la seule à le voir.

CHAPITRE 18

« Cette fin à laquelle vous faites allusion, c'est la disparition de Saskia, Angela ? me demande Novak.

– C'est peut-être le monde réel qui lui donne une leçon.

– C'est un peu brutal.

– Peut-être. » Je refuse d'en dire plus.

Il se rassoit, écœuré. « Nous avons trouvé votre grand bocal, vous savez. »

Il me faut une minute pour comprendre de quoi il peut bien parler, et ma bouche se remplit immédiatement de bile. « Quel grand bocal ?

– Celui qui était dans votre placard, Angela. Couvert de poussière, caché derrière vos livres et vos souvenirs de lycée. Votre bocal MANIFESTATIONS. » Il dessine des guillemets dans l'air autour du mot. « Vous pensiez que nous ne le trouverions pas ?

– Ce n'est pas le mien. C'est impossible. Je l'ai jeté il y a des années. » Ma putain de mère. Pourquoi l'aurait-elle tiré de la poubelle ? « Ma mère a dû le récupérer.

– Intéressant. Donc votre mère a sauvé votre *Destinée manifeste* ? »

L'expression me choque. Ma mère lui a-t-elle donné ça ? Je me tortille sur ma chaise, je lisse un pli de mon pantalon. « Le bocal était son idée. C'était un truc idiot d'adolescente. Quel que soit son contenu, il ne m'appartient plus, inspecteur.

– Son contenu est écrit à la main, couché sur le papier. Je vous l'ai dit, ça nous facilite beaucoup les choses.

– Vous ne pouvez pas retenir les pensées que j'avais à dix-neuf ans contre moi ! C'est ridicule. » Mon esprit s'emballe, je tente de me rappeler ce que j'ai pu écrire sur ces bouts de papier.

« Ils vont apporter le bocal. On y jettera un œil, d'accord ? Ça vous fera tout au moins un agréable retour en arrière.

– Je veux un avocat.

– Je me demandais quand vous diriez ça. »

Nous avons fait tout ce chemin ensemble, je ne veux pas que Novak parte tout de suite. C'est bizarre les attachements qui se créent malgré nous. Et de plus, je ne lui ai pas raconté suffisamment de l'histoire. Je ne lui ai même pas parlé de la grosse dispute. Je sais qu'il aimerait que je lui en parle. Je reprends mon histoire quelques jours avant le premier week-end de juin, quand HP m'a annoncé qu'il y avait à la fois club de lecture pour Saskia et match de base-ball pour lui, le samedi suivant.

« Ça ne me dérange pas de la garder, ai-je dit. Je serai ici à lire, de toute façon.

– Pas de Freddy ce week-end ? C'est vraiment dommage. » HP a rincé une assiette, me l'a tendue pour que je l'essuie et la range.

« Je vais le voir le week-end prochain à Boston. C'est lui qui paie tout. Ce samedi, il a une conférence en Virginie.

– Ah, mais oui. Là-haut, côté gauche. » Il a indiqué un buffet du menton, l'a pointé du coude, les mains toujours dans la vaisselle.

« C'est une conférence sur les méthodes utilisées pour passer les frontières incognito avec des opiacées.

– Ça pourrait être cool si c'était quelqu'un d'autre : Freddy ne pourrait rien faire incognito. »

J'ai regardé HP de travers : « Je pense que Freddy est seulement censé connaître les méthodes ; je suis sûre qu'il n'a pas fait ça lui-même.

– Ouais, bof. » HP s'est attaqué à une autre assiette avec son éponge. « J'ai la sensation qu'il s'y connaît très bien en activités illégales, et qu'il n'en parle jamais. On ne peut pas travailler dans l'armement chimique et être totalement innocent. »

J'ai soupesé ce qu'il venait de dire, sans répondre. À l'étage, les pas de Saskia qui quittait la chambre d'Olive ont fait grincer le plancher, et HP a levé les yeux au plafond.

« Personne ne reste innocent. » J'ai refermé soigneusement la porte du vieux buffet. « Ce n'est pas le travail que tu fais qui compte : c'est seulement un rite de passage.

– Qu'est-ce que tu veux dire ?

– On vieillit, tous. Il est impossible de vieillir sans subir de torts, ou sans en causer. »

Il s'est alors tourné vers moi, les bras ballants. De la mousse dégouttait de ses doigts sur le carrelage.

« Je ne comprends plus où tu veux en venir, ces derniers temps.

– Je ne veux en venir nulle part.

– Tu es… » Il a levé une main, et des gouttelettes d'eau ont éclaboussé le mur. « Tu es si négative sur tout. Tu es vraiment déprimante, parfois.

– HP, d'après mon expérience…

– Oh, change de disque ! Sérieusement ! Tu ne connais que des marches funèbres. »

J'ai fait un pas, la main sur la poignée de la porte de la cuisine. « Je ne peux pas croire que tu penses ça de moi !

– Ça fait dix ans que tu rumines tes malheurs. Tu ne vois pas qu'on a tous pitié de toi ? Nous tous ? »

Nous tous ? Qu'est-ce qu'il voulait bien dire par là ? Dos à la porte, il n'a pas vu mes yeux brûlants lui transpercer le crâne. J'ai gardé une voix égale. « Si je suis si pénible à fréquenter, est-ce que tu veux quand même que je fasse baby-sitter ?

– Oui. Olive t'aime bien. On a décidé il y a longtemps de t'intégrer dans la famille, de faire les choses bien et d'essayer de t'aider. Mais ça serait beaucoup plus facile si tu ne te comportais pas comme le Bourriquet des *Winnie l'ourson* d'Olive. »

Malgré sa blague, il ne s'est pas retourné. Je suis sortie discrètement et je suis tombée sur Saskia, au bas de l'escalier.

« Tu montes déjà te coucher ? » Les ombres de la fenêtre du palier jouaient sur sa figure ; même le soir, elle rayonnait. « Ça va ? »

J'ai ri. « HP et moi nous sommes disputés. Il joue au con. Ce n'est rien. »

Elle a soupiré. Un soupir maternel qui m'a donné un haut-le-cœur. « Ah, ça arrive quelquefois. Il vaut mieux aller dormir et tout ira bien demain matin.

– Tu parles comme si tu le connaissais mieux que moi. »

Son visage s'est plissé, en un point d'interrogation. « Je suis sa femme. Bien sûr que je le connais.

– Il t'a parlé de Thomson ? »

Elle a levé les yeux au ciel, comme sous l'effet d'une secousse.

Il était là. Le doute, le vrai, celui qui fait chanceler. HP n'avait pas parlé à sa femme de son petit frère mort. Saskia était prête à pleurer.

« Écoute, ai-je dit. Oublie ça. Je dis simplement que mari, épouse, pour beaucoup de gens, c'est seulement un job, mais on peut toujours garder l'espoir d'une promotion. »

Saskia s'est appuyée précautionneusement à la rampe avant de descendre une marche au-dessous de moi. « C'est à cause de ça que tu te disputais avec Hamish ? Tu as encore mis l'institution du mariage sur le tapis ?

– Non. On s'est disputés pour quelque chose de bien plus important. » Elle ne voulait toujours pas finir de descendre l'escalier. « Écoute, tout va bien. Apparemment, ce que je pense ou ce que je dis n'a pas d'importance.

– Alors tu devrais peut-être arrêter de parler tout le temps, a répliqué Saskia.

– Pardon ? »

Elle a relevé le menton. « Boucle-la, une fois de temps en temps. Ça ne fera de tort à personne. » Elle avait dû rassembler tout son courage pour dire ça. On aurait dit un enfant de chœur qui lance un juron dans une église.

Je me suis penchée, je lui ai flatté l'épaule. « C'est bien Saskia ! Bravo. Enfin, tu es prête à te battre. »

Je ramène mon esprit au présent. J'ai été tout à fait honnête avec Novak, donc j'ai la conscience tranquille. Je ne sais pas s'il va le croire, mais HP ne s'est jamais excusé. De rien. On pourrait penser que si un type se trompe à chaque carrefour, il va finir par s'arrêter et descendre de voiture. Pas HP. Le lendemain était un vendredi, et quand je me suis levée pour aller travailler, il était dans la cuisine à moudre du café. Nous étions en juin, son emploi du temps était moins serré mais il se levait tous les jours pour préparer le petit déjeuner avant d'aller courir. Olive se réveillait rarement avant huit heures et comme toute l'existence de Saskia était dictée par ses devoirs maternels, son horloge était totalement liée à celle de sa fille. Elle ne se montrait presque jamais avant mon départ. Si je calculais bien mon coup, je pouvais souvent voir HP seul pendant vingt bonnes minutes avant de devoir partir au bureau.

Il s'est retourné quand je suis entrée dans la cuisine, avant de se remettre à moudre le café. Il était pieds nus, en short et maillot sans manches, comme d'habitude. Le début de l'été avait bruni ses omoplates. Je me suis coulée sur un siège au comptoir du petit déjeuner, et j'ai rajusté mon T-shirt sur ma poitrine.

Il s'est approché, debout face à moi, avec une tasse pleine à ras bord de café fumant.

« Si tu en veux, sers-toi, a-t-il dit.

– Ça va. Il y a du café au boulot. »

Il m'a observée quelques secondes avant de reprendre la parole – assez longtemps pour que je sente le rouge me monter aux joues. « Dis, toi et ma femme, vous avez eu une bonne petite conversation, hier soir. »

Je me suis passé la langue sur les lèvres. « Ah bon ?

– Tu n'as pas le droit de te servir de mon drame familial pour jouer à ton petit jeu.

– Je n'ai rien fait. J'ai seulement prononcé le nom de ton frère.

– Tu ne veux pas tout bonnement grandir, Angela ? Tout te sert de test pour savoir qui j'aime le plus ! Tu veux me le demander à moi ? Il y a un truc que tu n'as pas compris ? »

J'ai fait non de la tête.

« Bien. Parce que ça me déplairait d'apprendre que tu as encore de la rancœur. La vie est trop courte. » Son expression s'est quelque peu détendue, et il a pris une autre gorgée de café. « Il y a des choses que tu es la seule à connaître sur moi. C'est entendu, elles t'appartiennent. Mais tu n'as pas besoin de le prouver en permanence à tout le monde. »

Il m'a fixée, d'un regard que je n'ai pas compris. « Tu ne peux pas habiter ici pour toujours. Tu ne peux pas compter que sur nous pour te sortir de ton trou. Va t'amuser, une fois dans ta vie. »

La porte de la cuisine s'est ouverte et Saskia est entrée, vêtue du peignoir de HP, Olive dans les bras.

« Chérie, je venais de dire à Angela qu'il est temps pour elle de partir. Pas de problème, ni rien, pas de dispute ; mais il est temps de passer à autre chose. »

Saskia a serré sa fille contre elle. « Bien sûr, tu seras toujours la bienvenue ici. Passe nous voir à l'apéritif. Olive adore te voir. » Ces trois phrases avaient le même poids, la même platitude ; elle les avait servies comme des assiettes à un repas.

« Angela s'en va ? Non ! » a crié Olive. Tout le monde a fait mine de ne pas l'avoir entendue.

« Je serai partie dimanche. C'est assez tôt pour vous ? » Je me suis levée de mon siège en lissant mes vêtements.

« Bien sûr. Merci de ta compréhension », a répondu Saskia.

Je suis allée droit à ma voiture et j'ai appelé ma mère. Elle a attendu un peu avant de décrocher. « M'man, je peux rentrer à la maison ? »

À l'autre bout du fil, elle s'est engouffrée dans la brèche comme une rafale de vent. « Oh ma chérie, bien sûr que tu peux rentrer. Je m'ennuie à mourir ici et je serai ravie de te voir revenir.

– Ils m'ont demandé de partir.

– HP ? » Pourquoi ne semblait-elle pas si surprise ?

« Je crois que c'est plutôt Saskia. Mais, oui. » Ma voix s'est voilée, et j'ai toussé pour le masquer.

« Angela Petitjean, je t'interdis de pleurer. Je te l'interdis. Tu te débrouillais très bien. Ne te laisse pas abattre. Tu veux que je vienne te chercher ?

– Je suis en route pour le bureau. Et je ne pars que dimanche.

– Dimanche ? Pourquoi pas aujourd'hui ?

– Ils ont besoin de moi comme baby-sitter samedi soir.

– Tu plaisantes ? » Sa voix s'est faite dure, sans timbre. « C'est une plaisanterie ?

– C'est seulement… C'est bon, m'man. Ça me plaît de le faire. Tu sais que j'aime beaucoup Olive.

– Fais comme bon te semble, Angela. Mais tu es trop généreuse, tu sais. Il ne te restera bientôt plus rien. »

Je suis restée dans ma chambre, le vendredi soir, et j'ai passé tout le samedi au bureau, à classer des déclarations de naissances et de décès. Je n'avais aucune raison de faire des heures supplémentaires, hormis le fait que je ne souhaitais être nulle part ailleurs.

Le temps que je rentre chez eux, Saskia était prête à partir à son club de lecture. Les vêtements qu'elle portait me paraissaient plutôt adaptés à une soirée en boîte, et elle n'a fait aucun effort de conversation. Elle avait enfin cessé de faire semblant de bien m'aimer.

« Tu as tout ce qu'il te faut ? » HP se tenait à la porte d'entrée, après le départ de sa femme, en attendant qu'Ezra passe le chercher pour aller au base-ball.

« J'ai déjà fait du babysitting. » J'étais assise dans un fauteuil, et Olive a rampé sur mes genoux.

« OK. Bon, tu as mon portable, en cas de problème.

– Tout va bien se passer, hein mon chou ? » Je me suis levée, bras serrés autour des jambes d'Olive pour la porter. « On va trouver à manger. Puis un bain. Et après, au lit. » En me dandinant, j'ai emporté sa fille vers la cuisine au moment où Ezra arrivait avec son camion, les basses à fond sur la stéréo.

« Merci de faire ça, PJ », m'a crié HP en attrapant ses clés.

Je n'ai pas répondu. Au lieu de ça, je me suis emparée de la bouteille de pinot noir de Nouvelle-Zélande qu'ils gardaient pour une grande occasion et je l'ai décachetée avec un économe.

Quand Olive a eu fini de manger, je lui ai fait couler un bain et je l'ai cnvoyée chercher son pyjama et une brosse à cheveux. Je ne sais pas pourquoi, mais je suis entrée dans la chambre de HP et Saskia, mon verre de vin à la main. Comment avais-je pu ne pas remarquer le jeté de lit écarlate que Saskia étalait sur l'édredon blanc ? Ni la guirlande électrique sur la tête de lit de chêne sombre ? Au mur, elle avait accroché une série d'images d'arbres, tous coniques, comme en Toscane – alors qu'elle n'était jamais allée en Italie.

Sa boîte à bijoux débordait de pendentifs accrochés à de longues chaînes – plumes, flèches, clés – et de grosses bagues. Derrière, une série de flacons de parfum de luxe.

« Marraine Angie ? » a soudain dit Olive derrière moi. J'ai sursauté en la voyant sur le seuil. Son ventre avait une couleur noisette sur le tissu jaune de sa culotte. « Qu'est-ce que tu fais là ?

– Oh, je regarde, juste.

– Moi, j'ai pas le droit, m'a-t-elle confié en me rejoignant, pieds nus. Maman dit que je dois pas toucher à ses bijoux.

– On ne dira rien. »

Olive a attrapé la boîte à bijoux sur la coiffeuse, dressée sur la pointe des pieds, le bout de la langue sorti. Une fois la boîte bien en main, elle s'est accroupie et l'a posée sur le tapis. « C'est lequel, le plus beau ? » Ses doigts potelés jouaient avec les chaînes d'argent, caressaient les pendentifs. « Je crois que c'est celui-là. » Elle a levé un petit éléphant au bout d'une chaîne, ses yeux sombres fixés sur les reflets jade et aigue-marine.

« Il est joli. Ta maman aime bien les éléphants. » Je détestais ce collier. Il me ramenait tout droit à la tente du bar à Oxford, au bal de mai.

« Maman dit que les éléphants savent ce que c'est d'être triste. » Olive a roulé le collier dans le creux de sa petite paume. « Prends-le. » Elle a tendu le poing vers moi.

« Non, Olive. C'est gentil, mais non.

– Maman voudrait que tu le prennes. Elle dit que c'est bien de réconforter les gens. »

J'ai voulu rire, un rire long, fort et sec, mais j'ai gentiment repoussé sa main. « Remets-le. C'est bien, tu es une grande fille. Allez, viens dans mes bras – voilà, génial. Et va chercher ta brosse à cheveux. Attends-moi dans la salle de bains, mais ne monte pas dans la baignoire. »

Je l'ai observée repartir en trottant, j'ai ramassé mon verre de vin et l'ai siroté en examinant le reste de la pièce.

Il n'y avait aucun signe de HP dans la chambre. Pas de casquette de base-ball, pas de montre, pas de caleçon en boule au pied du lit. À côté de moi, il y avait une commode de bois poncé. J'ai ouvert le tiroir supérieur gauche. C'étaient les chaussettes de Saskia, rangées par paires, reliées par un pli bien marqué à l'élastique. J'ai refermé le tiroir.

Celui d'en dessous était deux fois plus gros, et dur à ouvrir. Il contenait tous les T-shirts, bien repassés, manches repliées. J'ai fouillé entre les piles, à la recherche d'un signe indiquant que leur mariage échappait à l'ennui. Une paire de menottes, couvertes de fourrure de zèbre ? Un bandeau pour les yeux ? Du cuir ? Tous les couples n'avaient-ils pas un secret dissimulé dans un coin de leur chambre ?

Le tiroir du haut à droite contenait les sous-vêtements de Saskia : j'ai plongé la main dans leur douceur, laissé le tissu me recouvrir les doigts comme de l'eau. J'ai sorti une petite culotte – rose avec un ruban chocolat et de la dentelle aux coutures –, j'ai passé la main sous ma jupe et j'ai lentement fait descendre mon propre slip, qui a fini en une mince bande de tissu près de mes pieds nus. J'ai enfilé la culotte de soie neuve, glissante sur mes cuisses. Je me suis retournée, j'ai observé mon reflet dans le miroir en pied à côté de leur dressing. J'ai gloussé à cette vision : mes fesses paraissaient fermes, parfaitement enveloppées par la coupe luxueuse du tissu. J'ai fait deux pas en arrière, pour presser ma chair contre le miroir, laissant contre le verre une empreinte arrondie, en forme de croissant. Avant de rajuster ma jupe et de repartir vers la salle de bains, d'un coup de pied, j'ai fait disparaître mon vieux slip sous le lit, dedans dehors.

Le bain était prêt. Olive est arrivée avec son pyjama et sa brosse à cheveux, empilés en un tas qui lui dépassait le menton. Je l'ai plongée dans l'eau bien chaude et lui ai tendu le bouchon de la bouteille de pinot noir. Elle l'asticotait de l'index, essayait de le faire couler. De temps à autre, elle se levait pour tenter de l'enfoncer sous l'eau à coups de pied maladroits, exposant un cercle autour de son ventre dodu, là où la partie immergée de son corps luisait de chaleur.

« Lave-toi bien partout, ai-je dit tandis qu'elle se faisait une barbe de mousse.

– Je suis le Père Noël, a dit Olive, en regardant son reflet dans le petit disque de métal qui brillait sous le robinet. Tu crois qu'il existe, le Père Noël ? »

Mon verre était déjà vide. « Le Père Noël, pour les enfants, c'est comme Dieu pour les adultes. On a tous besoin d'histoires pour s'endormir, le soir. »

Elle s'est levée soudainement, s'est giflé le corps de ses mains ridées. Sur l'étagère, il y avait trois serviettes éponge blanches, chacune brodée d'une initiale dans le coin inférieur gauche. En levant les yeux au ciel, j'ai attrapé celle qui était brodée d'un S. Olive est sortie péniblement du bain et je l'ai enveloppée dans la serviette, la séchant avec application.

« Tu me raconteras une histoire pour m'endormir ? » Elle a enfilé ses genoux tout roses dans les jambes de son pyjama imprimé de chouettes.

« Bien sûr. J'en connais plein. »

Elle s'est vite glissée au lit, en chien de fusil, les mains serrées paume contre paume sous sa joue. Je l'ai bordée et j'ai éteint sa lampe de chevet ornée de la fée Clochette, pour ne laisser que la pénombre de l'ampoule du palier, qui se découpait au plafond.

« Il était une fois, ai-je commencé en caressant les mèches de cheveux d'un blond délavé sur son front, une petite fille qui vivait dans une maison près d'un lac. Elle était jolie et très intelligente. Tout le monde l'aimait.

– Il y a quelqu'un qui meurt, dans ton histoire ? » a couiné Olive. Elle gardait les yeux fermés.

« Je ne sais pas encore. Quand la petite fille est née, sa maman et son papa étaient les plus heureux du monde. Ils ont fait une grande fête avec un gâteau, des ballons et des feux de Bengale. Mais une méchante sorcière, jalouse, s'est invitée à la fête et a empoisonné le gâteau ; sa maman l'a mangé et elle s'est endormie pendant cinq années entières.

– La maman a été empoisonnée ? » Olive était captivée, comme tous les enfants à qui on raconte des histoires sinistres.

« Pendant cinq années entières, elle a dormi et la sorcière a pris la place de la maman, en trompant la petite fille et le papa.

– Comment elle les a trompés ?

– En faisant semblant d'être la maman. »

Olive a ouvert les yeux. Son ventre de petite fille distendait le haut de son pyjama. « Est-ce que la vraie maman se réveille et tue la sorcière et la famille vit heureuse pour toujours et puis c'est la fin de l'histoire ?

– Eh bien… la vie n'est pas toujours comme ça. »

Olive a poussé un soupir, doux et tiède, dans ma direction, puis s'est retournée, plongeant dans le sommeil. « Pauvre marraine Angie », a-t-elle murmuré.

« Pourquoi "pauvre moi" ?

– Il y a une maman et un papa. La sorcière, c'est toi.

– Je ne suis pas la sorcière ! Pourquoi ce serait moi, la sorcière ? »

Mais elle s'était endormie. J'ai quitté la chambre en silence, le visage brûlant d'injustice.

Le pager de Novak sonne, et il se lève. « Il y a quelqu'un qui veut vous voir. »

CHAPITRE 19

Quand la porte de la salle d'interrogatoire se rouvre, je m'attends à voir Novak avec ma mère. Ce serait bien le genre de Novak : traîner le parent dans le bureau du proviseur pour que le gamin pris en faute se sente encore plus coupable.

Mais ce n'est pas ma mère.

HP avance seul jusqu'à ma chaise, et mon estomac se tord tant j'ai envie de le serrer dans mes bras. Ses sandales claquent sur le sol. Je ne l'ai pas vu depuis deux semaines, il a l'air fatigué, à bout de nerfs, même s'il est rasé de près.

« Salut. » Il ne sourit pas, mais ne déborde pas non plus de rage. « Ils te traitent convenablement ?

– Ouais. Je suis désolée pour Saskia », dis-je.

Il hoche lentement la tête, me jette un regard que je ne peux pas déchiffrer. « PJ, je sais que c'est dingue, mais je ne peux pas m'empêcher de penser qu'elle m'a quitté. Tu vois. Qu'elle est partie, tout simplement.

– C'est ce que je n'arrête pas de dire à Novak !

– Ouais, tu m'as compris. Et tu sais quoi ? Elle a peut-être eu raison. Je veux dire, on a eu des… Bon, ça n'a pas d'importance, mais ce genre de choc donne à réfléchir. On aurait dû passer plus de temps ensemble, toi et moi. »

Ma respiration se bloque dans ma gorge.

« Je suis désolé de ce que je t'ai fait à Oxford et toutes ces années depuis. »

Je n'ose souffler. Quelque chose en moi s'apprête à déborder. Voilà tout ce que j'ai toujours espéré.

J'inspire profondément, pour me calmer. Je ne m'attendais pas à des excuses. « Qu'est-ce que tu vas faire, pour Saskia ? Je veux dire, quand ils vont la trouver ou bien qu'elle va rentrer ? »

Il regarde vers la porte, puis à ses pieds. « Novak me dit qu'il a une nouvelle piste. Est-ce que tu sais quelque chose qui pourrait l'aider ? »

Ah, nous y voilà. Au centre même de ses doux yeux bleus, je vois la vérité, le piolet métallique de haine qu'il essaie de dissimuler.

« Espèce de fumier », dis-je.

Il s'assied et bredouille : « PJ. Qu'est-ce que tu…

– Tu viens ici pour me manipuler ?

– C'est ma femme, Angela. Et elle a disparu. Est-ce que tu comprends seulement ce que ça veut dire ?

– Est-ce que ça t'autorise à me mentir ? À me manipuler ? Ah, Novak a dû se dire que c'était un coup de génie de t'envoyer ici ! Mais qui me dit que ce n'est pas toi qui l'as fait disparaître ? »

Il se fait tout à coup glacial, le regard sans expression. Quand il me fonce dessus, c'est avec la fulgurance d'un animal sauvage. Avant même que ma chaise bascule, qu'elle tombe à terre en cliquetant, il a refermé une main sur ma gorge. Cette rapidité avec laquelle il me saisit m'excite en partie, mais je peine à respirer.

« Où est ma femme ? » crie-t-il.

Je ne touche plus terre, à présent ; mes yeux se voilent, exorbités. La porte s'ouvre à la volée et Novak se rue dans la pièce, deux flics à sa suite. Ils doivent s'y mettre à trois pour me séparer de HP. Quand ses phalanges blanchies relâchent finalement leur étreinte sur ma gorge, je me laisse glisser contre le mur, les poumons en feu. Novak parle à l'oreille de HP tandis que je halète, cherche mon souffle. Je n'entends pas ce que Novak lui dit mais HP se calme rapidement. Novak le fait ensuite sortir et je reste seule, à terre, avec la sensation des mains de HP sur ma peau.

CHAPITRE 20

J'en suis encore à tenter de retrouver mon souffle quand Novak revient. En s'asseyant, il ne me pose qu'une seule question : *Qu'avez-vous fait pour que HP vous haïsse autant ?* Mais je ne peux penser qu'à toutes ces années que j'ai mises de côté pour HP, à toutes les fois où j'ai essayé de lui dire combien il comptait pour moi. Et pourtant il ne me connaît pas. En fin de compte, tous les chemins l'ont conduit à Saskia Parker, malgré tous mes efforts. Que Novak la retrouve ou non, ce n'est pas elle, la disparition la plus importante. Celle qui a été volée, ça n'est pas Saskia.

Pour sa part, Novak essaie de son mieux de suivre les miettes que j'ai semées en chemin. Au moins, il fait un effort. Il a peut-être mérité d'entendre la suite de l'histoire, à présent. Il est temps de lui dire ce que j'ai fait.

Ce samedi soir-là, mon dernier soir chez HP, il n'est pas rentré à vingt et une heures, comme il l'avait dit, et le club de lecture de Saskia s'est prolongé encore plus tard. HP est rentré après vingt-deux heures, et il était soûl. Quand j'ai entendu la porte du frigo s'ouvrir bruyamment, j'ai quitté la chambre d'amis pour aller discrètement sur le palier.

La capsule d'une bouteille a tinté sur le carrelage, et je l'ai entendu s'asseoir à la table en soupirant, puis faire cogner sa bouteille sur le bois entre deux gorgées. Quand il s'est relevé en titubant, faisant grincer sa chaise sur le carrelage, je me suis vivement repliée dans ma chambre. Par l'interstice entre la porte et le cadre, je l'ai vu se rendre sur la pointe des pieds dans la chambre d'Olive. Il se balançait sur le seuil, les épaules et le cou tendus vers l'obscurité. Puis il a repris le couloir jusqu'à sa chambre en vacillant, heurtant de l'épaule en passant une photo encadrée. J'ai attendu, puis je l'ai suivi, et je l'ai observé depuis la porte de sa chambre.

Il s'était endormi immédiatement ; sa poitrine se soulevait au rythme des rêves qui l'emportaient. Le pauvre, le pauvre ! J'ai franchi le seuil, en pensant qu'il valait mieux m'assurer qu'il n'était pas trop soûl, qu'il n'allait pas se vomir dessus. Je devais peut-être le déplacer, ne pas le laisser sur le dos, ce qui était dangereux. Je me suis agenouillée de son côté du lit, j'ai laissé son haleine m'inonder le visage. Avec une bonne synchronisation, je pouvais inspirer tout son souffle. Je pouvais sentir la plénitude chargée d'alcool de ses lèvres.

Il n'avait pas beaucoup changé avec le temps – quelques rides d'expression au coin des yeux et de la bouche. La poitrine et les épaules avaient épaissi, mais sa peau était toujours aussi douce et mate. J'ai passé l'index sur le côté de son cou, du lobe de l'oreille à la clavicule. Sous la couverture, il a replié les genoux.

J'ai fait le tour du lit jusqu'à la table de chevet de Saskia éclairée par la lueur de son réveil digital, j'ai ôté mon T-shirt et je suis restée debout, nue à l'exception de la culotte de soie rose. Je me suis étirée, bras levés pour donner une jolie silhouette à mes seins. Mon ombre se découpait sur le mur opposé. Quand je me suis faufilée dans le lit, les draps sentaient l'abricot, leur tissu était doux et luxueux sur mes jambes et mon torse. Je suis restée immobile une seconde, profitant d'un instant qui aurait dû être mien depuis longtemps. Mon mari, mon enfant, ma maison.

J'ai glissé la main par-dessus la muraille de son corps, l'ai posée contre le sillon de sa poitrine, j'ai caressé du bout de mes doigts son ventre large et plat. J'ai pressé mon torse tout entier contre son dos. Lentement, j'ai enroulé une jambe autour de la sienne, hanches et cuisses entrelacées. Le rythme de sa respiration a changé : il s'approchait de la surface. Appuyée sur un coude, je respirais au creux de sa nuque, mes tétons balayaient ses omoplates.

Ma main a quitté son ventre pour descendre sous l'élastique de son short, il a exhalé un soupir de plaisir, la gorge rauque, gargouillant de sommeil. Il ne pouvait pas se retourner sans m'écraser : il a lancé la main en arrière, tâtant la soie de ma petite culotte. Ses doigts y ont joué un moment, caressant le tissu et ma chair au-dessous ; il la taquinait doucement, savourant le mélange soporifique de sommeil, d'alcool et de sexe, cette ligne paresseuse et floue entre le sommeil et l'éveil. Je me suis tortillée pour me débarrasser de ma petite culotte, l'ai repoussée du pied au fond du lit.

Il a murmuré : « Mon bébé… tu viens de rentrer ?

– Mm-hmmm » ai-je chuchoté, avant de bouger pour l'enfourcher. C'est alors qu'il a ouvert les yeux.

« Qu'est-ce que… Bon Dieu ! » Il m'a écartée du bras, m'a fait basculer de l'autre côté du lit.

« Qu'est-ce que tu fous là, putain ? Merde, merde, merde ! T'es tarée ! »

J'ai remonté l'édredon sur mon ventre, je l'ai fixé d'un œil vide.

« Pas du tout. Si seulement tu pouvais réfléchir convenablement une minute…

– Barre-toi ! Barre-toi, merde ! » a-t-il sifflé en m'arrachant la couverture.

Dehors, une voiture s'est garée dans l'allée, de la musique s'est échappée quand la portière s'est ouverte, côté passager. De là où j'étais allongée, j'ai entendu la voix cristalline de Saskia, ses pas qui faisaient crisser le gravier sous la fenêtre.

« C'est toi qui lui dis ou c'est moi ? »

HP m'a saisie par le poignet et m'a forcée à sortir, me jetant mon T-shirt à la tête avant de claquer la porte de sa chambre. J'ai entendu Saskia qui arrivait, enlevait ses hauts talons dans l'entrée. Je me suis adossée à l'encadrement de la porte de la chambre d'amis, bras croisés sur ma poitrine nue. Je l'ai laissée s'arrêter en me voyant et cligner des yeux vers le couloir sombre.

« Qu'est-ce que tu fais ?

– Je suis désolée, ai-je dit en me couvrant de mon T-shirt. Je regrette que tu l'apprennes comme ça. »

Elle a fait deux pas vers moi. « Que j'apprenne quoi ? »

Avant que je puisse répondre, la porte de leur chambre s'est ouverte à la volée et HP est sorti d'un pas mal assuré, en short, torse nu. Il avait les mains sur la tête. « Saskia, ce n'est pas ce que tu crois », a-t-il dit d'une voix pâteuse.

J'ai regardé Saskia enregistrer ces nouveaux détails. Ma quasi nudité. HP et ses cheveux en bataille.

Elle a chancelé, trébuché dans le couloir, frêle, puis a foncé inspecter la chambre. Elle s'est alors tournée vers HP en se laissant tomber sur le bord du lit.

« Saskia, ce n'est pas ce que tu crois », a répété HP. Il s'est précipité vers elle. « Elle était dans notre lit. J'ai cru que c'était toi ! » Il a sangloté sur le dernier mot.

« Oh, pour l'amour de Dieu, ai-je dit en me détachant de ma porte et en entrant dans leur chambre. Tu n'es pas soûl à ce point. » HP s'est couvert la bouche d'une main en coupe. Saskia est devenue blême.

Je n'étais pas prête. Je ne m'attendais pas à ce que Saskia se jette sur moi, à coups de griffes, de pieds, crachant comme un chat. Elle cherchait ma gorge de ses sales petites mains. Cette boule de rage m'a fait perdre l'équilibre, je me suis affalée de travers sur le tapis. « Tu veux te battre, salope ? » a-t-elle sifflé, me plaquant au sol de ses genoux.

Je me suis débattue sans pouvoir me dégager.

« Je vais t'éclater. Barre-toi de chez moi et ne t'approche plus de ma famille ! »

De rage, elle a appuyé un peu plus sur ma gorge avant de se relever et de me relâcher.

« Va-t-en et ne reviens jamais », a ajouté HP. Il a fait un demi-pas dans ma direction, comme pour prendre son élan avant de me donner un coup de pied. « Prends ta voiture et tire-toi. C'est fini, ton petit jeu. »

Je suis retournée à la chambre d'amis, je me suis habillée, j'ai fourré quelques affaires dans ma valise et j'ai pris ma voiture pour rentrer chez ma mère.

CHAPITRE 21

L'impassibilité de Novak s'est envolée.

« Bon, Angela… » Il frotte son menton fuyant. « C'est à ce moment-là que vous avez décidé de vous venger ?

– Non, ça a été mon dernier essai pour renouer avec HP. C'était fini. »

Il se gratte la tête, feuillette son dossier. Il cherche quelque chose, n'importe quoi, pour me garder ici.

« Je peux partir ? » Il est temps : nous sommes parvenus à la fin. Et maintenant que le moment est arrivé, ça semble presque décevant. J'espérais presque qu'il change de braquet, qu'il offre au moins un peu de résistance.

Il se lève et met les mains dans les poches. « Vous êtes mauvaise, Angela. Ça ne vous est jamais venu à l'esprit ? Vous êtes mue par la haine. C'est un poison qui peut dévorer quelqu'un, le pousser à faire d'horribles choses. »

Mon rire est sec. « OK. Je peux partir ? »

Novak s'appuie à la porte. Le jeu du chat et de la souris recommence. « Il y a un obstacle majeur, je le crains.

– Vous n'avez rien contre moi.

– L'ADN de la femme disparue retrouvé dans votre chambre. Son collier préféré caché dans votre livre.

– Ce n'est pas moi qui l'y ai mis. Olive voulait que je le prenne.

– Vous allez avoir du mal à le prouver. Je ne peux qu'être d'accord avec monsieur Parker quand il dit que votre petit jeu est terminé.

– Alors arrêtez-moi, inspecteur Novak. » Je me renfonce sur ma chaise qui bascule presque. « En attendant, où est mon avocat ? Je ne dirai rien de plus jusqu'à ce que j'en aie un. »

C'est alors qu'il me surprend. Novak sort et revient accompagné d'un agent, celui qui m'a apporté l'assiette de macaronis, hier soir, tard. L'agent a les joues rouges.

« Nous avons suffisamment d'éléments indiquant que vous êtes impliquée dans la disparition de Saskia Joanne Parker », annonce Novak d'une voix trop forte, hypocrite. « Votre garde à vue est officiellement prolongée. Vous avez réclamé un avocat, on vous en commettra un. Avez-vous des questions ? »

J'incline la tête, je hausse les épaules.

« Je suppose que ça veut dire non. »

CHAPITRE 22

Mon avocat s'appelle Tate. Je ne sais pas bien si c'est son nom ou son prénom. Il porte des tennis sous son costume, et à en juger au nombre de SMS qu'il a reçus dans les cinq premières minutes, il a une nouvelle petite amie. Il doit tout juste sortir de la fac de droit parce qu'il a à peu près mon âge ; il a les cheveux courts, quinze kilos de trop, une barbe blonde et une chevalière à l'auriculaire droit.

Il me plaît instantanément. Il s'assied à côté de moi dans la salle d'interrogatoire, Novak nous fait face, avec son dossier. Le portable de Tate tressaute sur la table et se déplace de quelques centimètres, en sonnant.

« Ne faites pas attention, dit Tate, sans pourtant faire le moindre geste pour l'éteindre.

– Pouvons-nous reprendre où nous en étions ? » marmonne Novak, qui étale ses documents et pose les paumes à plat dessus. Il regarde Tate comme un habitant du cru qui observe des touristes.

« Oui. » Tate se tourne vers moi. « Vous êtes prête ? »

J'acquiesce.

Novak commence. « Angela, nous avons établi que vous aviez un mobile pour nuire aux Parker.

– Excusez-moi, coupe Tate. Ma cliente affirme qu'elle n'a causé *aucun tort* à qui que ce soit. Vous cherchez à orienter le témoin.

– Nous ne sommes pas au tribunal, Tate.

– Non, mais vous ne pouvez pas lui faire dire ce qu'elle n'a pas dit. Veuillez reformuler. »

Novak gonfle les joues. « Nous avons établi que votre cliente voulait se venger des Parker pour les "injustices" dont elle se sentait victime de leur part. Est-ce correct ?

– Elle a obtenu sa vengeance en essayant d'avoir des relations sexuelles avec monsieur Parker. Ce qui, corrigez-moi si je me trompe, inspecteur Novak, n'est pas un crime.

– Mais sa haine va bien au-delà. Si elle a fait ça, c'est que… »

Tate hausse les épaules.

« Angela, avez-vous essayé de vous immiscer dans la vie des Parker, de posséder tout ce qu'ils avaient réussi à construire ?

– Ne répondez pas à cette question, dit Tate.

– Ne rêviez-vous pas de devenir Saskia ? C'est plus ou moins ce que vous m'avez dit. Ça ne vous rongeait pas ? Toutes ces années sans pouvoir l'évincer ? Le soir où HP vous a jetée hors de chez lui, est-ce vous qui avez pris l'initiative de ces fausses excuses à son épouse, dans l'intention expresse de lui faire du mal ?

– En tant qu'avocat, je vous conseille vivement de ne pas répondre non plus à cette question.

– Angela, quelqu'un a persuadé Saskia de se rendre dans un endroit inconnu, où elle est allée de son plein gré. Elle a organisé un après-midi jeux pour Olive, elle a oublié de prendre son téléphone portable et n'a pas laissé de mot pour son mari. Ceci suggère, selon moi, un rendez-vous auquel elle s'est rendue volontairement.

– Est-ce une question ? demande Tate. J'ai du mal à la percevoir, parmi toutes ces conjectures.

– Où est Saskia, Angela ?

– Je n'en sais rien, dis-je.

– Ça ne vous fait toujours aucun effet ! » Novak tape des deux mains sur la table.

« Bien sûr que si. Mais je n'aime pas étaler mes sentiments devant des inconnus. Et je suis épuisée.

– C'est vrai, approuve Tate. Deux jours d'interrogatoire ininterrompu peuvent avoir de l'influence sur le seuil de réaction émotionnelle des gens. »

Novak se reprend. « Où avez-vous passé le week-end dernier ? Les neuf et dix juin ?

– À Boston. Avec ma mère. Je vous l'ai déjà dit.

– Selon la déposition de Freddy Montgomery, vous êtes descendue *avec lui* au Boston Hotel, dans Berkeley Street. Avez-vous parlé à Freddy Montgomery de vos frustrations chez les Parker ?

– Probablement. Ils venaient de me jeter hors de chez eux. » Je jette un œil à Tate.

– Et monsieur Montgomery s'est montré compatissant ?

– Il faudrait le lui demander.

– N'est-il pas vrai que monsieur Montgomery ferait n'importe quoi pour vous ? »

Novak débite cette question à l'intention de Tate ; il a déjà essayé cet argument avec moi.

« Je dirais que c'est mon ami, si c'est le sens de votre question.

– *Seulement* votre ami, ou couchez-vous avec lui ? Fait-il aussi partie de votre petit jeu de manipulation ?

– Objection, coupe Tate. Avec qui couche ma cliente est hors de propos. »

Novak roule des yeux et marmonne.

« Y a-t-il autre chose ? demande Tate. À moins d'avoir quelque chose de nouveau comme, disons, un *cadavre* avec l'ADN de ma cliente dessus, je la fais sortir d'ici.

– Attendez ! » Novak se lève et sort.

Tate se tourne vers moi : « Il panique.

– Je sais.

– Restez assise. »

Tate passe un bref coup de fil, qu'il conclut d'un soupir soulagé en remisant son téléphone dans sa poche. « Excusez-moi. Écoutez, comme je le disais, ce n'est plus qu'une question d'heures. Je dirais deux, au maximum. On reste un peu plus, on l'endort, et vous serez bientôt chez vous, libre – et vous pourrez reprendre le cours de votre vie. »

CHAPITRE 23

J'en ai marre de cette pièce et j'en ai marre de ces gens. Honnêtement, j'ai l'impression que les seuls êtres humains intéressants au monde sont les tout-petits. En grandissant, année après année, nous perdons toujours plus d'imagination, comme la peinture blanche qui s'écaille sur une clôture. Arrivés à l'âge adulte, nous ne sommes plus qu'une horde d'épouvantails flapis, conditionnés, qui avancent en titubant, la tête pleine de foin.

J'étais gentille, avant. Enfant, je ne me suis jamais jointe aux garçons du quartier qui arrachaient les pattes des araignées. Je n'ai jamais lancé de pierres à des chiens. Je donnais la main à toutes sortes de gens, trottinant à leur côté ; penchés au-dessus de moi, leurs visages me dardaient comme des soleils. Je ressemblais beaucoup à Olive.

De nos jours, la plupart des gens font passer leur côté destructeur pour de l'amour. Ils le déguisent, le nourrissent, le répandent partout en ville, comme une forme de désespoir socialement acceptable. Ils font plus de dégâts les uns que les autres.

Toutes les histoires d'amour sont criminelles, et toutes les histoires criminelles sont de l'amour. Si vous n'y croyez pas, c'est que vous ne les voyez pas comme il le faut. Peut-être que, quand deux personnes s'assemblent, il est inévitable qu'elles se fassent du tort. Si c'est ce que Novak veut dire en appelant ça une histoire d'amour, c'est très bien. Je suis entièrement d'accord avec lui.

Ezra rêvait de se débarrasser de son chien quand il était au lycée, et la vérité, c'est que j'ai toujours eu la tête pleine de moyens d'écarter Saskia de ma vie. Mais c'étaient des pensées, pas des actes, et on ne peut pas avoir d'ennuis parce qu'on pense des choses. Si c'était le cas, tout le monde ne serait-il pas en prison ?

Tate a quitté la pièce il y a un moment, pour parler à Novak. Ils reviennent ensemble à présent. Aucun des deux ne s'assoit. Tate n'a ni sac ni stylo sur lui, et il a laissé sa veste ailleurs, probablement à la machine à café. Novak porte, coincé entre le coude et la hanche gauche, un grand bocal de verre. Le visage de Tate est moite d'une inquiétude nouvelle.

« Vous me laissez partir ? »

Tate fait non de la tête.

Novak me fixe, les yeux froids comme des glaçons sous leurs paupières tombantes. « Regardez, Angela. Voilà votre bocal MANIFESTATIONS, comme promis. La police scientifique nous l'a rendu, et nous avons eu l'occasion de parcourir ce qui y est écrit. »

J'examine plus attentivement le bocal qu'il pose sur la table. C'est bien le mien. « Je vous l'ai dit, tout ce que j'y ai écrit est sans importance, ça date d'il y a longtemps.

– Quoi ? » Novak place une main en coupe derrière son oreille. « Parlez plus fort. »

Je m'éclaircis la gorge et me tourne vers Tate. « Ce n'est qu'un tas de trucs de vaudou hippie débile. Une idée de ma mère.

– Vraiment ? » Novak tire de sa poche intérieure des gants de latex, hoche la tête. « Je ne sais pas pourquoi je m'embête avec ça mais, vous voyez… vous comprenez. » Il enfile les gants sur ses longs doigts.

Mon cœur s'emballe et je zézaie en prenant la parole. « Inspecteur, il ne faut pas prendre au sérieux ce qu'il y a dans ce bocal. Ce n'est pas juste de déterrer tout ça. J'avais tout jeté à la poubelle.

– Angela, laissez-moi parler », dit Tate doucement.

Le joint de caoutchouc cède. Novak fouille, le bras enfoncé jusqu'au coude. Dans mes doigts, des nerfs hurlent. « C'est votre écriture, Angela ? » Il me tend un bout de papier. « Bien, je voulais en être sûr. » Novak déplie le papier froissé. « *HP m'aime plus qu'elle.* » Novak jette sur la table le billet, qui frémit sous mon souffle. Il part une deuxième fois à la pêche. « *Ses parents meurent dans un accident de voiture. Elle rentre en Australie et ne revient jamais.* »

« Seigneur », dit Tate en rajustant sa chemise aux aisselles.

Novak en extrait un troisième. « *HP va revenir à la raison.* » Il rejette celui-ci dans le bocal. « Je pourrais continuer encore et encore. Mais vous savez quoi ? Je vais m'arrêter, parce que nous avons déjà plus qu'il n'en faut.

– Ma cliente ne commentera pas cette prétendue démonstration. Elle est obsolète. Sept ans après la date limite. Ça n'est pas recevable. » Tate pointe le menton.

Novak grogne un rire et s'apprête à triompher lorsque la porte s'ouvre en grand. Un policier enrobé passe la tête dans l'encadrement, la figure en feu.

« Je dois vous parler, monsieur. »

Novak se tourne sur son siège.

« Il faut que vous veniez. »

Novak bondit, ramasse ses papiers, reprend le bocal sous le coude, se cogne les tibias à sa chaise dans sa hâte.

Je le rappelle. « Attendez ! Ils l'ont trouvée ? Où ? »

Tate à ses trousses, à quelques pas, Novak s'immobilise à la porte, les doigts sur la poignée. Il fait demi-tour et me fait face. « Angela ? Pourquoi ne me demandez-vous pas si elle est vivante ? »

CHAPITRE 24

Ce qui tue, c'est l'attente. Je ne parle pas seulement de cet endroit, de ce petit cube stérile où ils me gardent depuis des jours, et je ne parle pas seulement de moi. Pour tout le monde, ce qui tue, c'est l'attente. Une fois que vous savez ce qui va vous arriver, vous ne pouvez plus penser à rien d'autre.

Après avoir quitté HP ce samedi soir fatidique, je suis rentrée en silence chez ma mère, tandis qu'elle dormait dans son lit. Allongée sur le canapé, dans le noir, je fixais la silhouette des arbres dont les ombres remuaient, projetées au plafond. J'avais encore mal au cou, là où Saskia avait enfoncé ses genoux.

Je n'ai pas pu dormir. Tandis que les heures approchaient lentement de l'aube, la sensation d'avoir perdu la part la plus importante de moi-même a enflé, jusqu'à ce que la panique recouvre ma peau d'une pellicule huileuse, glissante, froide et implacable. Quand ma mère m'a trouvée à sept heures du matin, je n'avais pas bougé une seule fois.

« Mon Dieu, mais tu t'es glissée ici à la faveur de la nuit ? » Elle s'appuyait au dos du canapé, les cheveux plus lisses et moins gris qu'ils n'auraient dû l'être. « Ce n'est pas très sociable, chérie. »

Elle est passée dans la cuisine, s'est mise à remuer des tasses et à faire couler de l'eau. Quand la cafetière a commencé à crachoter son café, elle est revenue au salon.

« Que se passe-t-il, Angela ? »

En pleine nuit, je n'avais pas pu trouver de couvertures et je m'étais rabattue sur la petite serviette rêche de la salle de bains du bas, qui m'a râpé la peau quand je me suis assise.

« J'ai dû quitter les Parker.

– Mais tu devais partir aujourd'hui, de toute façon.

– J'ai dû partir plus tôt que prévu. » Je ne pouvais pas la regarder en face. J'avais l'estomac noué.

– Tu es partie en mauvais termes ? » Elle me fixait durement de ses yeux de fouine.

« Oui.

– Avec les deux, ou seulement avec Saskia ? »

Mon front s'est plissé, signe que j'allais m'effondrer, et ma gorge brûlait de pleurs. Mais je suis parvenue à hausser les épaules.

« Chérie ! » Ma mère s'est approchée de moi, a posé une main sur mon front. « Je ne sais pas ce qu'il s'est passé, mais ça devait arriver depuis longtemps, et en fin de compte, tout sera pour le mieux. Tu as mis tous tes œufs dans ce même panier lamentable, ces Parker, et ce n'était qu'une question de temps avant que ce panier ne bascule.

– Je crois que j'ai définitivement perdu HP. »

Ma mère m'a tendu un café. La tasse était brûlante.

« J'en doute. Pas définitivement. » Elle m'a repoussée sur le canapé pour se faire une place et s'est assise. La chair blanche de ses genoux était visible par la fente de sa robe d'intérieur. « Toi et HP avez toujours été proches. Ce n'est pas comme ton père et moi. Quand nous nous sommes séparés, c'est comme s'il avait disparu de la face du monde. Et après des années de mariage, en plus. Crois-moi, tu vas t'en remettre. Et tu t'en porteras d'autant mieux après. » Elle m'a examinée de la tête aux pieds, m'a bordée dans la serviette. « Je devrais peut-être venir avec toi à Boston le week-end prochain ? On sera coloc' toute la semaine ! Je ferai la cuisine et on boira du gin en regardant *Danse avec les stars*. Ça te remontera le moral, d'accord, chérie ? »

Ses paroles rebondissaient sur moi, cliquetant comme ces fers-à-cheval qu'on tente de lancer sur un piquet métallique. J'avais perdu HP et j'avais perdu Olive. Le canapé était un puits dans lequel je glissais tout entière.

Plus tard dans la matinée, j'ai appelé Freddy.

« Ils m'ont expulsée, Freddy. J'imagine que ça devait arriver.

– Bon débarras, si tu veux mon avis. Tu vas bien ? Tu as l'air d'avoir le cafard.

– Freddy, est-ce que je suis mauvaise ?

– Quoi ? Mais pourquoi diable me demandes-tu ça ?

– Saskia et HP pensent que je le suis…

– Balivcrnes. Et puis qui s'intéresse à ce qu'ils pensent ? Écoute, on se voit pour notre petite escapade samedi prochain. Je nous ai réservé une chambre au Boston Hotel, dans Berkeley Street. »

J'ai reniflé. « Ma mère veut venir. »

Il y a eu un long silence. « Vraiment ? »

J'ai tortillé le fil du téléphone entre mes doigts. « Je lui ai manqué ces dernières semaines, et Cove est déprimant. »

Il a laissé échapper un petit rire. « OK. Très bien. Je vais demander une suite. On l'enverra faire du shopping samedi pour avoir un peu de temps à nous. » Je l'ai entendu pianoter sur son bureau. « Maintenant, ne gâche plus ton précieux temps à propos de HP ou de l'Australienne. Tu n'as rien de mauvais, Angela Petitjean, tu es belle et sous-estimée. Il est temps de t'affirmer. Tire un trait.

– À tes ordres », ai-je dit en raccrochant.

Le week-end suivant, j'ai pris avec ma mère l'avion pour Boston. Le Boston Hotel est une ancienne prison. C'est un géant de pierre grise qui, dans la bonne lumière, pourrait rivaliser de grandeur avec n'importe quel bâtiment d'Oxford. Les réverbères du commissariat de police d'origine encadrent toujours d'un bleu sévère son entrée, et partout où vous vous asseyez dans le hall, vous pouvez voir des hauts plafonds hantés et les fantômes des crimes du passé.

Freddy nous attendait au bar de l'hôtel, baptisé *Au Poste*, le samedi après-midi. Quand ma mère et moi avons descendu les marches cirées qui menaient à ce bunker bas de plafond, nous l'avons trouvé assis sur un tabouret, au comptoir, à écouter le jazz léger qui passait en fond sonore.

« Salutations ! » Il s'est levé de son tabouret, a boutonné son blazer sur sa chemise blanche immaculée. « Bienvenue ! Comment vas-tu, a-t-il ajouté à mon intention, me pressant brièvement la main. Allez, allez, tu es avec moi maintenant. Tu peux oublier cette horrible histoire avec ces ignorants ingrats. La belle vie commence. » À la seconde où je l'ai embrassé, je me suis sentie mieux que je ne l'avais été de toute la semaine. « Et madame Petitjean, quelle joie. Vous paraissez plus jeune à chaque fois que je vous vois. »

Ma mère a porté une main à sa gorge en rougissant. Elle avait acheté des nouvelles chaussures pour l'occasion, et tanguait un peu. Freddy lui arrivait tout juste aux épaules.

« Là, je vous en prie, permettez-moi… » Il nous a guidées jusqu'à une table privée dressée dans un coin sombre du bar, a tiré la chaise de ma mère pour la faire asseoir. Pendant qu'elle s'asseyait, il m'a interrogée du regard mais n'a pas pu manœuvrer pour prendre le siège à côté du mien. Il était coincé près de ma mère. J'ai réprimé un sourire à notre petit échange secret. « Mesdames, j'ai pris la liberté de nous commander des cocktails. » Il a fait signe au barman en levant le menton. « J'espère que la salle est à votre convenance ?

– C'est immense, Freddy. Tu n'étais pas obligé de nous traiter comme la famille royale, ai-je dit.

– Tout le plaisir est pour moi. » Il m'a lancé un clin d'œil et a levé son martini-gin pour porter un toast. L'ombre des olives vertes au fond de nos verres levés dansait sur la table. « Alors, quelles nouvelles ? Angela, ma chérie, je sais que tu n'as pas envie d'entrer dans les tristes détails, mais puisque Harrison Ford t'a expulsée de chez lui, tu es tout à fait la bienvenue chez moi.

– Elle n'en aura pas besoin, a dit ma mère en croquant une olive au bout d'une pique plantée dans son verre. Elle peut vivre avec moi, et je vais l'aider à se reprendre.

– C'est HP que je veux reprendre, m'man. On peut changer de sujet ? »

Ma mère a pris un air blessé, et j'ai regretté instantanément mon ton.

« Excuse-moi. Maman a été super, Freddy. On a passé toute la semaine comme des sœurs, n'est-ce pas, m'man ? J'ai appris quantité de choses sur les danses de salon.

– Ç'a été très agréable, chérie. » Elle a reposé avec soin la pique de son olive. « Mais honnêtement, je peux t'aider à te rétablir, peut-être même régler une bonne fois les choses avec les Parker – même après l'incident de la chambre à coucher.

– L'incident de la chambre à coucher ? » Freddy a allongé le cou.

« M'man, c'est privé ! » J'avais fait de mon mieux pour garder pour moi les raisons de mon éviction de chez HP, mais dans un moment de faiblesse j'avais tout raconté à ma mère. Une partie de moi avait besoin d'aide : j'avais besoin qu'elle me tire de ces sables mouvants, qu'elle me dise que je n'avais pas tout gâché.

Freddy m'a regardée droit dans les yeux, comme si c'était une mauvaise plaisanterie.

J'ai repoussé mon verre. « Tu sais quoi ? Je n'ai pas vraiment envie d'étaler ma vie privée devant tout le monde, merci, maman ! Ça ne te regarde pas. Ni toi non plus. » J'ai tendu le menton en direction de Freddy.

« Absolument. Tu as tout à fait raison. Mille excuses.

– Oui chérie, a dit ma mère en écho. Tu as raison. Je suis désolée. Ce n'est pas à moi de dévoiler tes secrets. Allez, oublions ça et passons à autre chose. » Son regard appuyé à Freddy, plein de sous-entendus, ne m'a pas plu.

Le serveur vaquait non loin, et Freddy a saisi l'occasion pour changer de sujet. « J'ai un petit creux. Est-ce que vous souhaiteriez manger un morceau, mesdames ? » Il s'est emparé d'un menu au centre de la table, a examiné la liste des entrées. Je voyais ses sourcils s'arquer.

« Nous pourrions commander ici et faire monter les plats dans notre chambre. »

J'avais la bouche paralysée. J'essayais d'attirer l'attention de Freddy, mais il fixait obstinément la carte. D'un grand geste, il a fait signe au serveur qui s'est approché pour prendre sa commande : huîtres et foie gras.

Nous sommes montés à notre suite et avons dîné, assis sur le divan de soie, admirant le coucher de soleil sur le fleuve Charles. Je picorais, mon mal de tête me battait les tempes. Le foie gras me déplaisait : un pâté fait avec des oies françaises gavées, étranglées. Je me les représentais avec des entonnoirs enfoncés dans le gosier, et je me sentais coupable. Avais-je, moi, été aussi étouffante, aussi insensible ? Tout à coup, un lien horrible me reliait à ces oies.

L'après-midi a laissé place au soir. Il serait bientôt temps d'aller se coucher.

« Bon, où allez-vous dormir, Frederick ? a demandé ma mère en se pinçant le dos de la main, avant de le lisser.

– Je crois que nous n'avons pas encore décidé. Mais la chambre principale est là... » Il a désigné une double porte blanche, close, tout en ouvrant avec effort une nouvelle bouteille de Krug brut millésimé. « N'hésitez pas à aller vous rafraîchir. » Il a tendu une flûte de champagne à ma mère.

« Oh, mais je suis tout à fait fraîche, merci.

– Je pense que je dormirai sur le divan, a dit Freddy après un silence. Vous prendrez les chambres, les filles.

– C'est parfait, a soufflé ma mère. Comme il vous conviendra. »

Freddy s'est assis à côté de nous et nous avons regardé le soleil plonger derrière la rive. Le disque miroitant a disparu, ne laissant que des gens qui se hâtaient sur la berge, oublieux de l'insignifiance de leur vie. Je ne sais pas pourquoi, je n'ai pas pu retenir mes larmes.

« Angela, mon Dieu, mais tu es bouleversée ! a dit Freddy en se penchant pour m'examiner attentivement. Que se passe-t-il donc ? » Il a passé le bras sur mon épaule et c'est alors que ça a débordé. Ma plus grande peur, l'angoisse la plus enfouie. Je n'ai pas pu me retenir.

« Je crois que quelque chose ne va pas chez moi. »

Il a ri, comme si je plaisantais.

« Je crois que j'ai quelque chose de grave, un trouble de la personnalité. »

Freddy s'est renfoncé plus profondément sur le divan, en me pressant contre lui. « Bon, ça n'est pas très grave. Tout le monde n'en a-t-il pas ?

– Angela, tu vas… bien. Tu vas très bien, a ajouté ma mère. Tu étais trop investie, tu sais. Trop vulnérable, et Saskia ne t'a pas épargnée. Ça aussi, ça passera. Maintenant, tu peux peut-être enfin…

– Passer à autre chose ? a suggéré Freddy.

– Oui, a dit ma mère. Freddy a tout à fait raison. »

J'ai attendu un moment, laissé leurs paroles faire leur effet. Du regard, je passais de Freddy à ma mère et ce que je lisais sur leur visage était nouveau, étranger. Leurs sourcils arqués indiquaient la même inquiétude. Avaient-ils toujours eu ces expressions ? Était-ce seulement que je ne les avais jamais observés convenablement ?

« J'ai réfléchi ces derniers jours aux choix récents que j'ai faits et… j'ai peur. Je ne sais pas comment dire ça autrement. » Mon nez coulait, je l'ai essuyé d'un revers de manche. Freddy a tiré son mouchoir de la poche de son blazer pour me le tendre.

« Tu veux parler de coucher avec HP ? a-t-il demandé. Parce que si tu veux mon avis, c'est tout à fait compréhensible. C'était une erreur, bien sûr. Mais maintenant, tu es désintoxiquée.

– On n'a pas couché ensemble. Il ne veut même pas de moi. Il n'a probablement jamais voulu de moi. Bon Dieu, mais quelle idiote je fais. » J'ai repensé un instant au luxe des draps de HP, au silence de la maison avant que tout n'aille de travers. À mes tempes, la pression montait, comme la chaleur.

« Tu n'es pas idiote. Ma petite fille… » a dit ma mère en me passant la main dans les cheveux, arrangeant une mèche derrière mon oreille.

J'ai frappé du poing sur ma cuisse. « Il faut que ça s'arrête. Je ne peux plus vivre comme ça, à ressasser tout ce qui ne va pas. Pourquoi ne puis-je pas être comme tout le monde, et vivre une vie normale ? »

Ma mère a pris ma main, toute moite de désespoir. « Tu es énervée. Il faut te calmer.

– C'est bien ce que je dis, m'man, je n'y arrive pas. J'ai besoin d'aide. J'ai une araignée dans le cerveau, qui n'arrête pas de tourner.

– OK, ne paniquons pas, a dit Freddy. Après tout, combien d'araignées sont vraiment venimeuses ? Au moins, tu viens d'apprendre quelque chose de nouveau sur toi-même. C'est déjà bien, ça. Et… Et je suis là, moi. » Il m'a serrée contre lui.

« Tu ne m'aides pas. Il ne s'agit pas que de HP. Il s'agit d'une famille, où j'avais trouvé ma place. » Freddy a lancé un regard à ma mère ; quelque chose a passé entre eux que je n'ai pas pu déchiffrer. « Il s'agit de HP et d'Olive, de faire partie de leur monde. C'est terminé, ça. Fini.

– Je comprends tout à fait que ce soit perturbant. » Freddy se tapotait les lèvres de l'index. « Comment pourrions-nous t'aider à régler ça ?

– Je suis nulle, à me languir de quelqu'un qui n'a jamais voulu de moi. Ça m'a transformée en quelque chose que je ne suis pas. »

Ma mère s'est tortillée comme si le divan était plein d'aiguilles. « Essaie d'être un peu plus indulgente envers toi-même, chérie.

– Je suis fatiguée. » Je me suis mouchée bruyamment. « J'en ai marre de courir après ce qu'il ne faut pas.

– Tu exagères un peu, a dit Freddy. Et tu es très défaitiste. Tu n'es pas devenue quelqu'un d'autre.

– Olive croit que c'est moi, la sorcière de l'histoire.

– Olive a cinq ans ! Elle croit qu'il y a des monstres sous son lit, a rétorqué ma mère.

– Mais elle a raison. J'ai voulu du mal à Saskia. J'ai voulu qu'elle disparaisse. »

Freddy s'est mordu la lèvre. « Je vois. Peut-être qu'en arriver à ce niveau pourrait être perçu comme…

– De l'obsession, a complété ma mère. Mais chérie, je croyais que tu avais évacué cette haine il y a des années. Ces manifestations que tu as écrites, toute ta colère déversée dans ce bocal… »

Freddy s'est penché sur mon cou, sa flûte de champagne toujours à la main. « Tu veux que je fasse tuer Saskia ? Je ne l'aime pas beaucoup non plus. Quelle vache ! » Il a posé le pied de sa flûte sur son genou, fait tourner le cristal, pour accrocher la lumière. « J'ai des contacts de toutes sortes, beaucoup d'anciens mercenaires.

– Quoi, des tueurs à gages ?

– Je peux la faire assassiner avant demain midi. Tu n'as qu'un mot à dire et ils m'enverront sa tête dans une belle boîte à chapeaux. Je peux passer quelques coups de fil sur ma ligne réservée aux urgences. Ta maman m'aidera, d'accord ? Elle s'occupera des détails sordides. » Il lui a lancé un clin d'œil, avant de m'en adresser un.

Ma mère a embrayé. « Bien sûr que oui. Tout pour mon exceptionnelle, ma précieuse fille. »

J'ai appuyé le menton sur mon poing. « Vous feriez vraiment ça ? Pour moi ?

– Ma chère, j'aurais dû embaucher un tireur d'élite à leur mariage », a dit Freddy en gloussant. Puis il a claqué des doigts de déception. « Zut ! Quelle occasion manquée ! »

Ma mère a gloussé.

« Tu aurais pu m'embaucher, moi. Je l'aurais fait gratuitement », ai-je ajouté, ce qui nous a tous fait hurler de rire. Nous avons ri, et ri, et ri encore.

Freddy a été le premier à se reprendre. Il s'est resservi, a avalé une gorgée. « Bon, au moins, nous avons bien ri. Et nous avons réglé un problème. Ces choses-là, bien souvent, il suffit de les nommer pour les dompter. »

Ma mère a acquiescé. Nous sommes restés assis en silence un moment, et tout est redevenu morose.

« Ne te fais pas de souci, ma chérie, a dit ma mère. Nous sommes là pour t'aider. On va s'occuper de tout. Laisse-nous faire.

– Nous t'aimons, Angie. Nous sommes dans ton camp. Et crois-moi, nous sommes d'excellents coéquipiers. »

CHAPITRE 25

Quand Tate revient, il reste à la porte et m'examine durant plusieurs secondes avant de prendre la parole. Il ôte sa cravate et l'accroche au dossier de sa chaise.

« Nous avons des ennuis », dit-il.

Je suis si fatiguée que je pourrais pleurer.

« Ils ont repêché Saskia dans un lac il y a une heure. Morte. C'est la seule chose qu'ils m'aient dite. » Tate s'éclaircit la gorge. « Je suis désolé de devoir vous l'apprendre. »

Je n'arrive plus à penser clairement, je hoche la tête comme si j'écoutais, mais mon cerveau s'engloutit en lui-même, comme la boue d'un geyser. À chaque fois que j'inspire, les murs se resserrent sur moi.

« Il faut nous préparer maintenant, Angela. Novak vous a dans le collimateur, et nous devons être prêts. »

J'essaie d'ordonner mes pensées, mais j'ai caché la vérité. Je ne l'ai révélée à personne. La vérité est là, juste au bord de mon être, prête à se déverser. Après toutes ces heures dans cette pièce, je n'ai pas dit une seule fois que c'étaient Freddy et ma mère qui avaient imaginé ce plan.

« Angela, le seul moyen d'exorciser tes démons, c'est de leur faire face. D'attaquer de front. Tu dois passer à l'action. » Freddy s'est frappé les poings. « Tu dois prendre les choses en main. »

Nous étions encore assis tous les trois sur ce canapé, à Boston, en train de regarder le jour tomber.

« Effaçons ce chapitre empoisonné, a ajouté ma mère. Il suffit de se laisser aller. Nous devons enterrer le passé, repartir de zéro et jeter toute cette histoire au feu. » Ses yeux brillaient. « Tout ira mieux, ensuite.

– C'est vrai, a enchaîné Freddy en redressant son blazer. Il faut se débarrasser de cette triste affaire. Passer à autre chose. Repartir de neuf. Nous tous. » Il martelait ses phrases comme des coordonnées militaires. Que pouvais-je faire, sinon accompagner le mouvement ? Même parler de Saskia et de la tempête qu'elle avait déclenchée en moi m'avait fait du bien ; en admettant devant Freddy et ma mère que mon esprit était devenu grincheux, malsain, c'était comme si je leur tendais une maladie à soigner. Je n'étais plus seule dans le labyrinthe. J'avais des alliés. Ce que nous allions faire tous les trois resterait notre petit secret.

Freddy a organisé le moindre détail. Il a contacté Saskia et l'a invitée à me retrouver près du lac.

Jeudi soir, il faisait bon. Ma mère et moi sommes allées à Elbow Lake avec sa voiture. Vitres baissées, nous sommes passées devant le magasin d'alcools et avons pris la grand-route, vers le nord. La chaleur de la journée persistait, comme un souvenir ; en pulsations, elle montait de l'asphalte.

« Tu dois en finir, à présent », a-t-elle crié pardessus le CD des *Misérables* qu'elle avait insisté pour emporter. Une femme chantait, la voix stridente et lugubre. « Rappelle-toi tout ce que nous t'avons dit : il faut régler le problème une fois pour toutes. »

J'ai passé le bras par la fenêtre, laissé la pression de l'air agiter ma paume tendue.

« Une fois sur place, je me contenterai d'observer, chérie, pour être sûre que ça ne tourne pas mal. » Elle a jeté un regard aigu sur la pendule du tableau de bord. « Freddy doit déjà être arrivé, avec Saskia. »

Nous avons atteint la piste qui menait à Elbow Lake, la voiture s'est mise à cahoter sur l'herbe pleine d'ornières en direction de la rive. Ma mère s'est garée à vingt mètres du ponton. Saskia y était, seule, frêle et délicate dans le soleil du soir. Le haut gris clair qu'elle portait tourbillonnait derrière elle comme une voile.

« Comment nous sentons-nous ? » Freddy s'est avancé vers ma mère et moi alors que nous descendions de voiture et fermions les portières. Il se frottait les mains comme si nous allions entamer un festin. « Angela, tu vas y arriver ? »

Mon cœur palpitait comme un papillon, condamné.

« Dans une situation comme ça… » Freddy m'a entourée d'un bras ferme. « … Il vaut mieux ne pas trop réfléchir. Vas-y, et fais ce que tu dois faire.

– C'est le seul moyen de te sentir mieux et de passer à la suite », a ajouté ma mère, qui me flanquait de l'autre côté.

Freddy a indiqué Saskia du menton. « Elle a passé tout le trajet à parler de son besoin de régler le problème. La porte est grande ouverte. »

Saskia a agité une main hésitante depuis le ponton. Je n'ai pas réussi à répondre à son geste. Je me suis écartée du bras de Freddy.

« Je ne peux pas faire ça.

– Je suis sûr que tu vas découvrir que si. Tu n'auras jamais de meilleure occasion que celle-là, a dit Freddy.

– Tu peux mettre fin à tout ça, a ajouté ma mère. »

Ils m'ont saisi chacun une main et m'ont guidée vers le ponton. En approchant de Saskia, j'ai vu sa figure, pâle et tendue mais pleine d'espoir. Après tout ce temps, elle croyait encore que le monde était un bel endroit. Le bois du ponton était rugueux, les clous rouillés avaient noirci. J'ai fait deux pas sur la rampe qui montait au ponton, ma mère et Freddy derrière moi tout au bord de la rive. Quand je me suis retournée, ils attendaient, bras croisés.

« Allez. » Ma mère m'a encouragée d'une pichenette, comme si c'était normal, comme une séparation nécessaire que les parents se doivent d'encourager. J'avais la bouche sèche, comme pleine de cendres. Saskia n'était qu'à trois mètres de moi, ses bras minces serrés sur sa poitrine. De temps à autre, elle rejetait en arrière des mèches de cheveux blonds que le vent rabattait sur sa figure. Sans rien dire, elle s'est avancée d'un pas vers moi sur le ponton et je me suis immobilisée. Ma mère se trompait. Je ne pouvais pas faire ça, c'était dément.

J'ai fait demi-tour et j'ai dévalé la rampe, passant en courant devant Freddy et ma mère. Je suis arrivée à la voiture avant qu'ils me rattrapent.

« Qu'est-ce que tu fais ? a demandé Freddy, essoufflé. Ce n'est pas ce qui était prévu ?

– Je ne peux pas faire ça Freddy, Je ne peux pas. » Au-dessus de nous, un oiseau a crié – un cri perçant, solitaire, qui m'a fait sursauter.

« Tu le regretteras plus tard, a dit ma mère, qui s'est appuyée du bras à la voiture. Tu regretteras de ne pas avoir pris cette initiative.

– Non m'man, pas de regret. Je rentre.

– Pas avec ma voiture, je te l'interdis », a commencé ma mère, mais Freddy l'a interrompue, une main sur la sienne.

« Shelley, je crois qu'Angela a atteint sa limite. Le mieux que nous puissions faire, en tant que coéquipiers... » Il a marqué une pause pour souligner ce qu'il allait dire. « ... C'est de nous en occuper pour elle. »

Ma mère a dévisagé Freddy et Saskia tour à tour. « Quoi... Nous ?

– Je pense que c'est ce qu'il y a de mieux à faire. Laissez votre fille repartir. » Il a ouvert la portière côté conducteur, m'a aidée à m'asseoir. « Angela, sois prudente en rentrant chez ta mère. Ne t'inquiète de rien. Nous allons tout expliquer à Saskia, n'est-ce pas, Shelley ? »

Ma mère a acquiescé, mais les muscles de son cou étaient tendus. « Nous ferons ce que nous avons à faire.

– Allez, pars, maintenant. » Freddy a claqué la portière. « Après ce soir, tout ira bien. » Il souriait mais son sourire était étrange.

En remontant la prairie bosselée jusqu'à la route, avec la musique qui beuglait dans la voiture, j'ai vu ma mère et Freddy redescendre jusqu'au ponton, se parler à l'oreille. Freddy avait passé le bras sur l'épaule de ma mère. Avec les cahots, leur reflet dans le rétroviseur sautait dans tous les sens, mais quand je les ai vus tous les deux pour la dernière fois – ma mère, Freddy –, ils montaient la rampe. Freddy tendait le bras vers Saskia, et il s'apprêtait à l'atteindre.

CHAPITRE 26

L'horloge vient de passer cinq heures. Novak s'efface pour laisser entrer quelqu'un et avec un sursaut de soulagement, je réalise que c'est ma mère derrière lui. Elle s'agite près du seuil avec des mouvements d'oiseau, nerveuse. Je bondis de ma chaise, je cours à elle, l'étreins.

« M'man. Ça va ? »

Elle ouvre la bouche pour répondre mais rien ne sort. Quand elle me regarde, ses yeux sont embués, morts comme ceux des truites le samedi matin au marché où elle m'emmenait quand j'étais petite. Ce que j'étreins est un poteau froid.

« Pourquoi ? » Sa voix est à peine assez sonore pour articuler les syllabes. « Pourquoi as-tu fait ça ? »

Elle sanglote à présent, comme si elle se noyait. Elle s'affaisse sur la chaise qui fait face à Tate. Je reviens à mon siège, les bras gourds, ballants, sous le choc.

Non, non, non. C'est impossible.

Novak s'assoit sur la dernière chaise libre, à côté de ma mère. « Saskia Parker est morte. » Il guette ma réaction. Je ne lui en offre aucune. De l'autre côté de la table, ma mère respire à coups brefs, irréguliers, avant de s'effondrer pour pleurer dans ses mains.

Incroyable ! Pourquoi me fait-elle ça ?

« Nous avons évidemment averti sa famille. » Les paroles de Novak sont automatiques : il observe plus qu'il n'annonce. « Vous n'avez pas l'air surprise d'apprendre sa mort, Angela. »

Je n'arrive pas à séparer ce qui se passe dans ma tête de ce qui est en dehors. C'est un vaste brouillage radio. Pourquoi ne lui hurle-t-elle pas dessus ? Pourquoi ne me défend-elle pas ? Comment peut-elle faire ça ?

« Savez-vous ce qui arrive à un corps immergé dans l'eau pendant près de quarante-huit heures ? Pouvez-vous l'imaginer ? Nous avons pensé que vous aimeriez dire à votre mère ce que vous avez fait. D'où cette réunion de famille. »

Ma mère lève la tête, ses yeux percent des trous dans les miens.

« Maman. Pourquoi tu me regardes comme ça ? Dis quelque chose !

– Comment, Angela ? Comment as-tu pu ? Comment ? » Elle pleure de plus belle.

Novak intervient. « Selon la déposition de votre mère, vous avez récemment dit de vous-même que vous “vous étiez transformée en quelque chose que vous n'étiez pas". Vous avez déclaré avoir des "araignées" dans la tête. Est-ce exact ?

– Suivant l'avis de son conseil, ma cliente n'ira pas plus loin sur le sujet. » Tate pose la main sur mon genou.

« Oh, mais il n'y a pas que madame Petitjean qui signale les dispositions mentales dérangées de votre cliente. » Novak se fait mielleux devant sa propre ingéniosité. « J'ai ici une autre déposition signée qui corrobore tout ce que madame Petitjean a dit. » Il sort de la poche de son costume une feuille blanche, soigneusement pliée, comme si quelqu'un avait marqué le pli de son ongle.

« C'est la déposition signée de Freddy Montgomery, recueillie plus tôt ce matin. Je vous la lis ? » Novak déplie la feuille, l'applique soigneusement, bien à plat, sur la table. « *Angela Petitjean, sa mère et moi avons partagé une bouteille de champagne dans ma suite d'hôtel à Boston. Ce soir-là, elle s'est inquiétée d'un possible "trouble de la personnalité", selon ses termes, et a aussi admis ouvertement vouloir du mal à Saskia. Elle a dit qu'elle "voulait qu'elle disparaisse". J'ai bien peur de me rappeler précisément ses paroles.* »

Je déglutis à demi, le regard passant de ma mère à la lettre. Après tout ce que nous avons traversé ensemble ? « Non ! » Je crie. « C'est injuste ! Il ne vous a pas dit qu'il avait proposé de tuer Saskia lui-même ? Il a dit qu'il connaissait des tueurs à gages qui pouvaient lui envoyer sa tête dans une boîte à chapeaux. Maman, dis-leur !

– Oh Angela ! J'ai essayé de t'aider », dit ma mère, avant d'éclater à nouveau en sanglots. C'est une performance de maître ; je n'en ai jamais vu de pareille.

Novak replie la lettre de Freddy. Il parvient à peine à masquer son aversion pour moi. Comment puis-je prouver ce qu'ils ont fait ? Comment ?

C'est comme si la pièce avait basculé, que tout glissait. Je ne trouve rien à quoi me raccrocher.

« Il a fallu que ce soit à Elbow Lake, bien sûr », dit ma mère vivement. Sa mâchoire tressaute, pleine d'amertume, tandis qu'elle crache ces syllabes.

« Je vous demande pardon ? dit Tate.

– C'est là qu'ils ont trouvé le corps de Saskia. Elbow Lake. C'est là que ma fille est tombée amoureuse de HP. » Ma mère fait un effort pour se relever, retombe. Quand elle retrouve l'énergie de se redresser sur son siège, elle finit par me regarder en face. Des couches voilent ses yeux, comme des filtres sur un objectif. Une couche de peur, une couche de chagrin aussi. Mais la couche la plus épaisse est celle de la culpabilité.

Tate se tourne vers moi, effaré. Ma gorge se serre et je tremble. « Nous y avons été pour fêter notre diplôme, HP et moi. » Je repense à nous sur le ponton, à dix-huit ans ; HP sur le rebord en maillot de bain, dos à l'eau claire. *Et en plus tu ne vois jamais rien, Petit Jean*.

« Je suis désolée, ma chérie. » Ma mère serre les bras sur sa poitrine. « Mais en toute bonne foi je ne peux plus te protéger. »

J'essaie de retrouver une seule fois dans ma vie où j'ai senti qu'elle me protégeait. Jamais. Pas une seule fois.

« Nous vous inculpons de meurtre avec préméditation et d'obstruction à la justice. » Novak rassemble ses papiers, remet la déposition de Freddy dans sa poche. « Ce sera officiel d'ici une heure. » Il aide ma mère à se lever et elle le suit à la porte, les jambes frêles, comme si elle ne pouvait les plier.

Tate souffle bruyamment après leur départ. « Avez-vous la moindre idée de ce qu'il se passe ici, bon sang ?

– Ça n'est pas moi, Tate. Je sais que tout porte à le croire, que tout joue contre moi, mais je le jure, je n'ai pas tué Saskia. Je me suis enfuie. » Je me frotte le nez. « Il y a eu des fois où je l'ai imaginé ; mais quand j'ai dit ça à Freddy, c'est parce que j'essayais de me débarrasser de cette envie. Et puis tout à coup, Freddy et ma propre mère ont commencé à échafauder ce plan, à m'y pousser. Ils ont même convaincu Saskia, ils l'ont fait venir à Elbow Lake, Tate. J'aurais pu lui faire du mal mais je n'en ai rien fait, parce que tout le monde n'agit pas selon ses pires intentions. N'est-ce pas ? »

Tate se gratte la barbe d'un air distrait. Quand il prend la parole, c'est un commentaire en passant, un à-côté : « Si c'était le cas, il n'y aurait pas assez de salles comme celle-ci. »

J'ai envie de le serrer dans mes bras. Il hoche la tête, se lève, mains dans les poches.

« Si ce n'est pas vous qui avez fait ça, Angela, comment allons-nous démontrer que c'est eux ? »

Je ferme les yeux. « Je ne sais pas. » L'obscurité me fait du bien.

CHAPITRE 27

Gamine, mes parents m'avaient emmenée en voiture sur la Côte Ouest. En Californie du Nord, nous étions passés au beau milieu d'un arbre. Vu de côté, c'était un vieil arbre, noueux, stoïque, mais des minibus pouvaient le traverser en son centre et les enfants, la tête à la fenêtre, faisaient racler contre ses entrailles calleuses leurs gobelets de milkshakes. J'entendais leurs pailles de plastique cliqueter comme des baguettes sur un washboard. Ma mère s'était retournée sur le siège avant pour m'expliquer que le séquoia géant pourrissait de l'intérieur. À l'époque, je ne comprenais pas à quel point c'était exactement ce qui lui arrivait à elle.

Elle cherchait tellement à ce que ma vie soit différente de la sienne. Durant tout son mariage avec mon père, les années se sont écoulées, goutte à goutte, dans la monotonie, le prosaïsme ; plus elle avançait, plus elle s'éloignait de l'exceptionnel, pour finir par n'être plus qu'une médiocre femme au foyer. Sa séduisante jeunesse n'était plus qu'un souvenir. Après quelques années de mariage, personne ne la remarquait plus. Pendant vingt-cinq ans, mon père a étudié le grec pendant que ma mère émincait des légumes, et en y repensant maintenant, je comprends pourquoi elle voulait à tout prix que je fasse quelque chose des chances qui s'offraient à moi. *Vis ta vie, avant que quelqu'un ne le fasse pour toi*, m'assenait-elle à chaque occasion. Je me demande à présent si j'ai vraiment jamais compris ce qu'elle voulait dire. J'ai toujours cru qu'elle voulait parler de HP.

Après lui avoir raconté les détails de ce qui s'était passé avec HP, ma mère est entrée dans le jeu. Elle s'est lancée dans des diatribes sur ce que je devais faire ensuite, comment je devais mettre de l'ordre dans ma vie immédiatement, leur montrer à tous. *Tu dois en finir, chérie, y mettre un terme*. Laisser les choses en l'état était faire preuve de *lâcheté*. Je devais *tourner la page*. Avec quel soin elle dissimulait son propre désespoir. Elle cachait ses intentions également, ne disait jamais franchement ce qu'elle pensait que je devais faire, mais chacune de ses phrases se doublait d'une suggestion, comme un rideau est doublé de soie. Plus nous en parlions, plus elle se faisait insistante.

Ç'a été son idée de faire venir Saskia près du lac. La sienne ! Et Freddy l'a encouragée sans réserve.

« Elbow Lake, c'est le cadre parfait, avait-elle dit. Très symbolique. Tout a commencé là, et c'est là que tu peux tout achever. J'aime les cercles complets.

– Et si je ne veux pas la rencontrer ? Si je ne veux plus jamais la voir ?

– Il faut oublier et pardonner. » C'était devenu son mantra, récité machinalement tant de fois que je crois qu'elle n'avait plus aucune notion de ce qu'elle me demandait.

Freddy, pour sa part, devait sûrement avoir l'intention de m'aider lorsqu'ils ont commencé à échafauder ce plan. Si les intentions de ma mère ont toujours été biaisées par ses propres intérêts – une forme de revanche –, les siennes ont toujours été désintéressées. Mais ici, en cet instant, sous la pression de Novak, il est revenu à son machiavélisme : Freddy, l'homme d'affaires, pris dans un étau. Il a peut-être agi pour moi à Elbow Lake, mais la déposition qu'il a signée aujourd'hui est une trahison, un effort désespéré pour se dégager – rien de plus.

Il sait que je ne peux pas prouver qu'il ment et ça, je ne le lui pardonnerai jamais, je ne l'oublierai jamais.

Et puis, ensevelie sous le poids de tout ce qu'ils m'ont mis sur le dos, les yeux écarquillés, silencieuse au milieu de ce gâchis, il y a Olive. Sa douceur quand j'ai dormi à côté d'elle ; sa volonté farouche de m'offrir le collier de sa mère. Elle seule a vraiment compris combien j'étais triste, su ce qui me manquait le plus. Et je n'aurai plus jamais le droit de la voir.

CHAPITRE 28

Novak revient seul dans la pièce. Il s'assied sur sa chaise sans rien dire, nous dévisage, Tate et moi, en rajustant la chaîne de sa montre de gousset et ses boutons de manchette.

« Quelque chose à ajouter ? » demande-t-il après un long silence. Il fait le coq, béat de triomphe.

« Vous vous trompez, dit Tate. Votre affaire n'est pas aussi inattaquable que vous voudriez le croire.

– On se verra au tribunal, Tate. » Il se lève. « C'est fini, mademoiselle Petitjean. Notre histoire est terminée. »

J'ai les yeux à vif, gonflés.

« Vous avez beaucoup parlé des années que vous avez passées avec monsieur Parker. Dieu sait que nous sommes tous au courant : c'est l'histoire d'amour du siècle. Et je dois dire que nous avons appris à nous connaître assez bien, en deux jours. N'est-ce pas ? Nous pourrions devenir correspondants. Vous m'enverrez des cartes postales de prison. » Il se lève, boutonne sa veste et sort sans se retourner.

Quelques secondes plus tard, Tate se lève et passe la sangle de sa sacoche sur sa tête, en bandoulière, comme un coursier à vélo. Il s'approche de la porte et met les mains dans les poches.

« Je déteste vraiment ce type. » Il hausse les épaules. « Écoutez, je dois partir, maintenant. Essayons de rester positifs. Mangez ce qu'ils vous apporteront. Hydratez-vous. Quoi qu'il se soit passé aujourd'hui, et malgré ce que pense Novak, l'histoire n'est pas terminée. Ne broyez pas du noir, OK ? »

Je pose le menton sur la table, mes yeux sont lourds de larmes.

« Ça va être ma parole contre celle de ma mère.

– Oui. Contre la sienne et celle de Freddy Montgomery. » Il inspire en faisant la moue. « Je ne sais quoi vous dire d'autre. Vous êtes inquiète ?

– Je ne sais pas ce que je suis. »

Mon cœur est sans énergie, comme si dans ma poitrine le joueur de tambour n'avait plus envie de battre.

« Je vais partir à présent. Ça va aller », dit-il. Puis il sort.

Ils vont bientôt me faire quitter cette pièce pour me mettre dans une autre, encore plus petite. Je me demande s'il y aura une fenêtre. Des échardes de la lumière ambrée de fin d'après-midi déchiquettent le mur opposé en petits morceaux.

Il n'y a plus rien dans ma vie, que de la tristesse. C'est peut-être la seule compagnie que j'aie vraiment eue. Ma mère, HP, Freddy, mon père, et même Ezra : ils m'ont tous abandonnée, d'une manière ou d'une autre. Je suis devenue une histoire de fantôme que HP se murmurera à lui-même, dans la nuit. Je me demande ce qu'il dira de moi à Olive, plus tard. Leurs pas à la lumière du jour ne seront plus jamais aussi assurés, et je ne leur ai jamais souhaité ça. Ce n'est pas du tout ce que je m'imaginais. Toute cette histoire a commencé dans la solitude, et elle ne devait pas se terminer dans la solitude. Oh, Saskia ! L'univers lui est tombé dessus, comme je l'avais prédit, mais personne n'a écouté mes avertissements. Comble de l'ironie, nous voilà à la toute fin et Saskia me prend encore tout ce que j'ai.

DÉTRUIRE, C'EST CRÉER. Si seulement ils pouvaient braquer leur torche sur le véritable monstre. Tout le monde dans ce commissariat m'a étiquetée psychopathe, je suis celle qui a détruit la vie des autres. Ne savent-ils pas que chacun a des pulsions destructrices ? Ce n'est qu'une question d'échelle. Mettez cent personnes dans une pièce et attendez. Les psychopathes vont finir par émerger et je vous le dis, ce ne seront pas ceux que vous aviez imaginé au début, et il y en aura forcément plus d'un. Regardez ceux qui réussissent, ceux qui se pressent au premier rang ; observez la hiérarchie qui s'établit d'elle-même. Prenez Freddy, par exemple : si je suis une psychopathe, il l'est aussi, ma mère l'est aussi, et pensez-vous vraiment que Novak ne l'est pas ? Tout au fond des fibres du cerveau de chacun, là où les véritables histoires se racontent, il y a toujours de sombres desseins. Et Novak l'a dit lui-même, il veut me voir en prison, il veut me voir souffrir.

Ils m'ont enfermée dans une boîte, et ils vont passer tout le temps que je serai ici à espérer que le couvercle va rester bien fermé. Pas grave. Je sais ce qu'ils ressentent. Ça fait longtemps que je combats des démons. Personne ne veut voir la vérité ; injuste, juste, coupable, innocent, honnête, malhonnête : dans des circonstances particulières, nous sommes, tous, capables de tout.

Au moment où je commence à gratter des ongles la fermeture de la fenêtre, laissant des traces de doigts sur le verre, Novak pousse la porte et entre.

« Nous vous emmenons ailleurs. » Il se penche en arrière pour lancer du menton un signe d'approbation à quelqu'un dans le couloir. Puis il revient à moi. « Que venez-vous de dire ?

– Je n'ai rien dit.

– Mmm, si, vous avez parlé.

– Vous savez ce qu'est la solitude, inspecteur Novak ?

– Ça suffit. Allons-y. »

Un homme en costume gris passe dans le couloir et Novak ressort, maintenant la porte entrebâillée du bout de sa chaussure cirée. J'entends leurs voix graves, leur rythme lent, comme un meuglement.

Au-dessus de la porte, la caméra vidéo continue d'enregistrer le moindre de mes mouvements. Qui est de l'autre côté de cette machine ? Une quarantaine d'heures de ma vie capturées sur une bande. Je reste debout, visage tourné vers l'objectif.

Tate dit qu'il reste de l'espoir ; il le dit comme si nous allions gagner. Mais ce qu'il ne comprend pas, c'est la constance avec laquelle les gens pourrissent. Nous avons tous l'air semblable au-dehors, tandis que le chagrin nous dévore à l'intérieur. Papa, HP, Ezra, maman, Freddy – et même Olive –, l'absence creuse en chacun d'eux. Freddy ressortira libre, il aura les meilleurs avocats qu'on puisse se payer. Il ne me contactera plus jamais. Ma mère rôdera dans Cove avec son écharpe de soie, en affirmant n'être au courant de rien. Si la police scientifique fait bien son boulot, ils trouveront peut-être son ADN sur le corps de Saskia. Ils verront peut-être qu'elle a été tuée par plus d'une personne. Ma mère crachera son venin jusqu'aux portes de la prison et fera son possible pour me faire enfermer avec elle. Si on en arrive là et qu'elle est incarcérée, elle trouvera le moyen d'instaurer une hiérarchie en prison, de se hisser au sommet de ce tas puant.

Tate restera à mes côtés. Il me regardera droit dans les yeux, peut-être parce que le chemin qui conduit au néant lui est familier. Qui sait, peut-être a-t-il encore quelque chose à m'apprendre. *Secouez-vous !* dira-t-il, quand les jours approcheront péniblement de la date du procès. *On ne sait jamais ce qui peut se passer !* Mais c'est bien le problème : je sais exactement ce que le monde peut vous réserver.

Olive me manque. Il y a une certitude chez les enfants, une foi qui se perd chez les adultes. Dites à un enfant qu'il y a un monstre dans la salle de bains et il vous demandera de quelle couleur il est. Ils acceptent tout, ce qui les rend forts, et non vulnérables. Nous devrions exalter notre capacité enfantine à croire. Reste pure, Olive Parker : ne grandis pas pour te retrouver à la merci de n'importe quoi, surtout du faux optimisme. Je t'écrirai des lettres que tu ne liras jamais. Je suis ta marraine, ne l'oublie pas ! Ta mère m'a aussi transformée en cela.

Novak repasse dans la pièce, maintient la porte ouverte du pied. « Allons-y, répète-t-il. Il est temps. »

Il m'emmène dans un couloir où l'air est plus frais. Les murs peints en jaune sont couverts de posters, avec des visages que j'aimerais avoir le temps d'étudier. Nous avançons en silence, laissant la pièce fétide derrière nous.

Novak croit qu'il a gagné et que j'ai perdu, mais en vérité, dans cet espace, je me suis débarrassée de quelque chose – de ce besoin frénétique, de cette obsession –, c'est comme si en parlant j'avais détissé une grande tapisserie de torts. Plus je m'éloigne de cette salle d'interrogatoire, plus le sombre fil se dévide. J'ai aimé une seule personne de toute ma vie, et tandis que tout le monde adoptait des fausses postures, se trémoussait, réduisait ses sentiments à de la malveillance, j'émerge avec cet amour intact. On me fait peut-être endosser l'entière culpabilité, mais il me reste le souvenir du bonheur véritable.

Je n'ai fait de mal à personne, pas vraiment, pas de véritable mal. La tapisserie de mes péchés est minuscule. Vous ne voyez pas le filament, inspecteur, ses boucles lourdes dans le couloir tandis qu'il se défait ? Laissons-le se dérouler, se débobiner autour de moi, parce que, où que nous allions, inspecteur, quel que soit le petit trou noir où vous allez me jeter, je fermerai les yeux et je saurai que je suis libre. Il n'y a plus d'araignées qui rampent.

CHAPITRE 29

Il faisait bon quand nous sommes parties à Elbow Lake. Une nuit tiède, pleine des restes de la chaleur du jour. Le CD de ma mère beuglait pendant qu'elle me parlait de paix, de poison à évacuer, de toutes les manières dont je pouvais pardonner et oublier.

Au pied de la colline bosselée, déformée, Saskia nous attendait sur le ponton. Nous nous sommes garées et Freddy nous a accueillies, le visage rouge d'espoir d'une possible absolution. Il s'est frotté les mains, comme s'il faisait froid.

« Je sais que ce n'est pas ta solution préférée, mais tu te sentiras tellement mieux une fois que tu lui auras parlé. Dans des moments comme ceux-là, Angie, il est important de faire simplement ce qui est nécessaire. »

Sur la rive, le sol était boueux sous nos pieds. Le haut de Saskia flottait derrière elle, derrière sa silhouette mince, vulnérable. Elle était pieds nus.

Depuis *notre* ponton, elle a fait signe du bras – un signe hésitant, mais sa main qui battait l'air était pleine d'espoir.

« Vas-y, ma chérie. » Ma mère m'a laissée partir vers l'eau, comme on libère une colombe. « Fais tout ce que nous t'avons dit. Prononce tous les mots que nous avons répétés, et tout ira bien. Tu seras étonnée de ta facilité à lâcher prise, une fois que tu te seras excusée convenablement. » Elle a hoché la tête, sourcils levés. Comme elle serait fière de moi si j'arrivais à faire cela.

J'ai dépassé le cercle carbonisé du vieux feu, noirci par des générations d'élèves de terminale que je ne connaissais plus, j'ai progressé sur les planches qui s'avançaient sur l'eau. J'avais les jambes raides, les articulations bloquées. Des clous rouillés dépassaient du bois, de son grain fibreux, farineux, humide.

« Merci d'être venue. J'espérais que tu sois là », ai-je dit. Saskia a hoché la tête, le regard généreux, confiant, intelligent. Elle tenait un petit galet dans sa main en coupe, le faisait rouler dans sa paume sur sa ligne de vie, sur sa ligne d'amour. Elle m'a regardée alors, presque d'un air d'excuse, presque contrite. Je ne me suis pas approchée.

« Freddy m'a dit que tu voulais me parler, a-t-elle dit.

– C'est vrai. Plus ou moins. » En me retournant, j'ai vu que ma mère et Freddy partaient, bras dessus bras dessous. Ils ont remonté la colline jusqu'à la voiture de Freddy et y sont montés tous les deux. Comme ils étaient sûrs de la force du pardon et de l'oubli ! Saskia et moi avons regardé la voiture cahoter en remontant puis prendre de la vitesse en retrouvant la route et disparaître. J'ai inspiré un grand coup et je me suis tournée vers Saskia.

« J'essaie d'oublier ce que tu as fait, a-t-elle dit.

– Tu pourrais ? » HP avait lancé des cailloux dans l'eau, torse nu, magnifique, à l'endroit exact où elle se trouvait.

« J'aimerais croire que nous pouvons être plus généreuses. Toutes les deux. »

Elle a lancé son petit caillou dans le lac. À ses pieds, laissée là par le destin, en attente, il y avait une grosse pierre, lourde, pointue. Saskia me tournait le dos. Elle n'a même pas vu que je m'en étais saisie.

REMERCIEMENTS

Merci à Nita Pronovost et Sarah St. Pierre pour avoir enfin réussi à m'inviter au bon pique-nique, et pour tout le plaisir partagé en chemin. À mon agent, Carolyn Forde, infatigable et épatante, avec qui j'irai un jour en Europe. Je dois aussi remercier Almeda Glenn Miller et Adrian Barnes, pour leurs cours stimulants à Selkirk College : ils ont créé l'étincelle, et voilà où nous en sommes. Kristen Webb qui m'a aidée à trouver les premières idées des vilaines choses qu'un personnage peut faire, Kate Walker qui m'a lue, chapitre après chapitre, et m'a encouragée, et Linda Hunter, dont les premières corrections ont été d'une grande aide. Merci également à Jo Lyle, à Sydney, qui m'a rappelé la manière dont les Australiens construisent leurs phrases, après une absence de neuf ans. Aux Nay du Canada et à ma famille en Angleterre, Jonathan et Sue Watt, Jo et Sal : merci pour votre amour et votre soutien, puissiez-vous ne jamais lire les scènes scabreuses. Et enfin, par-dessus tout, merci à Clint,

Cash et Ruby. Tout cela est pour vous. Tout. Merci de ne pas vous être réveillés quand je passais devant votre porte à cinq heures du matin pour écrire dans le silence de la maison.

Composition et mise en pages
Nord Compo à Villeneuve-d'Ascq